올킬

# 올킬

이재량 장편소설

나무옆의자

# 차례

1부

타이탄

# 1

 광남 씨는 손을 씻었다. 벌써 네 번째. 세 번째에 비하면 비누 거품을 덜 냈다. 두 번째보다는 손놀림이 가벼웠고. 첫 번째보다야 빨리 헹궜다. 그래 봤자 얼마 차이 없었지만. 이번에는 마디가 굵은 손가락 사이사이와 짧게 자른 손톱 밑 하나하나를 거쳐, 굳은살이 박인 손바닥과 볕에 그을린 손등 구석구석을 지나, 뼈가 도드라진 손목에서 각질 없는 팔꿈치까지, 뽀드득거리도록 문대는 데 십 분밖에 안 걸렸다.

 세상에…… 물기를 닦으며 몸서리쳤다. 어디서 나타난 걸까. 수건 구김을 잡아 펴다가 변기 안으로 곁눈질을 던졌다. 헉 소리가 났다. 입때 성냥개비만 한 다리 두 개가 물 위에 둥둥 떠 있는 것이다. 주먹을 날리듯 변기 레버를 내리쳤다. 털투성이 다리들이 물살을 따라 맴돌다 소용돌이 속으로 사라졌다. 변기 앞에 쪼그려

앉은 광남 씨는 여차하면 누를 기세로 손가락 두 개를 레버 위에 걸쳐놓았다.

물은 더디게 차올라 이내 잔잔해졌다. 통통하게 살 오른 다리 한 쌍은 떠오르지 않고 수면에는 전등 빛만 희끄무레했다. 눈을 몇 번 깜박이고는 자리에서 일어났다. 체중을 싣고 버티느라 발바닥과 종아리가 저렸다. 더러운 놈……. 변기 안을 노려보며 세면대 수도를 틀었다. 오른손은 찬물에 적시고 왼손은 더듬더듬 비누를 찾아 들었으니, 이제 물에 불어 쭈글쭈글한 손을 다섯 번째로 씻을 차례.

처음에는 귀뚜라미인 줄 알았다. 아침상을 치우고 돌아서는데 싱크대 구석에 시커먼 것이 붙어 있었다. 자세히 보니 귀뚜라미는 아닌 것 같았다. 풍뎅이인가. 풍뎅이 더듬이가 저렇게 길었나? 귀뚜라미인지 풍뎅이인지는 시동 걸듯 다리를 몇 번 꼼지락거리더니 조리대 위로 쏜살같이 달렸다. 그 엄청난 속도를 보고서야 알아차렸다. 저토록 빠르게 움직이는 다른 곤충 같은 게 있을 리 없다. 그놈이다. 오랫동안, 그러니까 여기 내려온 후론 본 적이 없어 설마 나타나리라 상상 못 했던 놈.

놈은 개수대 앞에서 멈춰 섰다. 더듬이 하나를 광남 씨 쪽으로, 다른 하나를 수챗구멍 쪽으로 바짝 뻗친 채. 음식 찌꺼기를 노리는 것이리라. 심장이 왼 가슴팍을 찼다. 놈은 눈치라도 챈 듯 더듬이를 까딱거렸다. 광남 씨는 발을 떼지도 고개를 돌리지도 못하고 눈으로만 좌우를 살폈다. 눈알 굴리는 소리가 놈에게까지 들릴 것 같아 얼굴이 후끈해지면서 모공에 땀이 찼다. 시야 끄트머리에 식탁 위 휴지 갑이 걸렸다. 몇 장 뽑지? 대여섯 장이면…….

재고 따지기 전에 손이 먼저 휴지 갑을 통째로 들어 올렸다. 그 사이 놈은 개수대 벽으로 성큼 내려가 있었다. 광남 씨는 찬찬히 턱을 들어 눈을 가느다랗게 떴다. 수챗구멍에서 놈까지는 한 뼘, 광남 씨에게서 놈까지는 한 발짝, 잡을 기회는 단 한 번. 콧잔등에 솟아난 땀방울이 또르르 흘러내려 화살촉 같은 코끝에서 대롱거리다 짧은 인중으로 내려앉더니 얄팍한 입술 굴곡을 넘어 갸름한 턱 밑에 닿았다.

슬그머니 발뒤꿈치를 들며 마른침을 꿀꺽 삼켰다. 간신히 매달려 있던 땀방울이 턱 끝에서 떨어지려는 찰나, 놈은 미끄러지듯 수챗구멍으로 내달렸고 광남 씨는 도약하듯 싱크대로 몸을 날렸다. 개수대 내려치는 소리가 광남 씨 몸무게만큼 부엌 안에 울려 퍼졌다. 잡았나? 구멍 안으로 들어가 버렸나?

휴지 갑을 들어 올리자 으깨진 명란젓 같은 게 묻어 나왔다. 고개를 돌려 숨을 참았다. 악취는 예상 못 했는데 놈에게선 장마철 하수구에서나 올라올 법한 구린내와 땀 찬 겨드랑에서나 풍길 법한 암내가 한꺼번에 났다. 치미는 구역질을 눌러 참으며 개수대를 내려다보았다. 한숨이 목젖을 쳤다. 놈은 반송장이었다. 수챗구멍 안으로 들어간 대가리는 살아서 꼼지락꼼지락, 개수대 바닥에 붙은 아랫도리는 뭉개져서 흐물흐물. 잡았다, 잡기는……. 근데 이걸 어떻게 처리하나.

플라스틱 수채통을 전부 들어냈다. 놈은 딸려 나오는 와중에 더듬이를 매가리없이 까딱거렸다. 질색한 광남 씨는 욕실까지 냅다 뛰었다. 변기에 와르르 쏟아붓는데 용기 가장자리에 붙은 놈이 떨어질 기미 없이 덜렁거리기만 했다. 변기 안 벽에 대고 탁탁 쳐봐도 소용없었다. 정말이지 내키지 않았지만, 휴지 한 뭉치를 뽑아 쥐고 삭삭 긁어 떼어내야 했다.

변기 물을 내리자마자 부엌으로 가 세제와 철 수세미를 꺼내 들었다. 회색 수채통은 허옇게 바래질 때까지 세척하고 스테인리스 개수대는 홈이 생기도록 닦고 또 닦았다. 휴지 갑도 빼놓지 않았다. 종이상자며 휴지 전부를 태우고 잿가루로 만들어버렸다. 아깝다는 생각이 들었지만 심중 안녕과 평화가 먼저였다. 알이나 병균 같은 게 어딘가 들러붙었을지 모르는 일이니까.

마무리로 소독약을 뿌리고 나서야 화장실로 돌아온 광남 씨는 세면대 앞에 서서 차분히 손을 씻기 시작했다. 느닷없는 놈 한 마리 때문에 한 시간 넘게 난리를 친 다음이었다.

# 2

　폭양 아래 누런 대지가 아지랑이를 피워 올렸다. 광남 씨는 수
건을 목에 두르고 소쿠리를 머리에 뒤집어쓴 후 오두막을 나섰다.
집 모퉁이를 돌면 낮 볕을 가려줄 그늘막이 나온다. 언덕배기 밑,
엮은 나뭇가지들로 기둥을 세우고 이중 삼중 호박 넝쿨로 지붕을
만든 텃밭 머리는 거지반 밭일로 하루를 보내는 광남 씨에게 제법
훌륭한 쉼터다.

　잰걸음으로 그늘막에 들어선 광남 씨는 소쿠리를 벗어놓고 수
건으로 땀을 닦으며 입가를 실룩거렸다. 이십 평 남짓 무르익는
과일채소들 앞에 서면 모든 시름이 사라지는 건 물론이거니와 어
쩌면 자신이 타고난 농사꾼은 아닐까 싶어 절로 미소가 번지는 것
이다. 불모지 같던 자갈밭을 몇 번이나 갈아엎고 가꾼 덕에 이제
는 먹을 만큼 기르고 뿌린 만큼 거둘 수 있게 되었으니 왜 아니겠

는가.

광남 씨는 늘어지게 기지개를 켜며 멀리 금수산을 바라보았다. 숲은 이달 들어 부쩍 붉은빛을 띠기 시작했다. 피부에 와 닿는 기운도 지난달과는 확연히 달랐고, 늦더위가 기승을 부려도 골짜기를 타고 내려온 공기엔 부드러운 냉기가 섞여 있었다. 콧구멍을 양껏 열어 숨을 깊게 들이마셨다. 개울 쪽을 지나쳐 온 듯한 대기에서 파릇파릇한 이끼 내가 났다. 그러고 보니 근자의 어느 날엔 은행 향이 오두막까지 짙게 번졌었고 여문 과일 향도 입맛을 궁금케 했었다.

눈을 감았다. 산속을 가르는 바람이 소리 높여 귓가로 다가왔다. 몸에 스민 그 바람과 공기가 펄떡거리는 혈관을 따라 머릿속에 모여들자, 아침나절 놈이랑 한바탕 소란 피운 일 따윈 기억에서 사라지는 것 같았다. 역시 이사 오길 잘했어.

"파티하기 좋은 날씨네요."

뒤통수를 울리는 목소리에 눈을 번쩍 떴다.

"가을이죠, 이젠?"

언덕배기를 올려다보았다. 단풍보다 화려한 티셔츠를 입은 노상용이 커다란 검정 그랜드체로키 옆에 서 있었다. 희끗희끗한 고수머리가 햇살 아래 양철지붕같이 은빛을 냈다. 저 윤기 나는 단발머리는 그냥 기른 것처럼 보여도 사실 꽤 신경써서 기른 것이다. 서울 갈 때마다 관리해준다는 원장이란 남자를 언젠가 자기 집으로 초대한 노상용이 지금처럼 어정쩡한 위치에 서서는 광남 씨에게 인사시킨 적이 있다. 내로라하는 숍이니, 손가락 안에 꼽

히는 헤어디자이너니 소개하면서 건네는 명함을 얼결에 받아든 광남 씨는 사십이 년 동안 집에서만 머리를 다듬는 관계로 두 번도 생각 않고 내다 버렸다.

"오늘 같은 날씨엔 클래식이 어울리겠는데요."

갈색 눈을 반짝이며 노상용이 세 번째로 말을 걸었다. 그때까지도 딱히 대꾸할 말이 없던 광남 씨는 발부리에 두었던 소쿠리를 집어 들며 그냥저냥 대꾸했다.

"어디 가세요?"

"제천 시내에서 간단하게 브런치나 하고 이것저것 필요한 것 좀 사 오려고요."

"아…… 예."

광남 씨는 고개를 크게 끄덕였다. 노상용은 광남 씨를 보는지 금수산을 보는지 알 수 없는 시선을 어딘가에 두고는 역시나 알수 없는 미소를 그곳 어딘가에 흘렸다. 이제는 자연으로 돌아가여유롭게 생활하는 은발의 유명 건축가. 사람들은 노상용을 두고그렇게 말했다. 육십이 넘은 나이에도 탄탄한 몸매와 180센티미터를 훌쩍 넘는 키가 왠지 그런 근사한 표현들에 어울리는 것도같았다.

"아침저녁으로 찬바람 불기 시작하니까 준비할 게 꽤 되네요."

차 뒤에서 무언가를 싣고 있던 노상용의 아내가 트렁크 문을 닫으며 얼굴을 보였다. 서영실. 나이를 정확히 물어본 적은 없지만, 노상용과는 아마 일고여덟 살 차이가 나거나 어쩌면 띠동갑쯤 될지도 모른다. 좌우간 겉모습만 보면 서영실은 사십 대 초반으로밖에 안 보였다. 이 부부가 유일한 광남 씨 이웃이었다.

"아휴, 뭐 따시게요? 저녁때 우리 집엔 그냥 오셔도 되는데……."

조수석에 오르려던 서영실이 광남 씨와 소쿠리를 번갈아 보더니 눈은 미소를 띠면서도 입은 삐죽였다.

"고 선생, 그럼 이따 봅시다."

노상용은 급히 서영실을 조수석에 태우고는 슬쩍 손을 들어 보이더니 운전석에 올랐다. 광남 씨는 묵직한 시동 소리를 듣고서야 엉거주춤 손을 흔들었다. 흔들면서 서둘러 목에 두른 수건으로 코와 입을 가렸는데, 언덕배기를 덜거덕거리며 내려가는 SUV가 두 개짜리 머플러에서 회색 연기와 함께 기름 냄새를 뿜었기 때문이었다. 차, 그것도 거대한 디젤차라니. 저럴 거면 그냥 도시에서 살지 뭐 하러 여긴 온 걸까.

'이웃끼리 저녁이나 하게요.'

멀어지는 오염 덩어리를 바라보다가 노상용 말이 생각났다. 광남 씨는 자신이 사는 오두막보다 몇 배나 큰 노상용 집을 돌아보았다. 유명 건축가 솜씨답게 한눈에도 뭔가 있어 보이는 저 집은 목재로 뼈대를 세운 후 벽돌 마감과 유리 장식을 덧댄 이 층 건물로 작년 봄부터 지난달 초까지 짓는 데만도 꼬박 일 년 반 가까이 걸렸다. 짓는 내내 소음과 공해는 말도 못 했다. 짓고 나서도 마찬가지였고.

한 달 가까이 온갖 사람이 찾아와 앞마당에서 통돼지며 생선을 굽고 새벽까지 술을 마시면서 웃고 떠들어댔다. '환경과 인간'이라는 듣도 보도 못한 잡지사에서 취재도 나왔다. 광남 씨는 드나드는 사람들과 그들이 타고 온 각종 자동차를 찜찜한 표정으로 지켜보았고, 그 고급 차들에서 나오는 매연과 음식 타는 냄새를 불쾌한 표정으로 맡았으며, 소음에 가까운 음악과 왁자지껄한 수다를 밤새도록 눈 흘기며 들었다.

사람들 발길이 뜸해진 지난주 노상용은 늦은 감이 있네 없네, 바빴네 어쨌네, 너스레를 떨면서 광남 씨에게도 저녁을 대접하고 싶다고 했다. 거절할 마땅한 구실이 없고 내심 그 근사한 집 안이 어떻게 생겼는지 호기심이 일던 터라 '예' 했는데 그게 오늘인 모양이었다. 세상과 동떨어진 곳에서 오래 혼자 살다 보니 날짜 가는 걸 자주 까먹는 광남 씨였다. 세어봐야 덧없는 걸 뭐…….

멀거니 이층집을 올려다보다가 소쿠리를 그늘막 아무데나 던져버리고는 수건 끝자락으로 먼지를 털어내며 텃밭에서 그냥 나왔다. 갑자기 피곤해진 데다 점심 짓기가 귀찮아진 이유도 있었지만, 무엇보다 '아휴' 하는 추임새까지 넣어가며 '뭐 따시게요?' 하는 서영실 말이 어쩐지 '뭐' 나부랭이 같은 건 텃밭에서 따오지 말라는 뜻으로 들렸던 까닭이었다.

'사람이 왜 그래?'

터벅터벅, 읍내나 다녀올까 싶어 포치에 세워둔 자전거를 향해 걷는데 불쑥 아내 말이 떠올랐다. 떨어져 산 지 수년이 지나도 이따금 그놈의 잔소리는 굶주린 모기처럼 귓가로 달려든다. 쫓아내듯 손사래를 친 광남 씨는 자전거에 엉덩이를 걸치기 전 으레 그랬듯 핸들과 안장을 닦다가 오늘따라 차체 여기저기로 팔을 뻗어 자꾸만 걸레질을 해대기 시작했다. 내친김에 세차나 한번……. 자전거를 끌고 텃밭 머리로 되돌아갔다.

뱀처럼 똬리 튼 고무호스를 수도에 연결했다. 긴 호스를 통과하는 물이 더디고 약하게 졸졸거리는 동안 비누 거품 잔뜩 낸 수세미를 들고 자전거 곳곳에 덮인 흙먼지를 벅벅 닦았다. 황색 포말로 도색했다 싶을 만큼 전체를 문댄 광남 씨는 호스 구멍을 엄지로 반쯤 막아 들어 올렸다. 어느새 단단해진 물줄기가 일렁이는 대기를 뚫고 직선으로 뻗어 나가자 시원하게 물세례를 받은 차체가 때 옷을 벗어내며 반짝였다. 낡고 오래된 자전거가 저토록 빛나 보이는 순간은 지금뿐이다. 광남 씨는 그 찰나를 위해 샴페인을 터뜨리듯 호스 끝을 상하좌우로 더 크고 세게 흔들었다.

'깔끔 좀 그만 떨어.'

함께 살던 시절 아내는 청소라도 할라치면 매번 짜증스럽다는 얼굴로 소리를 빽 지르곤 했다. 지저분한 여자였다. 뭐든 흘리고 더럽히는……. 언제나 치우고 닦는 쪽은 광남 씨. 사실을 말하자면 좀 심하게 치우고 닦기는 했다.

집 안에 먼지 한 톨 있는 것을 참지 못해 아침저녁으로 대청소를 하고, 창문을 열어놓으면 미세먼지가 들어온다고 닫고 닫아놓으면 이내 공기가 텁텁하다면서 여는 짓을 잠자리에 들기까지 수십 번은 반복하고 그때마다 청소기를 돌리는 것도 잊지 않았으며, 한 번 하는 데 한 시간 정도 걸리는 샤워를 하루에 두세 번은 하는데다 십 분 이상 걸리는 손 세정을 수시로 해댔다. 광남 씨는 그런 사람이었다.

당연히 남들 사용한 변기에는 궁둥이를 댈 수 없어 큰 볼일은 반드시 집에서만 봐야 했으니, 결혼한 지 나흘째 되던 날인가 근무가 한창일 오전 열 시 반에 헐레벌떡 집으로 뛰쳐 들어와 옷을 홀딱 벗고 화장실로 직행해 똥을 싸고 샤워를 마친 후 다시 옷을 챙겨 입고 회사로 돌아가는 모습을 광남 씨는 아내에게 처음으로 보여주었다. 뭔 신기한 걸 구경한 사람처럼 입을 떡 벌렸던 아내는 그날 저녁 퇴근하고 돌아온 광남 씨에게 회사에서 뭐라 안 하더냐고 물었다. 광남 씨가 한 직장에 삼 개월 이상 다닌 적이 없다는 사실을 아내는 그때까지 모르고 있었다.

그 후 한 달 동안 열두어 번 더, 근무하다 집에 와서 거사를 치르고 다시 직장으로 돌아갔던 광남 씨는 그 한 달이 지난 다음, 더는 화장실 문제로 허겁지겁할 필요 없이 집에서 느긋하니 변기에 궁둥이를 붙이고 여유롭게 샤워할 수 있었는데 그게 다 직장에서 뎅겅 잘려버린 덕택이었다. 그때쯤엔 아내도 이미 광남 씨가 어떤 사람인지 알게 되어 남편이 아닌 남들 편을 들기에 이르렀다.

"사장님이 좋은 양반이네. 두 달씩이나 참아주고…… . 깔끔 좀 그만 떨어. 사람이 왜 그래?"

아내와는 맞선을 통해 만났다. 광남 씨 나이 스물다섯. 키 162센티미터에 2년제 대학을 졸업한 광남 씨는 이십 대 중반에 이미 자산가 아닌 자산가가 되어 있었다. 오십 넘어 자식 하나를 겨우 얻은 부모가 아들과 살던 왕십리2동 20평대 아파트 한 채와 선산이 있는 제천의 손바닥만 한 밭뙈기, 그리고 당신들이 평생에 걸쳐 끼고 있던 금가락지 한 쌍을 남기고는 세상을 떴기 때문이었다.

사십구재가 끝난 어느 날, 목련이 하나둘 져가는 가로수길을 걷던 광남 씨는 왠지 컴컴한 집구석에 혼자 귀가하기 머쓱해 불현듯 가정을 꾸리겠단 일념으로 배짱도 좋게, 아니 뭣도 모르고 '한 커플'이라는 결혼정보회사에 두 달 치 월급을 털어 넣고 회원 가입을 했다. '한 커플'은 석 달 동안 여덟 번 만남을 주선했다. 만남은 하나같이 삼십 분을 넘기지 못했고 그 후 아무런 소식 없이 또 한 달이 지나갈 때쯤, 회사로 연락을 해볼까 어쩔까 하는 참에 담당 매니저로부터 전화가 걸려왔다. 회원에서 탈퇴해달라는 것이었다. 광남 씨가 이유를 묻자 잠시 망설이던 매니저는 작정한 듯 입을 열었다.

"만나셨던 여자분들 중 세 분이 항의해 왔어요. 자기를 뭐로 보냐고요. 그중 두 분은 탈퇴했고 한 분은 소비자원에 고발하겠다고 협박하셔서 회비를 몽땅 돌려드렸어요. 이런 말씀까진 좀 그렇지만 그 회비 제 돈으로 해드린 거예요."

안 그래도 우는 상이던 매니저가 자기도 먹고살아야지 않겠냐며 사정하는 통에 광남 씨는 뭐라 항변할 수 없었고 단지, 그럼 자신이 낸 회비도 전부 돌려받을 수 있느냐고만 물었다. 매니저는 다시 우는소리를 했다. 결국, 광남 씨는 회비 중 삼 분의 일만 돌려받기로 하고 '한 커플'에서 쫓겨나다시피 했으니 그 환불받을 돈 역시 매니저 주머니에서 나올 거였다. 회원탈퇴를 하기로 한 날 매니저는 돈이 든 봉투를 손에 든 채 측은한 얼굴로 광남 씨를 바라보며 이렇게 물었다.

"재혼 여성은 어떠신지……."

광남 씨는 아무 말 않고 돈 봉투를 낚아채 자리에서 일어섰다.

집으로 돌아가던 길, 그날따라 지하철역을 빠져나와 제일 먼저 발견한 것은 갈아타야 할 마을버스나 저녁 찬거리를 살 마트가 아닌 금이 쩍쩍 간 콘크리트 건물 이 층에 붙은 핑크색 간판이었다. 홀린 듯 멍하니 글자를 오 분 정도 올려다본 광남 씨는 곧장 건물 안으로 들어가 때가 덕지덕지 묻은 벽에 몸이 닿지 않도록 조심하면서 퀴퀴한 냄새가 나는 계단을 올라 사무실 앞에 서서는 문에 붙은 회사명을 다시 찬찬히 봤다. '원앙 결혼중개소'.

문을 열자 덩그러니 책상 앞에 앉아 손톱을 깎던 여자가 벌떡 일어나 호들갑스럽게 광남 씨를 맞이했다. 환갑쯤 돼 보이는 소장이라는 여자는 두껍고 짙은 화장 때문인지 유독 웃는 모습이 서커스 무대에 올라온 피에로처럼 보였는데 광남 씨는 그 피에로에게서 한 시간 가까이 '원앙 결혼중개소'의 전통과 역사, 제도와 실적 등에 대해 하품 나게 듣고서야 '한 커플' 매니저에게서 받은 돈 봉투를 건넬 수 있었다.

피에로에게선 일주일 후에야 전화가 왔다. 다짜고짜 '김미영'이라는 이름과 전화번호를 알려주고는 뭘 물어볼 틈도 없이 여자 칭찬만 반복해서 늘어놓다가 전화를 끊어버렸다. 삼 분 남짓 통화에서 얻은 거라곤 '진국에 참하다, 생활력 강하고 추진력 좋다'라는 정보가 다였다. 축축하니 장맛비가 내리던 다음날 오후 북가좌동 삼거리커피숍 '숲속의 빈터'에서 김미영을 만났을 때 스물다섯 광남 씨가 건넨 첫마디는 이거였다.

"나이가 어떻게 되세요?"

김미영은 조금 놀라는 듯했다.

"소장님이 말씀 안 해줬어요?"

"안 한 거 같은데……."

광남 씨 말에 고개를 숙이고 침묵하던 김미영은 입술을 살짝 깨물더니 그렇지 않아도 아래 흰자위가 많은 눈을 치켜뜨며 중얼거리듯 답했다.

"서른……."

광남 씨는 콧구멍 평수를 넓혔다.

"다섯이요."

어렵사리 나이를 나눠 말한 김미영이 힘들었다는 듯 이마에 난 땀을 손등으로 꾹꾹 찍어 눌렀다. 광남 씨는 시선을 피해 허둥대다 앞에 놓인 잔을 들어 커피 한 모금을 꿀꺽 삼켰다. 아무 맛도 느껴지지 않는 뜨거운 커피가 목구멍을 지지다시피 하고 내려가 위장을 천불나게 하는 바람에 토해내듯 기침을 하다 눈물까지 찔끔 났다.

"어머, 괜찮으세요?"

김미영은 부산스레 가방을 뒤져 손수건을 꺼내 광남 씨 앞으로 내밀었다. 휴지를 뽑으려던 광남 씨는 어째야 하나 망설이다가 말없이 두 손으로 손수건을 받아 눈가에 고인 눈물과 입가에 묻은 커피를 콕콕 찍어 닦았다. 장미 향수를 잔뜩 뿌린 것 같은 손수건엔 날씨가 습해서인지 살짝 쉰내가 섞여 있었다.

"그거요, 제가 만든 거예요."

손수건에 시선을 두며 김미영이 수줍게 웃었다. 양쪽 입꼬리 밑으로 보조개가 쏙 파였다. 건빵에 난 구멍 같은 두 보조개가 희한

하게도 밋밋하고 둥근 낯바닥에 비로소 생기와 입체감을 불어넣는 것 같았다. 특징 없는 과자에 앙증맞은 구멍 두 개를 뚫은 것도 어쩌면 저런 상술이었을까, 하는 생각이 잠시 들었던 광남 씨는 어쩐 일인지 그 순간 김미영 얼굴이 나이보다 열 살쯤은 어리게 보였다.

"저기…… 그 손수건 한번 펴보세요."

보조개를 거둔 김미영 말에 퍼뜩 정신을 차린 광남 씨는 서른다섯 얼굴에서 시선을 떼고 시키는 대로 했다. 흰 면포 가장자리에 꽃 한 송이가 수놓여 있었다. 뭔 꽃인지는 모르겠으나 선이 삐죽삐죽한 걸 보아 말마따나 산 게 아니라 만든 건 맞아 보였다.

"가장 좋아하는 꽃이에요, 장미."

김미영은 꽃 이름을 힘주어 말했고 광남 씨는 고개를 끄덕끄덕했다. 손수건에 왜 장미 향수를 잔뜩 뿌렸는지 그제야 알 것 같았다.

"손재주가 상당하시네요. 잘 썼습니다."

하나 마나 한 소리를 지껄인 광남 씨가 손수건을 가지런히 접어 김미영에게 건넸다.

"아니, 아니, 그냥 갖고 계세요."

김미영은 양손을 흔들며 사양했다. 광남 씨는 굳이 갖고 있기도, 눈물과 커피 자국이 난 걸 억지로 주기도 뭣해 김미영과 자신의 커피잔 사이에 내려놓았다.

"대기업 과장님이시라고……."

손수건 위치를 흘끔거리며 김미영이 물었다.

"예?"

광남 씨는 아직 김이 모락모락 나는 커피잔으로 시선을 떨궜다. '과장'은 회사에서 주로 나이 어린 아르바이트생들이 광남 씨를 부르는 별명이었다. 외모만 보면 딱 과장이라고. 실상은 대형유통업체 창고관리자였고 정직원이 아닌 계약직이었다.

"과장은 아니고, 그냥 물류부서에서 일합니다."

침묵이 흘렀다. 할 말이 사라진 광남 씨는 얼결에 뜨거운 커피잔을 들어 홀떡 비웠는데 나중에 집에 가서 보니 입천장 역시 홀떡 벗겨져 있었다. 그날 이후 피에로에게도 김미영에게도 연락하지 않았다. 열흘이 지나 전화를 한 건 김미영이었다.

"저기…… 생태공원에 같이 바람 쐬러 안 가실래요?"

광남 씨는 대꾸하지 않았다.

"제 손수건…… 아직 그쪽이 갖고 계시는데…….."

책상 위로 시선을 돌린 광남 씨는 납작하니 개켜진 손수건을 바라보았다. 어느 틈엔가 자신을 따라왔던 그 물건을 지난 주말 세탁기를 돌리려다 발견하고는 따로 손빨래하고 햇볕에 바짝 말려 다림질까지 해놓았다. 별 뜻은 없었다. 언제나처럼 다른 옷가지처럼 그저 하던 대로 했을 뿐.

"듣고 계세요? 광남 씨?"

다소 초조한 목소리가 휴대전화 안에서 광남 씨를 찾았다. 여전히 입을 다문 광남 씨는 아무리 봐도 장미와는 거리가 먼 듯한 꽃 문양만 물끄러미 내려다보았다. 삐쭉삐쭉 수놓인 선들 위로 너부죽한 김미영 얼굴이 그려졌다. 건빵 구멍 같던 두 보조개도.

"전화가 끊어졌나, 여보세요?"

"예⋯⋯."

광남 씨는 김미영을 그렇게 다시 만났고 그해 가을 부모에게서 물려받은 금가락지를 각자 하나씩 나눠 끼었다.

"여보세요?"

아내였다.

"애 바꿔."

읍내로 나와 공중전화 앞에 선 광남 씨는 동전 투입구에 백 원짜리 열 개를 차례로 쑤셔 넣으며 말했다.

"배식아, 전화 받아."

장미 가시 같은 아내 목소리를 들으며 광남 씨는 타고 온 자전거를 바라보았다. 간만에 구석구석까지 닦아 광이 나는 저 중고자전거는 구형 쏘나타를 팔아 산 것인데 서울 생활을 정리하고 가져온 거라곤 저게 다였다. 정리라고까지 할 건 없었지만 어쨌든 처분할 수 있는 건 모조리 팔아치웠다. 휴대전화까지. 덕분에 전화를 걸려면 이곳 매포 읍내까지 나와야 하는 수고가 따랐으나 요즘은 이런 촌에서도 공중전화 찾기가 힘들어 그마저 감사할 판이었다. 삼 년 전 읍내 곳곳을 한참이나 돌아다닌 끝에야 발견한 것이니 아마 이 지역에 달랑 하나 남은 공중전화일 터.

"아빠?"

수화기를 타고 낯선 목소리가 흘러나왔다. 광남 씨는 대답하려다 멈칫했다. 언제부터인가 전화를 할 때마다 아들 목소리는 매번 달라져 있었다. 아이도 어른도 아닌 음성. 변성기에 접어든 아들 목소리는 익숙해지기 무섭게 달라져 최근 통화를 할라치면 그 변화 속도에 발맞추기가 버겁고 어색했다. 오늘은 아이도 어른도 아닌 것을 넘어 여자도 남자도 아닌 것 같은 쉰 목소리가 광남 씨 기분을 쌉싸름하게 만들었다. 아들이 자라는 세월은 금세 버무려 먹어치우는 겉절이처럼 번번이 날것으로 다가와 익지 않은 채 사라져버리는 것이다.

"돈 부쳤어요?"

아들은 안부 대신 용건을 물었다. 광남 씨는 "응" 했다. 올해로 중학교 삼학년이 된 배식은 작년 초부터 스마트폰을 사달라고 졸랐다. 중학생이 된 후로 성적은 내내 꼴찌에 가까웠기에 여느 부모들처럼 반에서 1등 하면 사주겠노라 편법을 썼던 광남 씨는 당연히 포기할 거라 믿었다가 올 봄방학 때 배식이 보내온 성적표를 보고는 입을 떡 벌렸다. 아들 이름이 분명하게 박힌 성적표에는 1등이라고 적혀 있었다. 그날부터 봄내 여름내 읍내로 나가 허드렛일을 하며 말도 안 되게 비싼 스마트폰 값을 버느라 허리가 휠 뻔했다.

"너무 유행 타는 건 사지 말고 전화번호는 다음 연락 때 알려줘. 그리고……."

"알았어, 알았어."

배식이 빨리 전화를 끊고 싶어 해 광남 씨는 서둘러 말을 이었다.

"손이랑 발 잘 씻고. 아빠가 그랬지? 손만 잘 씻어도 병에 안 걸려. 목욕도 자주 하고."

"알았다니까. 내가 애야?"

목소리에 짜증이 묻어나기 시작했다. 하긴 애초부터 아들은 떨어져 지내는 아비를 향한 애틋함이나 그리움 같은 걸 지니지 않았고 광남 씨 또한 그런 것을 바라지 않았다. 옆에서 뭣 하나 제대로 챙긴 것도 없으면서 엄마라는 지저분한 여자와 단둘이 살게 만든 아버지가 무슨 할 말이 있겠는가.

"목욕 같은 거 너무 자주 하지 말라고 그랬단 말이야."

아이가 웅얼거리듯 말했다.

"응?"

"엄마가 그러는데 몸에 기름기 빠진대. 피부도 안 좋아지고."

광남 씨 미간이 꿈틀거렸다. 이 정신 빠진 여자가…….

"엄마 바꿔봐."

배식이 엄마를 부르자 저만치서 '끊어. 엄마 나가봐야 해.'라는 퉁명스러운 목소리가 났다.

"들었지?"

한숨을 짧게 내뱉으며 배식이 말했다. 광남 씨는 치밀어 오르는 화를 눌렀다.

"그래 끊자. 근데, 엄마 말 들으면 안 돼. 아빠 말대로 해. 알았지?"

"알았어. 끊어요."

수화기를 내리자 잔돈이 우르르 쏟아졌다. 근 한 달 만에 아들과 통화한 값어치는 삼백 원이 다였다. 동댕이쳐지듯 쏟아져 나온 백 원짜리들을 쓸어 담으며 광남 씨는 이를 갈았다. 무식한 여자가 잘 알지도 못하면서 어디 애한테 쓸데없는 소리를…… 더럽게……. 그때였다. 광남 씨 머릿속에서 거대한 이미지 하나가 떠올랐다.

털이 숭숭 난 다리 세 쌍으로 배식을 안고선 기다란 더듬이 끝으로 으깨진 명란젓 같은 걸 찍어 아들에게 먹이고 있는 시커먼 벌레 한 마리. 더듬이에 묻은 걸 맛나게 핥아먹는 배식을 음흉한 표정으로 내려다보는 놈은 웬일인지 사람 눈을 하고 있었다. 유난히 흰자위가 많고 흐리멍덩해 보이는, 이를테면 아내 눈 같은……. 광남 씨는 고개를 세차게 흔들었다.

'병원에 한번 가봐.'

공중전화 부스를 나와 자전거에 올라타려는데 또다시 아내 말이 떠올랐다.

'당신, 그거 병이야.'

틈날 때마다 아내는 그 말을 했지만 광남 씨는 귓등으로 흘렸다. 병원이라면 정신병원을 말하는 것 아닌가. 자신이 다른 사람들과 좀 다르다는 건 알고 있었지만 그렇다고 정신병자라니. 남들보다 더 깔끔할 뿐인데. 그걸 결벽증이라 할 수는 있겠지만 결벽증 때문에 정신병원에 간다는 건 좀 이상하지 않은가. 물론 광남 씨의 결벽증은 육체적인 것뿐 아니라 정신적인 것이기도 했으나 그것은 일종의 완벽주의였고 집안 내력이었다.

정확히 말하면 아버지 쪽. 해병대 출신이자 환경미화원이었던 아버지는 엄격한 데다 애정표현에 인색한 양반이어서 그 성격과 어울리게 군대식 사고방식을 고수하던 가장이었다. 집안 규칙은 물론이거니와 흘리듯 내뱉는 모든 말까지 식구들은 군소리 없이 따라야 했으니 아버지는 매일 취침 전 집 안 상태를 점검했고 어느 자리에서 혹여 삐뚜름한 게 나올라치면 잔소리를 하거나 얼차려를 가했는데, 매번 잔소리를 듣는 쪽은 엄마였고 얼차려 당하는 쪽은 광남 씨였다.

나이 오십 넘어 늦둥이를 보았기에 웬만한 아버지들 같으면 금쪽같고 손주 같아 어화둥둥 키우련만, 광남 씨가 태어나자마자 드디어 어버이가 됐으므로 어버이연합에 가입해 열성적으로 회원 활동을 하던 아버지는 애당초 그 웬만함과는 거리가 먼 사람이었다. 광남 씨는 늘 사소한 것, 예를 들어 물건을 잃어버린다든지 사준 학용품을 또 사달라고 한다든지 밥알이나 반찬을 흘린다든지 하는 문제로 덜렁대는 아이, 사치 조짐이 보이는 아이, 단정치 못한 아이라는 소리를 들어가며 혼났다.

어린 광남 씨로서는 억울한 부분이 꽤 많았다. 물건을 아껴 쓰고 잃어버리지 않으려 애를 쓰거나 주의를 기울여도 집 열쇠나 지우개나 연필 깎는 칼이나 십 원짜리 동전 같은 물건들은 자신도 모르게 가방이나 주머니에서 빠져나가 어디론가 사라져버리기 일쑤였고, 밥을 먹을 때도 아버지가 앞에 앉아 감시하듯 빤히 쳐다보면 괜히 주눅이 들어 밥을 입으로 넣는지 코로 넣는지 헷갈려 밥알이나 반찬을 흘릴 때가 더러 있었는데 아버지는 그때마다 묻지도 따지지도 않고 벌을 주거나 심할 때는 손부터 날렸다.

그러다 보니 광남 씨는 일찌감치 아버지에게 감정을 표현하거나 의견을 피력하는 걸 당연하다 생각하기보다는 일종의 천박한

짓, 그러니까 후레자식이나 한다는 말대답쯤으로 알고 자랐다. 대적할 수 없는 절대자……. 그 아버지는 유난히 청결에 대한 집착이 강했다. 특히나 목욕. "이놈의 세상은 치우고 치워도 더러워." 아버지는 그 말을 달고 살았다. 청소 일을 마치고 집에 돌아오는 주중엔 욕실에서, 일이 없는 토요일이나 일요일 오전엔 대중목욕탕에서, '더럽다'를 연발하며 목욕을 영원히 끝내지 않을 사람처럼 온몸을 씻어댔다.

그런 연유로 광남 씨는 다섯 살 때부터 주말마다 새벽 네 시 반이 되면 졸린 눈을 비비고 일어나 목욕용품을 챙겨 아버지를 따라 집을 나서야 했고, 아직 문을 열지 않은 동네 목욕탕 앞에서 이십 분 넘게 기다리고 섰다가 다섯 시쯤 목욕탕 주인이 부자를 보고 진저리치듯 혀를 내두르며 문을 열어주면 아무도 몸을 담그지 않은 뜨거운 탕 속에서 숨막힐 때까지 때를 불려야 했으며, 피부 껍데기가 벗겨지도록 아버지의 때밀이에 몸을 맡겨야 했다. 벗겨진 피부에 앉은 모공 딱지들이 떨어질 때쯤 되는 다음 주말이면 새벽 기상과 새살 벗기기는 여지없이 반복됐다.

초등학교에 입학하던 해 정년퇴직을 코앞에 둔 아버지의 완벽주의와 청결은 퇴직에 대한 불안에서 비롯한 히스테리와 결합해 극에 달했다. 집안은 날마다 살얼음판이었고 엄마와 광남 씨는 숨조차 아버지 기분을 살피며 쉬어야 할 지경이었으니, 그해 봄 어느 오전에 벌어졌던 그 사건은 그저 적기에 파종했다는 말 외에는 다른 표현이 없었다.

입학하고 한 달 좀 안 되었을 즈음 아직 학교가 낯설기만 했던 여덟 살 광남 씨는 수업 중 손을 들고 "화장실 갔다 올게요"라는 말을 못 해 마려운 똥을 참고 또 참다가 수업이 끝난 후에야 궁둥이를 부여잡고 화장실로 달려갔지만, 가족 아닌 사람들이 드나드는 공중화장실은 처음인지라 어쩐지 불안하고 찜찜해 바지를 내려야 하나 말아야 하나 망설이다가 팬티에 그만 싸고 말았다. 묵직한 바지를 부여잡은 채 엉거주춤 식은땀만 연신 흘리던 광남 씨는 수업 종소리에 화들짝 놀라 팬티를 벗어 휴지통에 버리고는 교실로 돌아가는 대신 집으로 와버렸다.

일은 거기서 터졌다. 현관에서 구린내를 풍기며 훌쩍이는 아들과 짠한 눈으로 달래던 엄마가 하필 그날따라 당직 근무를 마치고 퇴근하던 아버지에게 딱 걸리고 만 것이다. 사태를 추궁한 아버지는 말없이 광남 씨를 욕실로 데려가 옷을 벗기고 샤워를 시킨 다음 기다리란 말과 함께 부엌에서 곱게 갈린 소금 한 주먹을 쥐고 나와 발가벗은 채 욕조에서 떨고 서 있는 광남 씨를 당신 무릎에 엎어놓고는 엉덩이와 항문에다 사정없이 소금을 뿌리며 벅벅 문대기 시작했다.

아무리 고운 소금이라 한들 소금은 소금인 것을 그 짠 것이 연한 피부에 닿아 마찰이 가해지니 광남 씨는 아프고 무서워 비명을 지르며 눈물을 뚝뚝 흘렸지만, 아버지는 나이가 몇 살인데 똥을 못 가리느냐, 나쁜 기운 몰아내게 소독하는 것이니 가만있어라, 아랑곳없이 자기 말만 해대다 앞으로는 매일 팬티 검사를 하겠노라, 새로운 규칙만 더 보탰다.

이날부터 화장실에 대한 압박감 비슷한 것이 생긴 광남 씨는 중학교에 올라가서도 가끔 팬티에 변을 묻히게 되었다. 덕분에 아버지의 팬티 검사는 고등학생이 될 때까지 이어졌고, 광남 씨는 정말이지 그만 끝내고 싶었다. 그래서 그렇게 했다. 퇴직하고 히스테리가 발작 수준으로 심해진 아버지에게 남보다 한발 늦게 사춘기를 맞은 광남 씨가 난생처음으로 대들었기에 가능한 일이었다.

어느 오후, 그날도 욕실에서 시간을 보내던 아버지는 무언가에 잔뜩 짜증이 나서 다짜고짜 광남 씨를 불러 세워 손찌검부터 하려 들었고 질풍노도 시기를 지나느라 눈에 뵈는 것이 없던 광남 씨는 괴성을 지르며 아버지를 밀쳐버렸다. 언제부터 종잇장처럼 가벼워졌는지 모르겠는 아버지는 나풀거리듯 넘어져 뒤통수를 욕조 벽에 빡 소리 나도록 들이박았다. 핏물이 순식간, 눈처럼 하얀 욕조에 아무렇게나 얼룩졌다. 뛰어와 말리던 엄마까지 셋은 소스라치게 놀라 눈만 동그랗게 떴다. 진공 같은 침묵을 깬 건 반항이라는 무기를 든 광남 씨였다. 기왕에 내친 일 두 주먹을 불끈 쥐고 성난 수탉처럼 소리를 내질렀다.

"날 좀 내버려둬요."

아버지와 엄마 얼굴에 짙은 당혹감이 스쳤던 반면 광남 씨 가슴에는 뻥 하고 구멍이 뚫린 것 같았다.

"제발, 이젠 제발 그만 좀 해요."

욕조 벽에 등을 기댄 채 넘어져 있던 아버지는 입과 콧구멍을 떡 벌리고 아들을 올려다보았다. 그때 광남 씨는 아버지 민낯을 확인했다. 마르고 주름진 노인. 아버지는 무지와 고집과 심술과 뻔뻔함으로 핏대를 세우는 것 말고는 할 게 없는 나약한 늙은이에 불과했다. 원래도 많았던 나이는 언제 또 저렇게나 더 들었단 말인가.

"이…… 이 후레자식이……."

민낯을 들킨 아버지는 그럼에도 절대자 감투를 당장에 내려놓을 마음은 없어 보였다. 어금니를 뽀득뽀득 갈며 벌떡 일어나 잽싸게 엄마를 밖으로 밀쳐내더니 화장실 문을 잠그고는 광남 씨 종아리를 걸어 넘어뜨린 후 거의 지근지근 밟아버리는 우악스러움을 선보였다. 그 일을 시작으로 고등학교를 졸업할 때까지 신경전과 육탄전은 끊임없이 이어졌다.

육탄전이라고 해봐야 패륜아처럼 아버지를 마구 두들겨 패는 것이 아니라 그저 손찌검하려는 걸 제압하는 정도에 그쳤고, 신경전이라고 해봐야 주말 새벽 목욕탕 가는 걸 거부하거나 수시로 하던 팬티 검사에 응하지 않고 버티는 정도에 지나지 않았지만, 그 길다 하면 길고 짧다 하면 짧은 삼 년 전쟁은 결국 광남 씨 승리로 마무리되어 아버지는 대학생이 된 광남 씨를 더는 옭아매지 않았다. 칠십 줄 넘은 아버지가 세월과 자식 앞에 힘이 달린 까닭도 있었지만, 그보다는 청년 광남 씨가 청출어람으로 거듭난 까닭이 컸다.

그 무렵 광남 씨는 자려고 누웠다가도 벌떡 일어나 문단속은 잘했는지 가스 밸브와 수도꼭지 같은 건 잘 잠갔는지 네댓 번씩 점검했고, 아파트 22층 집 앞에 도착해서도 지하주차장으로 되돌아가 차 문은 잠갔는지 차창은 다 올렸는지 비상등은 껐는지 주차는 선을 넘지 않고 똑바로 댔는지 확인하느라 몇 차례 오르락내리락했으며, 물건들이 있어야 할 자리에 잘 있는지 각을 맞춰 정돈됐는지 생필품들은 비축됐는지 떨어졌는지 시간 날 때마다 들여다 보았다.

사회생활에서라고 달랐을까. 광남 씨는 상황과 형편이 어떻든 한번 한 약속은 어기는 법 없이 하늘이 두 쪽 나도 지켜야 했다. 반면 상대방은 정해진 시간보다 늦는 게 태반이었고 심지어는 일방적으로 취소하기도 했지만, 그 점에 대해 미안해하거나 반성하는 사람은 거의 없었고 더러 있어도 사과는 그 순간뿐 다음에도 상황은 마찬가지였다. 도리어 광남 씨에게 융통성 없고 부담스러운 유형이라며 책망 섞인 말이나 눈빛을 쏟아내는 이들도 심심찮게 있었다.

가끔은 그런 사람들 태도가 불만스러워 자신도 똑같이 해버릴까 어쩔까 고민하던 광남 씨는 실제로 그렇게 해본 적도 있었다. 딱 한 번 늑장이란 걸 부렸다. 일도 없이 습관적으로 늦는 상대에게 본때를 보여주기로 한 것이다. 약속장소는 버스로 삼십 분 거리에 있는 식당이었고 시간은 저녁 일곱 시였다. 비는 오지 않았지만, 퇴근시간대였으므로 여섯 시 반에 집을 나서면 오 분에서 십 분 정도 늦을 터였다.

계획과 다르게 불안은 다섯 시경부터 시작되었다. 이미 외출 준비를 끝낸 광남 씨는 나갈 때까지 여유롭게 놀아야지 했다가 자꾸만 시계로 눈이 가는 통에 출발을 기다리는 것 외에는 아무것도 할 수가 없었다. 텔레비전을 봐도 라디오를 들어도 머릿속은 온통 약속 생각뿐이었다.

이래도 되나, 늦게 가면 상대방이 나를 어떻게 생각할까, 오 분에서 십 분이 아니라 이십 분에서 삼십 분 늦어버리는 건 아닐까. 처음엔 오 분, 얼마 후엔 일 분 간격으로 시간을 확인하며 엉덩이를 들썩거리느라 백 미터를 달리기라도 한 것처럼 심장이 빠르게 뛰고 온몸이 후끈거려 결국 여섯 시가 되기도 전에 자리에서 벌떡 일어나 집을 뛰쳐나가고 말았다.

예상대로 도로엔 차가 많았다. 그날따라 휴대전화까지 깜박하고 나온 광남 씨는 느릿느릿 서다 가다 반복하는 버스 안에서 상대에게 전할 사과와 상황을 설명하는 오만 가지 시나리오를 짜기 바빴는데 빡빡하게 들어찬 승객들 틈에서 숨이 막히는 통에 그마저도 제대로 집중할 수가 없었다. 등줄기로 땀이 흘러내리고 그럴 때마다 벌레가 기어가는 것처럼 소름이 끼치고 인파 속 온갖 냄새로 인해 위장이 울렁거렸다. 광남 씨는 눈을 감고 멀미를 견디면서 교통지옥과 징글징글한 교통지옥을 만든 사람들과 서울에만 꾸역꾸역 몰려 살려는 인간들에게 욕을 퍼부어댔다.

숨을 헐떡이며 뛰어갔더니 오 분 늦었다. 상대방은 나와 있지 않았고 삼십 분이 지난 후에야 설레발치며 나타나서는 여지없이 퇴근 시간이 어쩌고 하면서 어물쩍 넘어가려 들었다. 맥이 빠지긴 했지만 화가 치밀지는 않았다. 오히려 천만다행이라 생각했고 어떤 면에선 고맙기까지 해 그날 밥값을 계산하며 누구에게도 어디에서도 다시는 이런 짓을 하지 않으리라 결심했다.

이후 완벽주의에 더욱 박차를 가한 광남 씨는 회사에서도 누구보다 열심히 일했다. 근무 중 화장실 볼일로 집에 갔다 온 날도 집에 다녀온 시간만큼 보충하고자 스스로 야근을 했으니, 윗사람에

게 잘 보이거나 승진을 하기 위해서가 아니라 그렇게 하지 않으면 밤에 잠을 이룰 수가 없기 때문이었다.

그런 광남 씨를 단지 집에 가서 똥 눈다는 이유만으로 근무 태만이라 질책하고 낙인찍다니. 따지고 보면 변비가 심한 탓에 그런 날은 일주일에 이삼 일에 불과한데. 회사에서 농땡이를 피우는 인간들이 얼마나 많은데. 놀아도 회사 안에만 붙어 있으면 괜찮다는 말인가. 광남 씨로서는 이해할 수 없었고 분명 부당한 측면이 있다고 생각했으나 회사들은 그러든지 말든지 광남 씨를 해고했고, 아내 또한 결혼 후 칠 년 만에 해고를 통보해 왔다.

'당신하고는 못 살겠어.'

배식이 일곱 살 되던 해 아내는 그 말을 처음 꺼냈다. 왜냐고 묻지 않았다. 물어볼 필요가 없었다. 예전, 아버지를 못 견디던 자신처럼 광남 씨 같은 사람과 함께 사는 건 결코 쉬운 일이 아니란 걸 누구보다 잘 알고 있었기 때문에. 어쩌면 피 한 방울 안 섞인 아내로서는 오래 참았던 건지도 모른다. 그 칠 년 동안 취직하고 잘리고를 반복하느라 반은 회사 나가고 반은 집구석에 있기까지 했으니…….

광남 씨가 집안일 할 때는 아내가 돈벌이에 나섰다. 처음에는 광남 씨와 집에서 인형 눈알이나 봉투 같은 걸 붙이다가 몇 년 후엔 혼자서 식당 주방을 거쳐 홀 서빙까지 진출했다. 이혼하기 두 달전, 장미 향기가 점점 짙어지고 덩달아 그 장미처럼 입술 색이 점점 붉어지던 아내가 노래방에 나간다는 사실을 알았을 때, 주부 생활하던 광남 씨는 역시 아무 말 하지 않았다. 뭐라 하겠는가. 어차피 집안일과는 담쌓은 여자였다. 언제나 치우고 닦는 쪽은 광남 씨.

　아이는 아내가 키우겠다고 했다. 사는 아파트와 매달 양육비를 위자료로 요구했다. 아파트를 아들 명의로 한다는 조건을 걸고 광남 씨는 동의했다. 아내가 아무리 더럽다고는 해도 자신이 키울 수는 없었다. 아버지 쪽 집안 내력을 아들에게 고스란히 물려주고 싶지 않았다. 이혼서류에 도장을 찍던 날, 광남 씨는 그제야 아내 말을 따랐다. 동네에 있는 병원을 제 발로 찾아간 것이다.

　'밝은 마음 정신과'. 무척 희망을 갖게 만드는 이름과 달리 의사 표정은 우울하기 짝이 없었는데, 오십 대 초반으로 보이는 우울한 의사는 십 분 동안 광남 씨 이야기를 듣고 몇 가지 질문을 한 다음 무언가를 종이에 끼적이더니 진단을 내렸다. 강박신경증. 정기적으로 상담을 받고 약물을 약간 쓰면 좋아질 수 있다고 했다. 광남 씨는 진단서를 받아들고 이렇게 물었다.

　"그럼 제가 정신병잡니까?"

　잠시 생각에 잠기던 우울한 의사는 이내 광남 씨 눈을 지그시 바라보며 입을 열었다.

　"정신병자라고 하기는 그렇고…… 멘탈에, 정신에 조금 문제가 있는 건 맞는데 그렇다고 정신병은 아니고……. 사실 강박신경증을 앓는 사람은 흔해요. 흔한데 이걸 그냥 두면 일상생활에 지장이 있으니까 치료를 하는 게 낫다 하는 정도……."

　"그러니까 제가 정신병자군요."

　광남 씨는 우울한 의사와 비슷한 표정을 지으며 중얼거렸다.

　"정신병자는 아니고 마음에 이상이 조금 있는 거죠."

"그럼 마음 병잡니까?"

"마음 병자? 그런 말은 못 들어봤는데…… 아니 내 말은 정신에 약간의 문제가 있다, 이거죠. 그렇다고 정신병자라는 건 아니고."

광남 씨는 우울한 의사 말을 이해할 수 없었기 때문에 그런 의사가 추천하는 상담이니 약물치료니 하는 걸 받고 싶지 않았다. 그날부터 집에 틀어박힌 광남 씨는 사흘 동안 굶어 죽지 않을 정도만 먹으면서 자신에 대해 곰곰이 생각해보았다. 어쩌다 이렇게 됐을까. 뭘 잘못한 것일까. 나 같은 사람은 어디에도 누구와도 살아갈 가치가 없는 인간일까. 왜 태어났을까…….

대답은 뻔했다. 자신을 태어나게 한 것도 아버지요, 이렇게 만든 것도 아버지다. 아버지……. 기억 속 아버지는 환경미화원 차림으로 세상 온갖 더러운 것들과 맞서 싸우는 가장이었고, 그때 광남 씨는 그 가장이 싫었다. 그러나 아버지는 한 인간으로서 밖에 나가 다른 사람들에게 피해를 주는 양반은 아니었다. 사회적으로 보자면 청결은 죄일 수 없다. 그것은 나라에서도 인정한 사실이었다.

목욕탕 가는 주말을 빼곤 퇴직하고도 한 번을 거르지 않고 새벽 네 시 반이면 집을 나서 왕십리2동 구석구석을 깨끗하게 비질하던 아버지는 죽기 한 해전, 어버이연합 성동구 간사로서 사회 정화에 기여도가 혁혁하고 이웃 사랑과 나라 사랑이 투철하다는 이유로 노인의 날 청와대로 불려가 대통령 표창과 함께 상금까지 받았고, 그 상금을 구청과 어버이연합에 기부해 동네 사람들과 단체로부터 칭송과 상패를 덤으로 받았더랬다.

물론 그 모범시민이 집에서 가족들을 숨 막히게 한 것도 사실이었지만, 그게 무슨 사회적으로 물의를 일으킨 중범죄는 아니었다. 피해를 봤던 건 오직 어머니와 광남 씨뿐. 그 가족사가 반복될까 봐 광남 씨는 군소리 없이 아내와 갈라섰고 일찌감치 양육권을 포기했다. 그러면 된 것 아닌가? 광남 씨는 결론을 내렸다. 나 혼자서는 아무런 문제가 없다. 나는 정신병자가 아니다.

생활 습관을 바꾸지 않기로 했다. 그때부터 웬일인지 주변 사람들이 하찮게 보이기 시작했다. 매연과 오물로 꽉 찬 이 도시에 뭐 먹을 게 있다고 발발거리며 몰려와 바글거리나. 청결함도 정연함도 완벽함도 모르는 인간들. 하루하루를 건성건성 사는 인간들……. 그 인간들 틈에서 이후로도 육 년을 더 버틴 끝에야 광남 씨는 결심이 섰다. 나는 저 인간들과는 다르다. 그래서 이제껏 그토록 힘들던 것이다. 함께 살 수 없는 것들과 함께 살아야 했기 때문에.

서울 생활을 청산했다. 홀가분했다. 딱 한 가지만 빼면. 아들 배식이 보고 싶다는 것. 다른 인간 모두를 벌레 보듯 하는 광남 씨로서도 차마 아들에게만은 그럴 수가 없었고 가끔, 솔직히 말하면 매일 그리웠다. 안 그래도 자주 못 보는 마당에 더 멀리 이사 가버리면……. 하고 싶은 걸 하고 살면 하고 싶지 않은 것과는 영영 작별할 줄 알았는데, 하고 싶은 걸 하기 위해서는 종종 하기 싫은 것도 해야 하기 마련이었다. 서울서 보낸 마지막 밤, 휴대전화에 저장한 아들 사진을 하나씩 삭제했다.

광남 씨는 제천 금수산 자락으로 내려와 버려진 오두막을 헐값
에 얻어 손수 고치며 살았다. 그게 삼 년 전이었고 이후 편안했다.
오늘 오전 그놈이 나타나기 전까지. 아니, 지난달 노상용과 서영
실이 이층집으로 이사 오기 전까지는.

# 3


어스름해질 무렵 읍내에서 돌아온 광남 씨는 이층집 앞에 서서 현관문에 붙은 나뭇잎 모양 초인종을 요리조리 신기한 눈으로 뜯어보다가 미간을 찌푸리고 콧구멍을 벌름거렸다. 냄새가 솔솔 났다. 식당가 후미진 뒷골목에서나 맡을 수 있는 냄새. 킁킁거리며 쫓아가자 눈앞에 나타난 건 그럼 그렇지, 노상용네 뒤뜰 구석에 놓인 커다란 플라스틱 용기였다.

엄지와 검지로 콧구멍을 틀어막았다. 높이가 허리까지 오는 그 용기에서 썩은 내가 풀풀 났다. 살짝 벌어진 뚜껑 아래로 각종 음식물 찌꺼기들이 비어져 나왔고 적갈색 국물이 바퀴까지 흘러내린 용기 옆면엔 쇠파리들과 이름을 알 수 없는 벌레들이 새카맣게 들러붙어 있었다. 플라스틱 통 옆에 놓인 100리터짜리 쓰레기봉투는 한가운데가 찢어져 내용물이 죄다 땅바닥으로 쏟아져 나와 있었다. 숲에서 내려온 산짐승 짓일 것이다.

음식물 쓰레기는 10킬로미터 떨어진 평동리에 사는 양 씨가 정기적으로 가져가 돼지 먹이로 쓴다. 양 씨가 키우는 돼지들 수는 애매해서, 광남 씨 집에서 나오는 음식 찌꺼기로는 밥양이 부족했지만 그렇다고 노상용네가 내놓은 것까지 전부 가져다 먹이기엔 너무 많았다. 그 바람에 이렇게 방치되어 썩은 내를 풍기는 것이다. 지난달에도 이 사태가 벌어져 광남 씨는 참고 참다가 지나가듯 슬쩍 물어본 적이 있었다.

"돼지 키우는 데를 더 알아볼까요?"

노상용은 돼지가 됐든 닭이 됐든 아무튼 가축을 많이 키우는 큰 농장을 직접 찾아봐서 자신이 차에 싣고 가 처리하겠노라는 말을 대책이랍시고 내놓았는데 그 대책이란 게 한 달째 말뿐이더니 결국 또 이 꼴이 난 것이다. 놔두면 언젠가는 농장 아무 데서나 실어 가겠지, 하고 버티는 모양이다. 쓰레기봉투 역시 마찬가지다. 시내 나가는 길에 가져가 버리면 될 걸 찢어진 봉투를 바꾸고 흩어진 쓰레기들을 청소하기 귀찮으니까 그냥 내버려둔 게 뻔하다.

광남 씨는 콧구멍을 틀어막은 채 한숨을 내쉬었다. 말을 해도 소용없고, 소용없는 말을 한 번 더 한들 무슨 소용인가 싶고……. 노상용네 현관으로 맥빠진 발걸음을 옮겼다. 쓰레기들을 보고 나니 저녁 초대고 나발이고 입맛이 뚝 떨어졌지만 그냥 집으로 돌아갈 수도 없는 노릇이었다. 약속은 약속이니까. 광남 씨는 현관문 나뭇잎을 검지 끝으로 꼭 눌렀다. 요란한 음악 소리가 터지며 초록색 불이 깜박거리더니 문이 열렸다.

"딱 맞춰 오셨네. 방금 메인 요리가 완성되던 참인데."

노상용 목소리가 어찌나 쩌렁쩌렁하던지 광남 씨는 현관에서 신발을 벗으며 어깨를 움츠렸다. 그 움츠린 어깨는 실내에 들어서도 펴질 줄 몰랐다. 공간은 짐작한 것보다 훨씬 널찍하고 구조는 박물관을 연상케 할 만큼 으리으리했다. 왼쪽 주방과 오른쪽 거실 사이 집 한가운데엔 중정이 자리했는데, 현관을 마주한 벽한 면에 수족관을 설치해 살이 피둥피둥 찐 비단잉어 수십 마리가 숨을 헐떡거리면서 뒤엉키듯 싸돌아다니고 있었고, 개폐가 가능한 유리 지붕을 바깥 조명이 기둥처럼 쏟아져 내리도록 설계해 그 빛기둥 속에서 이층과 연결된 목재 계단이 S자를 그리며 용틀임하고 있었다.

"식탁 세팅할 동안 거실에서 잠시만 기다리세요."

넋 놓고 집 안을 두리번거리는 사이 서영실이 다가와 말을 걸었다.

"아, 예. 저는 그냥 있는 반찬에 먹어도 되는데……. 그리고 이거……."

광남 씨는 읍내서 사 온 만능 양념장을 건넸다. 광남 씨 집에도 있는 그 양념장은 올여름 배식의 스마트폰 값을 버느라 노인 양반네 밭일을 하게 되면서 처음 맛봤는데, 그 집 할머니가 직접 만들어 파는 것으로 생선을 구울 때뿐 아니라 나물을 무치거나 고기를 볶거나 밥을 비빌 때 써도 맛을 돋우는 데 일품이었다. 게다가 농약 대신 식초 물을 뿌려가며 재배한 작물로 만들었으니 나름 유기농 조미료인 셈이었다.

서영실은 그런 사실을 아는지 모르는지 상표가 붙지 않은 양념장 병을 쓱 보고는 냉장고 구석에 쑥 넣어버린 후 노상용과 상 차리기에 분주했다. 광남 씨는 혼자만 소파로 가 앉아 있기 뭣해 부엌 앞에 멀뚱히 서서 혹시 도울 게 있나 쭉 훑었으나 죄다 서양식 식기와 음식인 것이 어설프게 도울 일은 아닌 것 같아 하릴없이 중정 앞을 어슬렁거리다가 눈이 휘둥그레져서는 거실로 향했다.

벽돌로 만든 벽난로 옆에 옛날 영화에서나 나옴 직한 구식 전축이 보란 듯이 한 자리를 떡 차지하고 있었다. 이런 걸 여태 쓰나? 벽난로 위로 외국어가 잔뜩 쓰인 음반이 수두룩 꽂힌 걸 봐서 장식용은 아닌 것 같았다. 사용이 가능해 보이는 전축 본체엔 건장한 성인 몸통만 한 황금빛 나팔관이 달려 있었다. 가까이 다가서자 표면에 거울처럼 비친 황금색 광남 씨 얼굴도 나팔관 모양을 따라 뒤틀리고 우그러진 모습으로 너울거렸다.

광남 씨는 상체를 조금 숙여 길고 좁게 이어지는 관 속을 들여다보았다. 구멍 저 끝에 도깨비불이라도 숨어 있는 듯 붉은빛이 일렁여서였는데 그게 무슨 빛인지는 알 수 없었지만 어쩐지 쩍 벌어진 나팔관 입구가 거대한 요괴 아가리같이 보였다. 아가리 안 검붉은 식도로 몸이 꿀렁꿀렁 삼켜지는 상상을 하자 소변 줄을 끊고 났을 때처럼 고개가 부르르 떨렸다.

"고 선생, 이것 좀 보시겠어요?"

노상용이 말을 걸지 않았더라면 정말로 나팔관 속에 머리라도 집어넣을 태세로 홀리듯 허리를 굽히던 광남 씨는 예의 그 쩌렁쩌렁한 목소리에 반사적으로 몸을 곧추세웠다.

"계속 인터뷰 요청이 있어서 몇 달 전에 겨우 시간을 냈는데 이제야 나왔나 봐요."

노상용은 잡지 한 권을 내밀었다. 오늘 도착한 따끈따끈한 신간이라며 최초 공개라는 말도 덧붙였다. 책표지엔 『휴먼 리빙』이라는 제호 아래 '커버스토리—살림 연구가'라는 진한 글자와 함께 익숙한 얼굴이 자리하고 있었다.

"사모님께서 책에 나오셨네요? 살림 연구가?"

광남 씨는 서영실을 돌아보며 물었다.

"그냥 뭐, 조금……."

주방 앞에 선 서영실이 말을 흐리자,

"한국의 마사 스튜어트랍니다. 이 사람 별명이. 아시죠? 마사 스튜어트?"

노상용이 거들었다. 광남 씨는 "아……"라고 낮게 내뱉으며 고개를 끄덕였으나 들어본 적 없는 이름이었고 어느 나라 사람인지도 알 수 없었다.

"집 안 장식만 내가 하고 나머지는 다 우리 그이 작품이에요. 책은 나중에 보시고 식사부터 하세요."

서영실이 입을 가리고 수줍게 웃더니 한쪽 눈을 찡긋하며 광남 씨를 불렀다. 그 표정과 몸짓에 얼굴이 후끈해진 광남 씨는 공연히 옆구리를 긁어대며 식탁 앞으로 가 앉았다. 앉아서 성대한 만찬을 보고 있자니 집들이 선물로 유기농 양념장을 사 온 게 미안하고 부끄러울 지경이었다. 고급 레스토랑에서 먹었으면 1인당 몇십만 원은 줘야 할 것 같은 차림이었다. 물론 그런 양식을 먹어본 적이 없으니 가격은 정확지 않다.

광남 씨가 여러 포크와 나이프 중 어느 걸 집을지 망설이자 노상용은 픽 웃으며 바깥쪽 것부터 사용하라 알려준 후 음식에 관해서도 설명을 이었다. 프로방스풍 가정식 요리에 쓰인 샐러드용 채소는 모조리 유기농 농장에서 배달 온 것들이고, 스테이크용 고기는 본인이 직접 목장에 가서 사 온 거라고. 맛을 보니 간을 한 둥 만 둥 한 음식은 전반적으로 심심했으나 재료가 좋아서인지 광남 씨 입맛엔 나쁘지 않았다. 오히려 두 사람 다 손에 물 한 방울 묻히지 않게 생긴 것치고는 놀랄 만한 솜씨라고 감탄하는 중이었다.

특히나 서영실을 다시 보게 된 건 저녁을 먹으며 힐끗거린바 다소 튀는 듯한 집 구조와는 다르게 벽지나 세간, 소품들을 정결하고 차분하게 꾸몄다는 점이었다. 왜 그런지는 모르겠지만 전부 있는 듯 모두 없어 보이는 게 신기하기까지 했다. 살림 연구가래서 내심 별 쓸데없는 직업도 다 있구나, 했던 광남 씨는 살림도 연구하면 달라지는구나 싶었다.

점심을 건너뛰어 허기졌던 터라 쪽팔림을 무릅쓰고 허겁지겁 먹어치우는 홀아비 광남 씨 모습을 서영실은 흐뭇하게 때로는 짠하게 봤던 모양인지, 식사를 마치고도 소파로 자리를 옮긴 테이블 위에 처음 보는 차와 과자와 과일들을 주르르 내놓았다.

"고 선생, 말러 좋아해요?"

벽난로 앞에 선 노상용이 엘피 하나를 꺼내더니 광남 씨 대답은 듣지 않고 전축에 판을 얹으며 말을 계속했다.

"구스타프 말러의 입문용으로는요, 이 일 번 교향곡 〈타이탄〉만

한 게 없어요. 제목처럼 그레이트하면서도 디테일하거든. 타이탄
이 원래 그렇잖아요. 거인족 중에서도 보기 드물게 현명하고 깔끔
하고…… 쿨하면서 핫하단 말이지. 꼭 내가 추구하는 건축 미학 같
다고나 할까…….”

전축 바늘이 삐걱삐걱 판을 긁자 황금색 나팔관에서 ‘둥, 둥,
둥’ 하는 북소리 같은 게 흘러나왔다. 노상용은 소리에 발맞춰 소
파로 와 앉았다.

“지금 들으시는 게 삼 악장이에요. 일반인들이 제일 접근하기
편한 부분이지. 클래식에 대한 막연한 편견이나 부담 같은 게 덜
하니까. 한번 들어봐요.”

거인족 어쩌고 하더니 음악이 원래 그런 것인지 아니면 나팔관
울림통이 좋아서 그런 것인지 연주는 제법 웅장하고 묵직하게 거
실 안을 울리며 광남 씨 귀에 쏙 들어와 박혔다.

“알 유 슬리핑, 알 유 슬리핑, 브라더 존, 브라더 존. 모닝 벨스
아 링잉, 모닝 벨스 아 링잉. 딩 댕 동, 딩 댕 동.”

느린 음에 가사를 붙여가며 광남 씨는 자신도 모르게 읊조리듯
흥얼거렸다. 잘 아는 멜로디였다. 예전, 그러니까 이혼하기 전 어
린이집에서 배웠다며 아들 배식이 자주 부르던 동요였다.

“내 뭐랬어요? 입문용으로 안성맞춤이라니까.”

박장대소하는 노상용을 보며 광남 씨는 귀까지 뜨거워져 얼른
입을 다물었다.

“그래요, 고 선생도 알다시피 유명한 프랑스 동요 〈프레르 자
크〉예요. 말하자면 말러가 어릴 때 들었던 동요를 자신의 음악에

접목한 거지. 그것도 장송 행진곡 도입부에다가요. 이 삼 악장을 쓸 때 어떤 그림을 보고 영감을 받았다는데 그 그림이라는 것도 말이에요, 짐승들이 사냥꾼의 시체를 지고 가는 작품이었단 말입니다. 사냥꾼이 아니라 짐승이요. 뭔가 신선하지 않나요? 누가 상상이나 했겠어요? 참…… 저도 예술가라면 예술가이지만, 이 사람들 정신세계가요, 정말 경이롭단 거예요. 감히 범인들은 범접할 수 없는…… 그 뭐랄까, 비범함이라고 해야 하나? 천재성?"

"타고난단 말씀이잖아요. 당신처럼."

노상용은 아내 말에 감동했는지 조금은 상기된 표정으로 서영실을 바라보았다. 당최 뭔 소리를 하는지 알아들을 수 없는 광남 씨는 부부 사이에 끼어 앉아 그저 고개만 끄덕일 뿐이었다.

"그나저나, 차가 입에 맞을지 모르겠어요?"

서영실이 광남 씨와 찻잔을 번갈아 보며 물었다. 광남 씨는 어색하게 웃고는 잔 안을 들여다보며 푸르뎅뎅해 뵈는 차를 마셔야 할지 아니면 그만 궁둥이를 일으켜 집으로 가야 할지 갈등했다. 그러는 동안 부부는 돌아가면서 그 차를 마시는 법과 마시면 어디에 좋은지와 물론 얼마나 귀하고 비싼지까지 빼놓지 않고 떠들어댄 다음에야 먼저들 홀짝이기 시작했다.

마지못해 찻잔을 입에 갖다 댄 광남 씨는 간을 보듯 찻물에 혀끝을 담가보았다. 이미 식어 빠져 마른 풀 비린내가 나는 차 맛은 말러인지 밀러인지 맥주 이름 비슷한 음악가의 음악처럼 밍밍했는데 곁눈으로 슬쩍 부부를 보니 둘은 눈까지 감고 차에 빠진 듯 음악에 빠진 듯 음, 음…… 하는 감탄인지 신음인지 모를 소리를 가끔 내뱉고 있었다.

전축은 멈출 낌새가 없고, 차려준 밥만 먹고 냅다 튀기도 뭣하고, 대접받은 걸 남길 수도 없는 노릇이라 그렇게나 몸에 좋다는 차를 단번에 쭉 마셔치웠다. 부부를 돌아보니 이젠 아예 조는 것처럼 둘 다 입마저 다물고 있어 광남 씨는 눈을 끔벅이다 탁자 한쪽에 놓인 잡지들을 뒤적였다. 『환경과 인간』, 『건축과 인간』, 그리고 『휴먼 리빙』. 휴먼도 인간이지. 이 인간들 어지간히 인간 좋아하네……

광남 씨는 『환경과 인간』이라는 최신 호 잡지를 집어 들었다. 굳이 그 잡지를 고른 건, 노상용이 환하게 웃고 있는 표지 밑으로 '자연과 함께하는 건축에서 환경과 함께하는 삶—자연으로 돌아간 건축가'라는 긴 표제 때문이 아니라 구석에 작은 글씨로 적힌 '녹색운동연합'이라는 기획특집 때문이었다. 해당 쪽을 찾아 읽어 보니 내용은 그다지 새롭지 않았다.

지구온난화, 이상기후, 녹아가는 빙하, 사라져가는 삼림, 대기 오염, 수질오염, 토양오염과 침식, 식량 부족……. 그러나 각종 도표와 사진 자료들은 구체적이고 충격적이었다. 지구는 거의 죽음 직전이었다. 광남 씨는 분노하였다. 분노하면서 또한 안도하였다. 내가 틀리지 않았구나. 인간이라는 것은 결국 벌레만도 못한 종자임이 분명하구나. 기사 마지막은 감동적이었다.

'우리는 우리 아이들의 미래를 빌려 쓰고 있는 것뿐입니다.'

정녕 그랬다. 지구의 소유물인 인간들이 지구를 소유하려 드는 것이다. 우리 아이들이 써야 할 소중한 지구를 이 정신 나간 인간들이 더럽히는 것이다. 광남 씨는 배식을 떠올렸다. 뭐든 하고 싶었다. 아들을 위해서. 기사 끝에 덧붙인 문구를 읽어 내려갔다.

'독자 여러분의 후원을 기다립니다. 여러분의 소중한 후원금은 환경 보존과 생태계 복원을 위해 사용됩니다.'

여느 아버지처럼 감싸 안아주거나 든든한 버팀목이 되진 못하더라도 이것 하나만큼은 하고 싶단 마음에 광남 씨는 녹색운동연합의 계좌번호가 적힌 부분을 자기 것도 아닌 잡지에서 망설임 없이 쭉 찢어냈다.

"고 선생, 생각 있으시네. 그렇게 안 봤는데……."

어느새 눈을 뜬 노상용이 광남 씨를 쳐다보며 히죽였다.

4

송금영수증을 내려다보며 광남 씨는 고개를 끄덕였다. 본디 환경운동이니 생태 보호 같은 것에는 관심이 없었다. 그저 환경을 보호해야 한다거나 이대로는 위험하다 정도의 막연한 생각만 있었을 뿐 실제로 지구를 살리기 위해 무엇인가를 해본 적은 없었다. 녹색운동연합에 만 원을 후원하고 나니 지구를 구한 듯 몹시 뿌듯했다. 앞으로는 매달 보내야지.

쥐꼬리만 한 금액 보내면서 같잖게 기분 내는 것일 수도 있겠지만 직업 없이 자급자족하다시피 사는 광남 씨 형편에는 꼭 쥐꼬리라고 할 수만은 없었다. 이러다가 가진 돈이 원래 계산보다 빨리 떨어지면 어떡하나 걱정스러웠다. 뭐…… 어떻게든 되겠지. 한 달에 만 원 더 쓴다고 당장 손가락 빨 것도 아니고 나중에 거덜 나면 그다음은…… 그다음 문제다.

광남 씨는 은행을 나와 전봇대에 동여매놓은 자전거 쇠사슬을 풀었다. 시골에 설마 자전거를 훔쳐가는 인간이 있을까 싶어 쇠사슬은 좀 과하지 않나 생각한 적도 있었으나 마음을 다잡았다. 시골 인간들이라고 뭐 다른가. 살아보니 다 똑같다. 어떤 면에선 더 영악하고 교활하다. 더 안이하고 나태하고, 더 더러운 거야 말할 것 없고.

푼 쇠사슬을 자전거 뒤에 묶고 안장 위에 가랑이를 걸치던 광남 씨는 페달에 발을 얹다 말고 전봇대를 쳐다봤다. 아까는 없던 광고지 한 장이 촌스러움을 발하며 붙어 있었기 때문이었다. 그 광고지는 인쇄소에서 찍은 것이 아니라 사람이 수작업한 것 같았는데 분위기가 묘하니, 마치 1970, 80년대 극장 포스터에서 풍기던 투박함과 예스러움을 갖추고 있었다. 무엇보다 시선을 끈 건 그림이었다.

샛노란 바탕 위에 생쥐만 한 크기로 그려놓은 검은색 벌레 한 마리. 윤기가 자르르 흐르는 몸통에, 몸통 이상으로 긴 더듬이를 가진, 그 긴 더듬이를 낭창낭창 흔들다 털이 숭숭한 다리들을 꼼지락거려 빠른 속도로 도망갈 것만 같은, 그러니까 어제 아침 광남 씨를 경악하게 만들었던 바로 그놈.

바퀴벌레.

광남 씨는 눈을 끔벅거리며 광고지 쪽으로 고개를 쏙 뺐다. 그림은 조악했지만 섬세했다. 특히 다리 세 쌍에 따개비처럼 다닥다닥 찍힌 누런 점들이 그랬다. 그 점들이 무엇인지 익히 들은 바 있었다. 병균, 그것도 수십억 마리 병균이 뭉쳐진 덩어리. 처음 이야기를 들었을 때도 토할 뻔했지만, 토할 뻔했던 그 병균 덩어리까지 그려놓았다는 점에서 또다시 토할 뻔했다.

심지어 그림엔 구역질을 넘어 섬뜩한 구석까지 있었다. 놈은 한 쪽 날개를 새처럼 활짝 펼치고 있었는데 금방이라도 나머지 날개마저 펼치고 날아 나와 광남 씨 눈을 파고들 것처럼 보였다. 단단하고 탐욕스러운 주둥이로 눈알부터 야금야금 갉아먹고 털투성이 다리들에 붙은 병균 덩어리를 온 데 묻히면서 눈구멍 깊숙이 헤집고 들어가 뇌를 냠냠거리고 뇌수까지 쪽쪽 빨아 삼킬 것 같았다. 텅 빈 광남 씨 눈구멍 안쪽으로 배가 빵빵해진 놈이 꿈틀거리는 듯했다.

광남 씨는 진저리치며 생각을 몰아냈다. 콧잔등에 송골송골 돋아난 땀을 떨리는 손등으로 닦아내고는 호흡을 가다듬어 광고지를 들여다봤다. 다시 보니 거기엔 바퀴벌레만 그려진 게 아니었다. 옆엔 훨씬 작은 크기로 파리와 모기, 개미, 진드기, 구더기 같은 것들도 그려놓았고 그림들 아래엔 전화번호와 함께 빨간 글씨로 다음과 같은 문구를 적어놓았다.

해충 구제 전문기업 (주)올 킬.
원 샷 올 킬! 한 방에 보냅니다.
지금 연락 주세요. 끝까지 책임지겠습니다.

멍하니 광고지를 바라보던 광남 씨는 온몸이 근질거리기 시작해 슬그머니 자전거 앞바퀴를 틀어 공중전화 쪽으로 페달을 밟았다.

"네, 고객님. 주식회사 올 킬입니다. 무엇을 도와드릴까요?"

전화를 받은 사람은 젊은 여자였다. 고음의 목소리에 광남 씨는 귓구멍이 약간 아파 수화기를 귀에서 조금 떼며 말을 꺼냈다.

"저기…… 제가 사는 데가…….."

"해충 때문에 그러시죠? 집이세요? 아니면 회사나 가겐가요?"

"아니…… 집인데요. 제가 사는 데가 좀 외지거든요. 산 밑인데……."

"아, 네, 그러시군요, 고객님."

여자 목소리가 처음보다 한 음 내려갔다.

"이런 데도 혹시 오시나요?"

"네 물론입니다, 고객님. 주소가 어떻게 되시죠?"

"아니, 주소보다……."

광남 씨에게는 주소가 없다. 사는 집 주소도 모르거니와 전입신고도 하지 않았다. 간혹 아들이 보내오는 우편물은 오두막을 중개한 읍내 부동산을 통해 받는다. 웬만해선 남에게 부탁 같은 걸 하지 않는 광남 씨지만 미안함과 눈치를 감수하며 그렇게까지 하는 이유는 단 하나다. 다시는 '주민'으로 등록 같은 걸 하고 싶지 않아서.

"죄송한데, 제가 집 위치를 설명할 테니까 받아 적으실 수 있나요?"

수화기 저편이 조용했다.

"안 되나요?"

대답이 없었다. 안 될 것이다. 어느 회사에서 이 산자락까지 바퀴벌레를 잡으러 오겠는가.

54

"그럼…… 안녕히 계……."

"대단히 죄송합니다, 고객님."

한 음이 다시 올라간 여자의 목소리가 급하게 수화기로 흘러나왔다.

"아, 예……. 아닙니다. 여기가 하도 외진 데라……."

광남 씨는 기어드는 목소리를 냈다.

"외져도 상관없습니다, 고객님. 제가 아직 신입이라 컴퓨터 작동이 서툴러 잠시 응대를 못 해드렸습니다. 기다리시게 해서 죄송합니다. 그럼 댁 위치를 설명해주시겠습니까? 제가 위치를 입력하도록 하겠습니다."

광남 씨는 입꼬리를 올렸다.

"그럼 우선…… 매포 읍내 아시죠?"


그날 밤, 광남 씨는 이불을 펴기 전 집 안을 샅샅이 살폈다. 바퀴벌레가 보이지 않아 비교적 안심하고 자리를 폈으나 평소처럼 곯아떨어질 것 같진 않았다. 낮에 통화한 '올 킬' 여직원 말이 머릿속에서 벌레처럼 기어 다녔기 때문이었다.

'한 마리가 보이면 백 마리가 숨어 있는 겁니다, 고객님.'

번식력이 좋다는 말은 들었지만 그 정도일 줄은 몰랐다. 징그러운 새끼들……. 갖은 생각이 꼬리에 꼬리를 무는 통에 잠은 쉽게 오지 않았다. 두어 시간 뒤척이다, 그래도 자야 할 시간이라고 스르르 눈이 감기려 할 즈음,

다다닥.

손가락 끝으로 바닥을 두드리는 듯한 소리가 고막을 울렸다. 광남 씨는 눈을 번쩍 뜨고 귀를 기울였다.

사그락사그락.

이번엔 벽지를 긁는 듯한 소리. 그러곤 조용했다. 등판의 후끈한 기운이 이불 속에서 사방으로 번져나갔다.

다다닥…….

다시 소리가 들렸다. 틀림없다. 어딘가에서 기어 나온 바퀴벌레가 이쪽으로 달려오다가 잠깐 멈춰 동향을 살피고는 마저 달리는 소리다. 어디까지 왔을까? 광남 씨는 벌떡 일어나 불을 켰다. 보이지 않았다. 이부자리를 들췄다. 보이지 않았다. 그러나 바퀴벌레의 재빠름을 모르는 사람이 어디 있으랴. 어둠 속에서 암약하다가도 불만 켜면 감쪽같이 모습을 감추는 그 재빠름이란 가히 마술적 수준이 아니던가.

광남 씨는 발뒤꿈치를 바짝 들고 살금살금 방 구석구석을 돌았다. 땀 찬 발가락들이 방바닥에 들러붙었다 떨어지며 쩍쩍 소리를 냈다. 놈이 들을까 봐 조릿조릿했다. 네 평 남짓한 방을 세 번 돌아보도록 놈은 털끝 하나 보이지 않았다. 그새 도망갔나? 불을 끄고 자리에 누웠다. 잠은 놈처럼 이미 달아난 뒤였다. 숨을 죽이고 온 신경을 귀에 모았지만 아무 소리도 들리지 않았다. 이 자식이 겁먹고 아직 그대로 숨어 있나? 아니면 잘못 들었나?

사각사각 사그락사그락…….

머리카락이 쭈뼛 솟아올랐다.

다다닥다다닥…….

이번에는…… 한 마리가 아니다. 소리는 아까보다 더 컸고 여러 곳에서 났다. 광남 씨는 몸을 부르르 떨었다. 솟은 머리카락 모근에서 땀이 차오르는 것을 느낄 수 있었다. 그 땀들이 다 식을 때까지 광남 씨는 꼼짝 않고 누워만 있었다.

다다닥다다닥…….

잠시 침묵.

사각사각……. 사그락사그락…….

이어지는 침묵. 광남 씨는 낌새를 살피다 벌떡 일어나 불을 켜고 방 안을 훑었다. 아무것도 없다. 이부자리를 들췄다. 아무것도 없다. 혹시 꿈을 꾸는 건가? 방 한가운데 서서 멀뚱멀뚱하던 광남 씨는 몽유병에서 깬 정신을 차린 사람처럼 자신이 섬뜩해져서는 도로 잠자리에 누웠다. 불은 끄지 않았다. 잠은 천길만길 달아난 지 오래였다.

눈알이 시릴 정도로 천장만 응시하던 광남 씨가 고개를 홱 돌려 방 안을 살폈다. 나름 바퀴벌레가 방심하는 틈을 타 위치를 파악하려는 시도였다. 실패. 아무것도 보이지 않았다. 더는 소리도 들려오지 않았다. 대신 온몸이 근질거리기 시작했다. 특히 이불과 요에 닿은 배와 등판이 더 간지러웠다. 뭔가 따끔따끔한 느낌.

휙, 이불 속을 들여다보았다. 아무것도 없었다. 이불을 덮자 간지러움은 다시 시작됐다. 휙, 휙, 같은 동작을 몇 번 더 반복하자니 뭔가 농락당하고 있는 기분이 들었지만 꾸물꾸물 자리에서 일어나 요와 이불을 둘러메고 마당으로 나갔다. 둘을 차례로 탈탈 털면서 광남 씨는 가슴팍과 등, 엉덩이며 사타구니까지 북북 긁어댔다.

# 5

아침은 건너뛰고 점심도 먹는 둥 마는 둥 한 광남 씨는 집 앞 낡은 나무의자에 앉아 머릿속으로 계산해보았다. 한 마리가 보이면 백 마리가 있는 거니까……. 어젯밤에 들은 소리는 최소한 두 마리, 그제 잡은 것과 합치면 세 마리. 하지만 어둠 속에서 소리만 들은 것이니 잠자리에 출몰한 것이 두 마리라고 단정할 수는 없다. 세 마리나 네 마리, 혹은 몇 놈이 더 움직이지도 소리를 내지도 않은 채 자신을 지켜보고 있었을지 모른다. 그럼 이 집엔 벌써 천 마리 넘는 바퀴벌레가 있을 수 있다.

넌더리가 났다. 빨리 좀 왔으면 좋겠는데……. 해충박멸 회사에서는 오늘 사람을 보낸다고 했다. 제대로 찾아오기는 하려나……. 오긴 오겠지, 온다고 했으니까. 읍내 가는 길을 바라보았다. 볕이 머문 자갈밭은 한갓지기만 했고 이따금 바람이 사락거리며 나뭇가지를 흔들어댈 뿐이었다. 기다리는 사람은 오지 않고 졸음이 찾아왔다. 잠을 못 잤으니 잠이 오는 건 당연지사, 하품을 연신 터뜨리던 광남 씨는 얼마 못 가 낮볕에 조는 닭처럼 꾸벅꾸벅 머리를 조아리며 눈을 감았다.

다다닥다다닥…….

여섯 개 다리로 바닥을 내리치는 소리가 깊은 밤 산중에서 울리는 다듬이 소리처럼 귓가를 때렸다. 광남 씨는 사력을 다해 달리다 뒤를 돌아보았다. 자신보다 배로 큰 바퀴벌레가 꽁무니까지 따라붙고 있었다. 기다란 더듬이 두 개가 금방이라도 등에 닿을 듯 가까웠다. 주삿바늘처럼 단단하고 날카로우면서도 유연하게 흔들리는 그 더듬이가 곧 등허리를 꼬치 꿰듯 뚫어버릴 것만 같았다.

더욱이 기겁하게 만드는 건 그 거대바퀴벌레가 아내 얼굴을 한 채 배시시 웃고 있다는 거였다. 그리고…… 쇠 톱니 같은 털투성이 다리 사이에 배식이 안겨 있었다. 축 늘어진 아이는 죽은 것처럼 보였다. 눈알이 사라진 한쪽 눈구멍에서 작은 벌레들이 끝도 없이 기어 나왔다. 울대를 떨며 아들 이름을 불렀지만 목소리는 입 밖을 빠져나올 줄 몰랐다. 당장에 아이를 구하고 싶어도 당장에 할 수 있는 거라곤 붕어처럼 입만 뻐끔거리며 숨이 헐떡거리도록 도망가는 것뿐이었다. 뛰다가도 아이가 궁금해 뒤를 돌아보지 않을 수 없었다.

정처 없이 달리던 어느 순간 광남 씨는 이제 기겁을 넘어 환장에 가까운 심정이 되었다. 뒤를 보니 거대바퀴벌레는 아내가 아니

라 노상용 얼굴을 하고 있었다. 쩌렁쩌렁 괴성을 내지르다 히죽이
다 반복하며 광남 씨를 쫓았다. 어깨 위에는 놈보다 작은 바퀴벌
레가 올라타 있었다. 작다고는 해도 광남 씨만 한 그 바퀴벌레는
서영실 얼굴을 하고 있었고 잔털이 뾰족뾰족 난 앞다리로 입을 가
리며 수줍게 웃더니 광남 씨를 향해 연신 한쪽 눈을 찡긋했다. 나
머지 다리들로는 죽은 배식을 끌어안고 있었다.

광남 씨는 온몸에 힘이 풀려 갓 태어난 송아지처럼 다리를 휘청
이다 달리는 속도를 늦췄다. 마침내는 뜀박질을 멈추고 돌아서 사
람인지 괴물인지 바퀴인지 모를 놈들 앞에 우뚝 버텨 섰다. 노상
용 얼굴을 한 거대바퀴벌레가 요놈 봐라, 표정을 짓더니 이내 한
쪽 입꼬리를 올리고 두 앞발을 치켜들어 쇄도했다. 내리찍는 털북
숭이 앞다리 가득 누런 병균 덩어리들이 더덕더덕 붙어 있는 것을
광남 씨는 두 눈을 부릅뜨고 똑똑히 지켜보았다.


자갈을 깔아뭉개는 소리에 광남 씨는 자신이 듣기에도 영 민망
한 에에, 어쩌고 하는 비명을 지르다 눈을 떴다. 누런 병균 덩어리
들이 눈앞에서 비눗방울 터지듯 사라지는가 싶더니 흰색 구형 스
타렉스가 부연 먼지와 함께 나타나 속도를 줄여 오두막 쪽으로 다
가왔다. 꿈인가 현실인가 싶어 멍한 눈으로 차를 바라보던 광남
씨는 입가에 흘러내린 침을 손등으로 쓱 닦았다.

스타렉스가 섰다. 차체 옆면에 빨간색으로 '해충 구제 전문회사
(주)올 킬'이라고 쓰인 글자가 보였다. 운전석 문이 열리고 누군가
가 내렸다. 광남 씨는 입을 떡 벌렸다. 키가 180센티미터에 가까

위 보이는 누군가는 위아래가 붙은 옷을 입고, 후드를 덮어쓰고, 새 부리 모양 마스크와 커다란 고글로 얼굴을 가리고는 수술용 장갑을 끼고 있었는데 옷부터 마스크, 고글까지 모조리 흰색이었다. 영화에서 화학무기 처리반이니 전염병 관리부이니 하는 곳 사람들이 입는 옷이랄까.

차에서 내린 하얀 사람은 성큼성큼 큰 걸음으로 걸어왔다. 광남 씨는 조금 눈이 부셨다. 내리쬐는 빛과 열이 하얀 사람에게서 굴절돼 마치 오라같이 그 주위를 맴돌고 있는 것처럼 보였다. 광남 씨는 입을 다물지 못한 채 자리에서 일어나 자신보다 한 뼘 이상 큰 하얀 사람을 영접이라도 하듯 우러러보았다.

"여기가 고광남 고객님 댁 맞습니까?"

여자 음성이 두꺼운 마스크를 뚫고 흘러나왔다. 발음이 정확했고 어조는 높지도 낮지도 않게 차분했으며 목소리는 성우나 성악가처럼 맑아 잠깐 들었는데도 귀가 호강하는 기분이었다. 광남 씨는 거기에 잡음을 섞고 싶지 않아 말 대신 고개를 끄덕했다.

"어제 전화하신 분 맞습니까?"

"예…… 제가……."

여자가 올 거라곤 상상 못 한 광남 씨는 웅얼거리듯 답했다.

"안녕하십니까. 저는 주식회사 올 킬의 안희수라고 합니다."

마스크를 턱밑으로 내리고 고글을 이마로 올려 걸친 안희수가 얼굴을 확인하기도 전에 허리를 깊숙이 숙였다.

"예, 안녕하세요."

광남 씨는 마주 허리를 숙이며 안희수를 힐끔했다. 왼 가슴팍에

박힌 로고가 눈에 들어왔다. 자전거통행금지 도로표지판처럼 붉은 원을 붉은 사선이 가로지르는 모양이었는데, 자전거 대신 그려진 것이 바퀴벌레인지 파리나 모기나 아니면 다른 무엇인지는 잘 모르겠으나 아무튼 벌레인 것만은 틀림없어 보였다.

"하, 찾아오느라고 애 좀 먹었습니다."

허리를 편 안희수가 콧등에 난 땀을 닦았다. 나이를 가늠할 수 없는 얼굴이었다. 미소 지을 땐 이십 대 후반에서 삼십 대 초반 같다가도 무표정할 땐 광남 씨 연배로 보였다. 가로로 기다란 눈매는 어쩐지 낯익다 싶었는데 만 원 지폐의 세종대왕을 닮아 있었다. 그 속에 깃든 눈동자가 동공 구분이 안 될 정도로 까매, 흰 복장과 대비를 이루어 오묘하기까지 했다. 주근깨가 흩뿌려진 까무잡잡한 피부에 화장기는 전혀 없었다. 하긴 바퀴벌레 잡으러 오는 마당에 분칠하고 입술을 바르는 것도 이상치 싶었다.

"그래도 잘 찾아오셨네요."

"고객님이 계신 곳이라면 어디든지 갑니다. 지구 끝까지라도 말입니다. 하하하."

군대식 말투와 호탕한 웃음소리가 딱딱하게 들릴 법도 한데 목소리가 좋아서인지 듣고 있자니 마음 한 줌 편안해졌다.

"여기, 제 연락처입니다."

안희수가 명함을 건넸다. 앞면엔 '(주)올 킬 (All Kill, Ltd)'이라고 쓰인 상호와 함께 옷에 붙은 것과 같은 로고만 덜렁 새겨 있었다. 당최 작아서 금지표지판 안에 있는 그 벌레의 정체는 여전히 파악할 수 없었다. 명함을 뒤집으니 '대리'라는 직함이 적힌 이름과 전화번호 외 무언가를 적어 넣을 수 있는 빈 괄호가 하나 있었다.

"이거, 만만치 않겠습니다. 워낙 오래된 집이라서 말입니다."

광남 씨를 지나친 안희수가 오두막을 둘러보며 말했다.

"수리한다고는 했는데……. 어떻게 바퀴벌레는 완전히…… 그 뭐냐……."

"박멸 말씀입니까?"

"예. 할 수 있을까요?"

뒤를 돌아본 안희수가 하얀 이를 드러내며 웃었다.

"프로페셔널이 달리 프로페셔널이겠습니까? 저희가 박멸 못 하는 생물은 이 지구상에 없습니다. 올 킬 아닙니까, 올 킬. 걱정 안 하셔도 됩니다, 하하하."

승합차로 돌아간 안희수가 트렁크에서 일반 슈트케이스보다 크고 두꺼운 흰색 가방을 꺼냈다. 이어서 꺼낸 것도 흰색이었는데 등에 메고 쓰는 농약 분무기와 비슷했다. 본체인 듯한 사각 통은 등판을 다 차지하는 크기였고, 연통처럼 굵은 일 미터 길이의 분사기는 봉 끝에 널따란 후드가 달려 있었으며, 그 본체와 분사기 사이를 구불구불한 호스가 잇고 있었다. 연장통을 등에 메고 슈트케이스를 손에 든 안희수가 오두막으로 들어섰다.

"음……. 아……. 이런……."

거실과 부엌, 맞은편 안방과 창고 방, 방들 사이 화장실까지 들락날락 살피던 안희수가 때로는 고개를 끄덕이며 때로는 도리질을 치며 뜻을 알 수 없는 감탄사들을 연발했다.

"이거……. 바퀴가 살기에 아주 좋은 환경입니다."

"아, 그래요?"

"리모델링을 하셨다고는 해도 집 구조 자체가 오래된 거라 바퀴들이 숨을 데가 너무 많습니다."

"그럼 어떻게……."

광남 씨는 한숨을 내쉬었다.

"본거지를 공략하면 됩니다, 본거지. 그러면 게임 끝나는 겁니다. 하하하."

"정말이요? 본거지가 어딥니까?"

안희수는 대뜸 부엌으로 걸어가 개수대 수챗구멍을 검지로 딱 가리켰다.

"여깁니다."

"역시……."

짐작하고 있었다는 듯 광남 씨도 고개를 끄덕였다.

"좀 냄새가 나고 해서 소독약을 뿌리긴 했는데……."

"소독약 갖고는 안 됩니다, 고객님. 바퀴벌레가 얼마나 생명력이 강한 줄 아십니까? 바퀴벌레를 살아 있는 화석이라고 부릅니다. 화석. 그만큼 오래전부터 살아남았다는 겁니다. 이놈들이 얼마나 생존력이 강하냐면 말입니다. 어디 공사장 같은 데 먹을 게 없잖습니까? 그럼 합판이나 콘크리트를 먹고 삽니다. 그리고 새끼 밴 암놈을 탁, 쳐서 죽이잖습니까? 그러면 배가 터지는 그 순간에도 팥알만 한 난협을 몸 밖으로 내보냅니다."

"난협이요?"

"네, 알주머니 말입니다. 알집. 어미가 죽기 전에 본능적으로 새끼들만큼은 살리려는 겁니다. 일종의 피신. 그러면 또 그 알집에서 뽀얀 유충들이 우글우글 나오고……. 암놈 한 마리가 석 달 정도 살면서 새끼를 얼마나 퍼뜨리는지 아십니까? 삼백 마리. 한 마리가 말입니다."

안희수 설명을 들으며 광남 씨는 입을 벌렸다.

"그럼, 이쯤에서 고객님께 문제 하나를 드리겠습니다. 만일 석 달 전 이 집에 자매로 보이는 암놈 두 마리가 싹 들어왔다, 그럼 지금 몇 마리가 있겠습니까?"

"육백 마리."

안희수는 눈을 지그시 감으며 고개를 저었다. 광남 씨 앞으로 내민 검지도 좌우로 흔들었다.

"그럼……?"

답이 틀렸다는 게 의아하기도 멋쩍기도 한 광남 씨가 물었다.

"우리가 흔히 '인구가 기하급수적으로 증가한다'라는 말을 쓰잖습니까. 기하급수적. 뭐 사람이야 근친상간 없이도 인구는 끊임없이 늘어난다 이 말입니다. 근데 바퀴벌레는 어떻습니까? 어디 바퀴벌레가 그러겠습니까? 한배에서 나왔든 말든 어미 아비 친척 가릴 것 없이 석 달 동안 저들끼리 막 붙어먹습니다. 말 그대로 숫자가 기하급수적으로 늘어난다, 이겁니다. 그러니까 지금 이 집에는…….”

안희수는 머릿속으로 계산을 하는 듯 눈을 굴리다 도저히 답이 안 나온다는 표정을 지었다.

"아무튼, 수천 마리가 있는 겁니다. 수천 마리가."

"아……."

광남 씨는 숨쉬기가 약간 힘들어지는 것을 느꼈다. 숨을 한번 들이쉴 때마다 그 난협인지 뭔지에서 나온 유충들이 빨려 들어올 것 같았다.

"그런 놈들입니다, 이놈들이. 오죽하면 그런 영화가 있겠습니까?"

"무슨……?"

"외계인 영화 말입니다, 외계인. 그 외계인이 사실은 무슨 괴물처럼 막 우악스럽게 생긴 게 아니라 이 바퀴벌레가 외계인이라는 겁니다. 수십억 년 전에 이미 와 있었단 겁니다. 왜? 지구를 정복하러. 결국, 그렇게 될 거라는 거는 영화에서 전문가들도 다 인정한 사실입니다. 인간이 멸종된 다음에도 지금껏 그랬듯 바퀴벌레들은 끝까지 살아남습니다. 지구의 주인은 인간이 아니라 바퀴벌레니까 말입니다. 그런데 소독약 같은 걸로 되겠습니까?"

광남 씨는 넋 나간 표정으로 안희수 말을 듣다가 물었다.

"그런 걸…… 없앨 수 있겠어요?"

"하하하. 멸종은 못 시켜도 이 집에서만은 확실히 없애드리겠습니다. 저희가 달리 전문가고 또 코스닥에까지 상장됐겠습니까? 하하하."

안희수는 마스크를 올려 쓰고 고글을 내려 써 다시 온몸을 빈틈없이 가린 다음 한쪽 무릎을 구부려 앉더니, 싱크대 아래쪽을 열어 바닥으로 이어진 배수관을 능숙한 솜씨로 분해하기 시작했다. 약간 불안해진 광남 씨가 물었다.

"저기…… 제가 여기 있어도 괜찮을까요? 감염이나 그런…….."

"그런 건 없는데, 보기 뭐하시면 나가 계셔도 됩니다."

분리한 관을 바닥에 놓으며 안희수가 대답했다.

"사실, 처음엔 조금 쇼킹할 수 있습니다. 뭐, 눈으로 그 쇼킹한 장면을 꼭 확인해야겠다 싶으시면 그냥 계셔도 됩니다만……."

광남 씨는 이것들 죽는 꼴을 기어이 눈으로 확인해야 안심이 될 것 같았다. 배수관을 완전히 제거하는 안희수 옆으로 바짝 붙어 섰다. 싱크대 안, 시멘트 바닥에 뻥 뚫린 구멍이 드러났다. 안희수는 준비해 온 슈트케이스를 열었다. 거기엔 이름 모를 각종 약병과 크고 작은 주사기들, 용도를 알 수 없는—일부는 수술 도구처럼 보이는—장비들이 수많은 주머니에 가지런히 꽂혀 있었다.

안희수가 선택한 것은 어림잡아 길이가 30센티미터가량 되고 원통 지름이 6~7센티미터쯤 되는 주사기와 노란색 약병이었다. 길이가 10센티미터는 될 것 같은 두꺼운 바늘을 주사기 끄트머리에 연결한 후, 약병 뚜껑에 꽂아 실린더를 뒤로 당긴 다음 약물이 꽉 찬 주사기를 눈앞에 들어, 검지로 톡톡 치고 실린더를 살짝 눌러 약 몇 방울을 바늘 끝으로 내보내는 움직임이 위독한 환자를 다루는 의사 같았다. 광남 씨는 그 동작들 하나하나를 숨죽이고 지켜보았다.

주삿바늘을 바닥 구멍 깊숙이 찔러 넣은 안희수가 천천히 실린더를 눌렀다. 약이 다 빠져나가자 바늘을 주사기에서 분리한 후 재활용 마크가 새겨진 지퍼 주머니에 주사기와 바늘, 빈 약병을 담더니 손목시계와 바닥 구멍을 번갈아 보며 기다렸다. 그 모습이 이번에는 FBI 소속 시한폭탄 제거 요원 같았다. 안희수를 따라 바닥 구멍과 벽시계를 돌아가며 노려보던 광남 씨는 삼 분 후 안희수가 후다닥 일어서는 바람에 엄마야, 외치며 덩달아 일어섰다.

"제 뒤로 물러나서 보시면 됩니다."

등에 멘 연장통에서 긴 분사기를 빼낸 안희수가 나지막이 말했다. 광남 씨가 시키는 대로 하려는 찰나, 바닥 구멍 안쪽에서 한 가닥 굵은 머리카락 같은 것이 흔들흔들 올라왔다. 이어 두 가닥, 연이어 콩알만 한 대가리가 보이는가 싶더니 시커먼 몸통이 구멍을 쏙 빠져나왔다. 크기가 족히 손가락 두 개를 합친 것만 했다. 광남 씨는 골이 당기는 데다 덜미까지 스멀스멀하고 찌릿찌릿해 목덜미며 승모근을 한 손으로 꽉꽉 주물렀다.

"이제 시작입니다."

안희수는 두 손으로 분사기를 움켜잡으며 속삭였다. 이제 시작이라는 놈은 영 맥을 못 췄다. 숨이라도 고르는 듯 잠시 구멍 옆에 있다가 다리가 풀린 주정꾼처럼 비틀비틀 움직이더니 얼마 못 가 천장을 바라보며 벌러덩 뒤집혔다. 다리들이 번데기 같은 배를 둘러싸고 바르르 떨었다. 구멍 안쪽에서 소리가 들린 건 그때였다. 무언가 들끓는 듯한 소리. 깊은 밤 산중에 울리는 다듬이 소리. 수만 군인이 한꺼번에 몰려오는 군홧발 소리……. 광남 씨는 입을 떡 벌렸다가 급히 양손으로 입을 가렸다.

시커먼 것들이 구멍을 터뜨리듯 솟구치는가 싶더니, 삽시간에 시야가 허락하는 바닥 먼 곳까지 수평류를 이루었다. 회색 시멘트 바닥은 오간 데 없이 사라지고, 그곳을 채운 건 마치 검은 해일과도 같이 밀어닥치는 바퀴벌레 떼였다. 광남 씨는 곧 자신을 덮칠 것만 같은 그 검은 물결을 눈알이 튀어나올 듯이 바라보다가 떨리는 고개를 가까스로 옆으로 돌렸다.

안희수는 풍파 속 한 마리 백로처럼 서 있었다. 고글 속 두 눈이 반짝였다. 두려워하거나 당황하는 눈빛은 아니었다. 오히려 살짝 미소 짓는 것 같더니 분사기 손잡이에 붙은 금속 레버를 툭 올렸다. 등에 멘 연장통에서 윙, 소리가 났다. 묵직하게 진동하는 분사기를 바글거리는 무리 위로 들이대자 놈들은 넓은 후드 입구에서 모조리 빨려 들어갔다. 분사기에서 살충제라도 뿜어져 나올 줄 알았던 광남 씨는 어리둥절했다. 긴 봉은 분사기가 아니라 흡입기였던 셈이다.

안희수는 그 흡입기를 이리저리 휘둘러 달아나려는 놈들까지 제압했으나 만만한 싸움은 아니었다. 워낙 수가 많은 데다 개중에는 날개를 파닥이며 날아오르려는 놈들도 있었다. 날개가 괜히 달린 건 아닐 거라 생각은 하고 있었지만 진짜 날아다니는 놈들을 보는 건 오늘이 처음이었다. 힘이 빠진 탓에 대부분 멀리 날지 못했으나 아직 힘이 남은 몇 놈은 족히 일 미터 이상 날아올랐다.

그중 한 마리가 광남 씨 얼굴을 향해 날아들었다. 틀어막은 입을 벌리고 고함을 내질렀다. 그 소리가 안개를 불러온 것같이 다가오는 바퀴벌레만 남기고 주변이 뿌예졌다. 안개를 뚫고 점점 커지는 바퀴벌레가 꼭 웃는 것처럼 보였다. 광남 씨는 눈을 찔끔 감았다.

툭.

아무런 감촉이 없었다. 더듬이로 눈을 찌르지도 더러운 몸뚱이를 얼굴에 부딪치지도 않았다. 한쪽 눈을 반쯤 떠보았다. 무언가 희끄무레한 것이 코앞에 다가와 있었다. 두 눈을 번쩍 떠 양 눈알을 코앞으로 모으니 흰 장갑을 낀 주먹이 보였다. 그 주먹 쥔 손가락 틈새로 누리끼리한 게 찔끔 삐져나와 있었다.

"문밖에 계시는 게 좋겠습니다. 괜히 들러붙으면 기분 나쁘잖습니까."

안희수가 주먹을 폈다. 터진 바퀴벌레가 바닥에 떨어졌다. 광남 씨는 두말없이 문밖으로 나가 충분히 떨어진 곳에 서서 고개를 쭉 빼 집 안을 들여다보았다. 안희수는 도망치거나 날아오르는 놈들을 향해 쉴 새 없이 주먹과 흡입기를 한꺼번에 휘둘렀다. 그 능수능란한 모습이 흡사 봉을 들고 묘기를 선보이는 것처럼 보였다.

한 시간쯤 지나자 싱크대 구멍에서 더는 아무것도 기어 나오지 않았다. 안희수는 구석구석에 흡입기를 대가며 남은 사체나 아직 꿈틀거리는 놈들을 처리한 후 금속 레버를 내렸다. 윙, 하는 소리가 멈췄다. 광남 씨는 몸 여기저기를 긁으며 집 안으로 발을 들여놓았다.

"이제, 다 된 겁니까?"

"뭐 본 게임은 일단 끝났고, 잔당 소탕만 남았습니다."

안방으로 들어간 안희수가 장판을 걷어냈다. 바닥과 모퉁이에 나 있는 균열들 대상으로 다시 약물 주입과 흡입이라는 2단 작업을 선보였다. 아직도 여기저기서 비틀대는 검은 무리가 기어 나왔지만 부엌에 비교하면 잔챙이에 불과했다. 다음은 벽과 천장에 벌어진 벽지 틈을 대상으로 같은 작업을 했다. 연이어 옷장 안과, 밑…… 패전한 바퀴벌레 잔당을 남김없이 소탕한 후, 바닥 균열에는 실리콘을 바르고 벌어진 벽지 틈에는 풀을 발라 단단히 밀착시켰다. 창고로 쓰는 방과 화장실, 마루도 같은 작업을 반복하고 나니 퇴치 시작 후 두 시간이 훌쩍 지나 있었다.

"하, 오랜만에 좀 빡세게 했습니다."

오두막을 나온 안희수가 연장통과 가방을 승합차에 넣고는 고글과 마스크와 장갑을 벗은 다음 머리에 뒤집어썼던 후드를 젖혔다. 광남 씨는 그 모습을 지켜보며 처음엔 안희수 머리에서 왜 저리 후드가 안 벗겨지나 의아했다. 그러나 금방, 그것은 착각이라는 걸 깨달았다. 흰색 후드는 뒤통수 아래와 목덜미 사이에 분명하게 젖혀져 있었다.

한 가닥으로 끌어 묶은 길고 숱 많은 머리칼 색이, 염색한 것인지 아니면 이른 나이에 벌써 센 것인지 입고 있는 옷처럼 모조리 하얬던 것이다. 안 그래도 나이를 가늠하기 힘든 얼굴이 머리카락 색깔 때문에 더 종잡을 수 없게 보였다. 땀에 젖은 그 머리카락을 산자락에서 불어오는 바람에 말리는 새하얀 안희수 뒤로 붉은 해가 뉘엿뉘엿 지고 있었다.

"수고하셨습니다."

광남 씨 인사에 안희수는 씩 한번 웃더니 차 조수석에서 태블릿 PC를 꺼내 앞으로 내밀었다.

"고객서비스 처리 보고섭니다. 서명란에 사인 부탁드립니다."

광남 씨는 회사 다닐 때 이후로 몇 년 만에 보는 터치스크린이 낯설어 잠시 망설이다가 이내 검지에 힘을 실어 이름 석 자를 또 박또박 큼직하게 썼다.

"글씨체가 자로 잰 듯 아주 반듯하십니다, 하하하. 결제는 어떻게, 카드로 하시겠습니까?"

태블릿을 받아든 안희수가 화면을 확인하며 물었다.

"아니, 현찰이요. 얼마죠?"

신용카드 따위 있을 리 만무한 광남 씨가 대답했다.

"안내 안 받으셨습니까?"

"얘기하신 것 같은데 잊어버려서……."

"평수에 따라서 좀 다릅니다만, 여긴 큰 집은 아닌데 거리라든지 뭐 이런 문제도 좀 있고, 보셨다시피 작업량이 워낙 많아서……."

태블릿PC로 계산기를 두드리며 안희수가 말을 이었다.

"삼십칠만 원입니다."

광남 씨는 주머니를 뒤져 돈 봉투를 꺼냈다. 삼십만 원이면 넉넉할 것 같아서 준비해두었는데……. 허겁지겁 지갑에서 칠만 원을 더 꺼내 봉투에 넣어 건넸다.

"아이고, 봉투에 안 넣으셔도 되는데 말입니다."

"그럼 이제 완전히 저기…… 박멸된 겁니까? 추가로 다시 뭐 안 해도……."

"게임 끝났습니다. 걱정 안 하셔도 됩니다."

안희수는 봉투에서 만 원짜리들을 꺼내 후루룩 세면서 말했다.

"아까 드린 제 명함, 잘 보관하셨다가 혹시라도 서비스에 불만족스러운 점이 있으면 언제라도 연락 주시면 됩니다. 저희 올 킬이 끝까지 책임집니다. 고객님께서 만족하실 때까지 말입니다."

"예."

"그럼 이만 가보겠습니다, 고객님."

돈 봉투를 방호복 안주머니에 챙겨 넣은 안희수가 왔을 때처럼 허리를 깊숙이 숙여 인사하고는 차에 올랐다. 떠나는 흰 스타렉스 곁을 검은 그랜드체로키가 먼지를 일으키며 스쳐 지나왔다. 지프는 광남 씨 앞에서 멈췄다. 운전석 창문이 열리고 노상용이 머리를 내밀었다.

"집에 무슨 벌레 있어요?"

"아…… 그게……."

광남 씨 집을 건너보던 노상용은 안희수가 사라진 방향으로 고개를 돌렸다.

"어디 다녀오세요?"

노상용의 시선을 돌리려 광남 씨가 물었다.

"네, 서울에요. 부부동반 모임이 있어서 하루 자고 오는 길입니다. 그 잡지 아시죠? 『환경과 인간』."

노상용은 서울에서 무슨 볼일을 보고 왔는지 구구절절 설명했다. 잡지사와 몇몇 건설업체가 예술가들이나 뭐 그런 사람들이 모여 살 수 있도록 친환경 마을 조성을 계획 중인데 자기가 고문으로 참여하고 있어 여기를 후보지로 추천했다는 둥.

"아직 확실한 건 모르지만 여기에 단독형 타운하우스들이 쫙 들어오면 우리 고 선생도 좋지 않겠어요? 지금은 달랑 고 선생하고 우리하고 두 집뿐이라, 좀 외롭잖아요?"

마뜩잖은 표정을 숨기려고 광남 씨는 애를 썼다. 지겨운 인간들을 피해 왔더니 여기다 또 마을을 만들겠다고? 외롭다니…… 그렇게 외로우면 서울서 살지 여긴 왜 내려온 거야? 내친김에 말을 꺼내기로 했다.

"저기…… 쓰레기요."

"네?"

노상용이 뭔 뜬금없는 소리냐는 듯 광남 씨를 빤히 쳐다봤다.

"집 앞에 내놓으신 거. 음식물 쓰레기하고 쓰레기봉투……"

"아, 그게 왜요?"

"벌레들이 끓던데…… 냄새도 많이 나고."

"에? 양 씨가 안 가져갔나?"

"안 가져갔던데요."

"하, 그 사람…… 말을 해야겠네. 알았어요. 내가 전화해볼게요."

"그리고 쓰레기봉투도 바로바로 좀……. 산짐승들이 있어서 놔두면은 다 찢고 엉망이 돼서……. 그리고 재활용이랑 막 섞여 있던데……."

노상용은 마뜩잖은 기색을 광남 씨처럼 숨기지 않았다. 조수석에 앉아 먼산을 내다보는 서영실 표정도 마찬가지였다.

"아, 그거……. 어제 급하게 나가느라 깜박했네. 알았어요. 내가 알아서 처리할게요."

"부탁 좀 드릴게요. 두 집뿐이라도 서로 지킬……."

말을 마치기도 전에 노상용은 차를 출발시켰다.

"뭔데 우리 집 쓰레기까지 신경을 써? 자기가 무슨 환경운동가야?"

서영실 목소리였다.

"어디 후원금을 낸다, 어쩐다 하더니 딴에는 무슨 큰일깨나 하는 기분인가 보지. 내버려둬."

열린 차창에서 새어 나오는 부부의 수군덕대는 소리가 가뜩이나 예민해진 광남 씨 귀에 다 들렸다. 광남 씨는 등을 돌려 오두막으로 들어섰다. 바퀴벌레가 사라진 집 안이 새 이불처럼 보송하게 맞았다. 남들이 수군덕대는 소리 따위 신경 쓰지 마라, 토닥거려 주는 것같이…… 광남 씨는 알겠다는 듯 청소기를 돌리고 방바닥을 걸레질하고 부엌을 행주질했다.

저녁을 지어 먹고 일찌감치 자리를 편 광남 씨는 피곤한 몸을 요에 뉘었다. 지난밤 제대로 못 잔 탓에 잠은 금방 몰려들었다. 얼마나 잤을까.

사각사각.

가물가물 잠을 깼다. 이게 무슨…….

사각사각…….

눈을 번쩍 떴다. 설마 그럴 리가……. 소리는 더 들려오지 않았다. 그렇지, 잘못 들었겠지.

사각사각…….

잘못 들은 게 아니다. 벌떡 일어나 불을 켜고 방 안을 둘러보았다. 아무것도 없었다. 이놈의 강박증은 하여간……. 불을 끄려던 광남 씨는 전등 스위치에 손가락을 얹다가 왠지 등골이 서늘해져 천천히 고개를 방문 아래로 돌렸다. 촉은 틀리지 않았다. 문지방 구석에 엄지만 한 검은 것이 보였다. 팔짝 물러나 안전거리부터 확보했다. 저게 무슨……. 상체를 구부정하게 숙여 가까이 내려다보았다. 틀림없었다, 바퀴벌레.

놈은 움직이지 않았다. 죽었나? 미처 빠져나오지 못한 잔당이 어디에선가 기어 나와 여기서 죽은 건가? 제자리에서 오른발을 굴러보았다. 바퀴벌레가 움찔하는 바람에 광남 씨는 팔짝 뛰어 한 발 더 물러났다. 반면 놈은 달아나지 않았다. 그대로 문지방 구석에 붙어 뭘 그리 호들갑이냐 손사래 치듯 더듬이를 한번 까딱거리는 게 다였다. 더는 움직일 기미가 없어 보였다.

광남 씨는 아까 있던 자리로 나아가려 오른발을 들었다. 들다가 화들짝해 도로 내려놓았다. 바퀴벌레가 체조선수처럼 몸을 홱 뒤집어 누런 배를 보였기 때문이었다. 더듬이만 겨우 떨던 놈이 어떻게 저런 민첩함을 보일 수 있을까. 위로 쳐든 여섯 개 다리가 미동하는 걸 지켜보며 광남 씨는 안희수 말을 떠올렸다.

'한두 마리 보실 수도 있습니다. 힘 빠져서 비실비실하는 애들. 그런 애들은 그냥 두시면 됩니다. 어차피 몸을 뒤집고 죽을 거니까 말입니다. 원래 애들은 전에 먹었던 음식물을 서로 나눠 먹습니다. 반쯤 소화된 걸 토하면서 말입니다. 그러니까 한 마리가 약을 먹으면 다른 애들도 나눠 먹게 되는 겁니다. 그럼 다른 애들이 토한 걸 또 먹게 되고…… 무슨 말인지 아시겠습니까? 그런 비실거리는 애들은 그냥 놔두셔도 다른 애들하고 같이 죽는다, 이 말입니다. 어차피 확실하게 소탕을 했으니까 뭘 나눠 먹든 안 나눠 먹든 전부 죽게 돼 있습니다. 뭐, 정 찜찜하시면 바로 잡아 죽이셔도 좋습니다. 근데, 진짜 더럽지 않습니까? 토한 걸 또 나눠 먹다니 말입니다.'

문지방에 뒤집혀 있는 바퀴벌레는 안희수 말대로 곧 미동을 멈췄다. 광남 씨는 두루마리 휴지를 아주 길게 뜯어내 두껍게 겹쳐 바퀴벌레를 감싸 집어 올렸다. 이 정도면 터뜨려도 누런 게 스며 나와 손에 묻는다든가 하는 일은 없을 것이다. 휴지로 감싼 바퀴벌레를 손안에 쥐고 힘을 꽉 주었다. 으깨지는 느낌이 희미하게 전해지자 뭔가 통쾌함 같은 게 차올랐다.

휴지 뭉치를 화장실 변기에 버리고 물을 내렸다. 물이 차기를 기다렸다가 한 번 더 변기 레버를 눌렀다. 그러곤 몇 차례에 걸쳐 손을 씻었다. 마지막 네 번째인가 다섯 번째 손을 씻을 땐 잠도 못 자고 이 짓거리를 하게 만든 바퀴벌레에게 쌍욕을 퍼부었다.

닷새가 지났다. 그동안 힘 빠진 바퀴벌레를 두 마리 더 발견하였으나 눌러 죽이지는 않았다. 대신 읍내에서 사 온 전용 살충제를 뿌렸다. 잔당들은 하나같이 빈사 상태였던지라 분사된 약이 슬쩍 닿기만 해도 나자빠져 숨을 거뒀다. 덕분에 휴지 사용량이 줄었고 손 씻는 횟수도 두어 번이면 충분했다. 이후 바퀴벌레 모습은 보이지 않았고 광남 씨는 마음을 놓았다. 이제 씨가 말랐구나.

착각이었다. 또 한 마리 바퀴벌레가 싱크대 위에서 더듬이를 까딱거리는 모습을 발견한 건 다시 사흘이 지나 나흘째 되던 날이었다. 징글징글한 놈들. 이제 저놈이 마지막인가? 광남 씨는 안방으로 들어가 살충제를 들고 나왔다. 놈은 아직 거기 그대로 있었다. 움직일 힘조차 없을 테니 당연했다. 살충제에 달린 빨대 모양 대롱을 펴 놈에게 겨냥한 다음 분사 단추를 눌렀다. 그때였다. 분사약이 몸에 닿기도 전 놈이 싱크대와 벽 틈으로 달아나버렸다.

광남 씨는 놈이 사라진 곳을 멍하니 보았다. 이렇게 빠를 수가 없는데…… 분명히 힘 빠져서 나 죽여주쇼, 하고 기다려야 맞는데…… 왼쪽 옆구리가 근지러웠다. 안희수가 다녀간 이후로는 잊고 있던 가려움이었다. 연이어 왼쪽 어깨가 가려웠다. 그다음은 등, 엉덩이…… 가려움은 온몸으로 퍼져 나갔지만 광남 씨는 긁을 생각도 못 하고 입만 벌리고 서 있었다.

당연한 얘기지만 그날 밤엔 잠들지 못했다. 최근 사흘간은 단잠을 잤다. 소탕 작전 직후 때때로 잔당들이 발견되던 닷새간은 꺼림칙함이 조금 남아 있어 뒤척이기도 했으나 바퀴벌레들을 평정했다고 여긴 사흘간은 눕기만 하면 곯아떨어졌었다. 그런데 이건 뭐, 삼일천하도 아니고…….

바깥에서 풀벌레가 울었다. 따라 울 것까지야 없겠지만 광남 씨는 이 순간, 차라리 저 곤충들이 부러웠다. 사실 저 바깥 소리가 좋았다. 이곳으로 이사 온 날부터 광남 씨에게 남은 몇 가지 낙이란 가끔 읍내로 나가 아들과 통화하는 것과 매일 텃밭을 가꾸는 것과 좋은 공기를 양껏 마시며 명상하는 것 외 계절이 보내는 전령들에 귀를 기울이는 것이었다. 새들 소리, 풀벌레들 소리. 서울에서는 들을 수 없었던 소리…….

놈들이 나타나고선 달랐다. 모든 소리가 두려움으로 변했다. 빌어먹을 바퀴벌레 때문에 애먼 풀벌레들까지 미워하게 된 것이다. 지금도 이름 모를 벌레 소리에 귀를 기울이고는 있지만 전처럼 아름답게만 들리지는 않았고 오히려 소리 사이사이에 어떤 불길함이 숨어 있는 것 같아 마음이 편치 않았다.

삐링, 삐링, 삐링…… 부스럭……. 삐링, 삐링, 삐링……. 사각사각…….

광남 씨는 귀를 쫑긋 세웠다. 부스럭? 사각사각? 이것은 풀벌레 소리가 아니다. 바깥 소리도 아니다. 방 안 어디선가 들려온 소리. 고막 신경을 곤두세웠다.

사각사각, 다다닥다다닥…….

소리가 닿은 귀 주변부터 소름이 도미노처럼 온몸으로 퍼져 나갔다. 더 들을 것도 생각할 것도 없었다. 벌떡 일어나 불을 켰다. 크게 기대는 하지 않았다. 벌써 어디로 숨고 없겠지……. 그러나 있었다. 방바닥 중간에 딱 버티고, 나 좀 보라는 듯이. 광남 씨는 급하게 손톱을 물어뜯었다. 막상 바퀴벌레를 맞닥뜨리고 보니 뭘 어째야 할지 몰라 그거라도 뜯어야 현실을 받아들일 수 있을 것 같았다.

손톱을 질겅질겅 씹으며 놈을 내려다보았다. 그동안 뭘 그리 잘 처먹고 살았는지 단팥묵같이 찰지고 윤기가 흐르는 놈 몸뚱어리는…… 조금 과장하자면 참새만 했다. 놈은 여섯 개 굵은 다리를 방바닥에 딱 붙이고 서서는 더듬이를 여유롭게 흔들거리며 광남 씨를 노려보고 있었다. 응? 노려 봐?

광남 씨는 놈 머리를, 정확히는 얼굴 같아 보이는 곳을 들여다 보았다. 정말 그랬다. 물론 어디가 눈코입인지 분간할 수는 없었으나 몸을 움직일 수 없는 걸 보면 놈 눈빛에 자신이 압도당해버린 것만은 틀림없었다. 그렇다고 밤내 놈이랑 눈싸움만 하다 지새울 순 없었다. 광남 씨는 조심스레 고개를 움직여 방 안을 쭉 훑었다. 다행히 살충제는 옷장 옆에 놓여 있었다.

다리를 들어 한 발짝 뗐다. 놈 눈치를 살피며 두 발짝. 옷장 쪽으로 몸을 틀어 세 발짝. 약통을 들어 네 발짝에 돌아서던 광남 씨는 자칫 비명을 지르며 주저앉을 뻔했다. 놈이, 그 참새만 한 것이 광남 씨를 여전히 노려보고 있었다. 그러니까 광남 씨 움직임을 쫓아 방향을 빙그르르 튼 것이다.

살충제를 쥔 손이 바들바들 떨렸다. 갈증이 났다. 바짝 말라가는 입안에서 있는 대로 침을 끌어모아 삼켰다. 놈이 두 쪽 날개를 푸드덕거린 건 그때였다. 이어 앞다리 한 쌍을 바닥에서 떼더니 이륙을 준비하는 것처럼 서서히 가슴을 들었다. 봤지? 하며 겁주듯이 45도로 편 놈 날개가 파르르 움직였다. 여드레 전, 눈앞까지 날아들었던 바퀴벌레가 머릿속에 떠올랐다. 그놈을 단번에 잡아채던 안희수의 하얀 주먹도.

그 주먹이 용기를 북돋아 광남 씨는 놈에게로 성큼 다가섰다. 이 정도면 충분히 약을 분사할 수 있는 거리, 천천히 살충제 대롱을 펴 놈을 겨냥했다. 놈 날개가 빠른 속도로 움직거렸다. 여기서 뭘 더 하면 당장 바닥을 차고 올라 눈알을 파먹을 거라 경고하듯이 딛고 있던 뒷다리들을 움찔댔다. 광남 씨는 굼벵이처럼 더디게 분사구 단추 위로 슬그머니 검지를 얹었다. 지금이 아니면…….

분사 단추를 눌렀다. 근거리에서 분사된 용액이 놈을 덮쳤다. 삽시에 약물 세례를 받아 날개까지 흠뻑 젖은 놈은 곧추세웠던 가슴을 바닥으로 내려뜨렸다. 광남 씨는 분사 단추를 누른 검지에 힘을 더했다. 파닥이던 날개 움직임이 잦아들더니 마침내 멈췄다. 이제 뒤집히기만 하면 된다. 모든 바퀴벌레는 약을 먹으면 뒤집힌다. 그러면 안희수 말대로 게임 끝이다. 자, 어서 뒤집혀라. 뒤집혀서 다리들을 공중에 쳐들고 바르르 떨며 죽어라.

어찌 된 일인지 놈은 뒤집히지 않았다. 약물은 이미 방바닥에 흥건했다. 분사 단추에서 손가락을 뗐다. 놈은 전혀 움직임이 없었다. 이쯤 되면 죽은 게 분명하다. 이만큼 약을 맞고도 살아 있을 수는 없다. 그런데 왜…… 뒤집히질 않는 것일까. 분사 대롱 끝으로 몸통을 살짝 건드려보았다. 꿈쩍도 안 했다. 그냥 특이하게 안 뒤집는 놈일 뿐 틀림없이 죽은 것이다.

광남 씨는 두루마리 휴지를 집어 들고 적당히 풀어 접었다. 이미 죽은 놈이니 지나치게 많이 쓸 필요는 없었다. 접은 휴지로 만두소 싸듯 놈을 감싼 후, 입구를 손가락 끝으로 잡고 자리에서 일어났다. 방바닥이 미끈거렸다. 저 약물은 또 언제 다 닦나…….

화장실로 발걸음을 옮기려는데 휴지 뭉치가 덜렁 움직였다. 놀란 광남 씨는 잡고 있던 휴지 뭉치를 놓칠 찰나에 잽싸게 다른 손을 써 막았다. 이게 아직 안 죽었다고? 맞다, 하듯 휴지 뭉치가 밑을 받친 손바닥 위에서 또 한 번 덜렁 했다. 광남 씨는 그대로 손뼉을 치듯 휴지 뭉치를 손바닥으로 내리쳤다. 빠지직 터지는 감촉이 양손에 전해졌다. 그 느낌이 심신을 안정시키려는 그때, 손바닥을 밀어내듯 휴지 뭉치가 연달아 두 번 꿈틀거렸다. 곧 뭉치를 찢고 탈출할 것처럼.

아니, 어떻게……. 바퀴벌레가, 그것도 약에 절어 다 죽어가는 놈이 이렇게 힘이 셀 수 있나? 휴지 뭉치가 다시 꿈틀댔다. 이번 움직임은 여섯 개의 다리와 머리와 몸통 놀림을 하나하나 구분할 수 있을 정도였다. 광남 씨는 양 손바닥 사이에 든 휴지 뭉치에 압력을 세게 가했다.

빠직, 빠직, 빠직. 몸뚱어리가 으깨지는 소리가 희미하게 들렸지만 놈은 움직임이 다소 약해졌을 뿐 탈출 시도를 멈추지 않았다. 말도 안 돼……. 왜 안 죽는 거지? 이대로 가다가는 진짜 휴지 뭉치를 다 찢고 헐크처럼 손바닥을 밀어내며 기어 나올지도……. 이게 당최 가능하기나 한 일인가? 궁금한 일이 생길 때마다 친절히 설명해 마지않는 해설자 같은 안희수 말이 귓가를 스쳤다.

'바퀴벌레는 말입니다, 몸이 거의 지방질로 이뤄졌습니다. 당연히 말캉말캉 유연하지 않겠습니까? 그러니 웬만히 눌러서는 안 죽습니다. 자기 몸 두께 세 배까지는 너끈히 납작해질 수 있다고 보시면 됩니다. 그래서 드리는 말씀입니다만, 어설프게 누르면 그놈들은 오히려 좋아할 수도 있습니다. 그렇잖습니까? 우리도 지압 같은 거 받으면 시원하니 몸도 풀리고 좋잖습니까? 뭐 어쨌든 제 말은, 어설프게 하는 건 안 하느니만 못하다, 이 말씀입니다.'

지압? 시원해? 광남 씨는 휴지 뭉치를 방바닥에 패대기치고는 다리 한 짝을 번쩍 들어, 있는 힘껏 발꿈치를 내리찍었다.

"이래도 시원하냐? 이래도?"

두 번, 세 번…… 몇 번을 내리찍는 순간, 휴지 뭉치와 함께 발꿈치가 쭉 미끄러져 번들번들한 방바닥에 쿵 소리를 내며 엉덩방아를 찧었다. 궁둥이와 허리 어디쯤에서 폭탄이 터지는 것 같았으나 통증은 느껴지지 않았다. 재빨리 손으로 바닥을 짚고 일어나 연신 비틀비틀 미끄러지는 와중에 휴지 뭉치를 사정없이 밟아댔다. 납작해지다 못해 바닥에 고인 약에 젖어 곤죽이 될 때까지.

휴지 뭉치 위로, 아마도 바퀴벌레 내장일 누런 것들이 스며 나오며 부서진 검은 몸 조각들이 비쳐 보였다. 기운이 쭉 빠진 광남 씨는 방바닥에 주저앉았다. 한 마리가 보이면 백 마리. 미처 못 본 놈들이 있을지도 모르니……. 수천수만 마리 바퀴벌레 떼가 광남 씨 머릿속에서 검은 해일을 그리기 시작했다.

# 6

"그럴 리가 없는데⋯⋯."

안희수가 난처한 표정으로 고개를 갸웃거렸다.

"제가 이 일을 십 년 넘게 했습니다. 이런 경우가 없는데⋯⋯."

"여기 있잖아요, 이런 경우가."

광남 씨는 버럭 하다 자신도 놀랐다. 누군가에게 그처럼 소리를 질러본 건 이혼한 이후 처음이었다. 그도 그럴 것이 죽인 바퀴벌레를 치운 뒤 밤내 약물로 범벅된 방바닥을 닦고, 날이 밝자마자 아침도 거른 채 한 시간 동안 자전거를 몰아 읍내로 가서 전화를 걸고, 또 한 시간에 걸쳐 돌아와 점심까지 굶어가며 몇 시간이나 넋 놓고 기다린 것이다. 안희수가 찾아온 것은 오후 네 시가 넘어서였다.

"그럼 제가 다시 한번 구제작업을 하겠습니다. 물론 추가로 들어가는 요금은 없습니다. 저희 올 킬은 끝까지 책임을 집니다. 아무튼, 고객님께 이런 불편을 끼쳐 대단히 부끄럽고 죄송합니다."

처음 왔을 때와 같은 차림을 한 안희수가 허리를 90도로 굽혔다. 안희수를 따라 어정쩡하게 고개를 숙인 광남 씨는 조금 미안했다.

"아니…… 부끄러우실 거까지는 없고요. 원래 오래된 집이고 하니까 뭐 나름, 작업이 어려우실 텐데……. 그래도 제가 좀 민감하거든요. 이런 청결 문제에……."

"심려 안 하시도록 이번에는 제가 틀림없이 처리하겠습니다."

장비를 꺼내 갖춘 안희수가 작업을 위해 집 안으로 들어갔다. 이번에는 실내뿐만 아니라 오두막 주변까지 처음보다 서너 번 더 흡입기를 휘두른 다음에야 작업을 끝냈다. 흡입기 봉 묘기는 여러 번 봐도 장관이었다.

"요번에는 확실할 겁니다만, 만약 또 바퀴가 보이시거나 하면 언제든지……."

안희수가 말을 하다 말고 광남 씨 고개 너머로 시선을 던졌다.

"그런데 말입니다, 이 바퀴란 게 사실 고객님 댁만 깨끗하다고 해서 없어지는 게 아니라 다른 집에서 건너오는 경우도 많습니다. 제 생각에는 이번 경우가 그런 게 아닌가 생각되는데 말입니다."

광남 씨는 뒤를 돌아보았다. '다른 집'이라고는 노상용과 서영실이 사는 이층집뿐이다.

"근데 집이 깨끗합니다. 새로 지은 모양인데……."

"겉만 봐서는 모르죠. 사람이든 집이든."

광남 씨가 안희수 말을 잘랐다.

"같이 가서 보시면 알아요."

오 분 후, 광남 씨와 안희수는 이층집 뒤뜰 구석에 서서 바퀴가 달린 커다란 플라스틱 용기를 내려다보았다. 그대로였다. 그대로가 아니라 더 많은 음식 찌꺼기가 쌓여 있었다. 쌓인 찌꺼기에 밀려 용기 뚜껑이 벌어졌고, 넘쳐 나온 음식물들이 뚜껑과 입구 주변에 덕지덕지 붙어 있었으며, 용기 벽 여기저기 흘러내린 국물이 두껍게 굳어가 얼핏 찰흙을 발라놓은 것 같았다.

게다가 용기 옆에는 새로 내놓은 플라스틱 용기 하나가 더 있었다. 처음 것과 비슷한 크기였는데 같은 꼴이 돼가는 중이었다. 역시 한 개 더 늘어난 100리터짜리 쓰레기봉투도 먼저 것처럼 옆구리가 찢겨 각종 쓰레기가 비어져 나온 상태였다.

"와우."

비명인지 감탄인지 모를 소리가 마스크를 뚫고 흘러나왔다. 안희수가 플라스틱 용기 뚜껑을 활짝 열어젖히자 음식물 찌꺼기 위에 앉아 있던 한 무더기 쇠파리들이 일제히 날아오르며 머리 주위에서 미친 듯이 요동친 것이다. 광남 씨는 멀찍이 물러나 얼굴을 잔뜩 찌푸렸다. 안희수가 바닥에서 나뭇가지 하나를 집어 들고 찌꺼기를 뒤적거리더니 고개를 돌려 광남 씨에게 손짓했다.

"고객님, 이리 가까이 와보시겠습니까?"

광남 씨는 미간을 구긴 채 갈까 말까 망설이다가 한 손으로 코와 입을 막고 다른 손으로는 몰려드는 파리들을 쫓으며 다가갔다.

"이걸 좀 보시기 바랍니다."

용기 안을 들여다보았다. 처음에는 뭘 보라는 건지 몰랐다. 부패한 음식물은 뭐가 뭔지 알 수가 없었고 알고 싶지도 않았다. 그런데 파헤쳐진 음식물 찌꺼기가 불뚝불뚝 들썩이는 게 아닌가.

"여기 있습니다. 여기 또. 저기도."

안희수가 나뭇가지로 곳곳을 찍으며 말했다. 광남 씨는 찍은데를 따라 눈을 동그랗게 떴다. 까딱까딱 가늘고 기다란, 너무 자주 봐서 이제는 익숙해질 만도 한 더듬이. 안녕? 인사하듯 바퀴벌레 한 마리가 음식물 찌꺼기에 몸을 반쯤 파묻은 채 올려다보고 있었다.

그제야 인사하는 놈 주변 움직임들이 눈에 들어왔다. 한 마리가 아니었다. 수십 마리 바퀴벌레가 어떤 놈은 음식물 찌꺼기에 몸을 파묻고, 어떤 놈은 대가리를 파묻고, 어떤 놈은 그 위를 돌아다니며 잔치를 벌이는 중이었다. 광남 씨는 숨이 콱 막혀와 주춤주춤 물러서다 곧장 몸을 돌려 저만치로 피해 섰다. 뚜껑을 덮은 안희수가 다가와 마스크를 벗고 고글을 올렸다.

"이러니 고객님 댁만 작업해서는 박멸을 할 수가 없습니다. 다 죽여야 합니다. 올 킬."

"그럼 어떻게……."

"같이 해야 합니다. 이 집까지 말입니다."

안희수가 엄지를 뒤로 젖혀 이층집을 가리켰다.

"한다고 할까요?"

"사실……. 이런 경우가 없습니다만, 이 집까지 제가 공짜로 작업을 해드리겠습니다."

"공짜로요? 그래도 되나요?"

"회사에서도 별말은 안 할 겁니다. 고객 만족이야말로 첫 번째 저희 회사 방침입니다. 공짜로 해준다고 하면 저 집에서도 싫다 할 이유가 없잖습니까?"

"그렇게 해주시면 저야 감사하죠."

광남 씨는 며칠 만에 처음으로 미소를 지었다.

"지금 집주인이 있겠습니까?"

안희수는 이층집 현관으로 성큼성큼 걸어가며 혼잣말처럼 물었다. 노상용은 집에 없었다. 문을 열고 안희수의 설명을 들은 건 서영실이었다.

"뭐라고요?"

"아, 비용을 부담하실 필요는 전혀 없습니다. 공짜로 해드리는 겁니다. 여기 고객님께서 저희 회원이시기 때문에 주변 방제 차원에서 하는 작업이라고 보시면 됩니다."

서영실이 불쾌한 기색을 군이 감추지 않고 광남 씨에게로 시선을 돌렸다.

"그러니까, 우리 집에 바퀴벌레가 있어서 저 오두막까지 옮겨간다, 그 말이에요?"

광남 씨를 노려보며 서영실이 안희수에게 확인했다.

"이해가 아주 빠르십니다. 맞습니다. 바퀴벌레라는 게 원래 그렇습니다. 그래서 한 집만 작업한다고 완전히 없애기가 힘든 겁니다. 이번에 한번 싹 쓸어내시면 이 댁도 좋고 저희 고객님 댁도 좋고, 특히 이 댁은 공짜로 서비스를 받으시는 거니까 더 좋⋯⋯."

"우리 집엔 바퀴 같은 거 없어요."

서영실이 안희수 말을 잘랐다.

"눈에 안 보인다고 없는 게 아닙니다. 바퀴벌레라는 게 원래……."

"이것 보세요, 아줌마. 우릴 뭘로 보고 이래요? 우리도 그 정도는 알고 깨끗이 하고 사는 사람들이라고요. 더 들을 이유 없으니까 그만 가세요."

"죄송합니다만, 저 아직 결혼 안 했습니다. 주부님께서 말씀하신 아줌마란 호칭은 바른 표현이 아닌 것 같습니다."

안희수 말이 기막히다는 듯 짧은 탄식을 내뱉은 서영실은 광남 씨 쪽으로 곁눈을 홱 떠 보이고는 문을 쾅 닫아버렸다.

"아니 공짜로 해드린다는데……."

안희수는 이해 안 된다는 표정으로 말을 흐렸고 광남 씨는 멍하니 닫힌 문만 바라보았다.

"어쩔 수 없게 됐습니다. 일단, 고객님 댁은 작업해놓았으니까 두고 보는 수밖엔 없습니다. 뭐 크게 문제는 없을 겁니다."

스타렉스로 돌아가며 안희수가 말했다.

"만약에 또 나오면요?"

운전석 문을 여는 안희수에게 광남 씨가 물었다. 안희수는 곤란한 표정을 지었다.

"그렇지는 않을 거 같은데 말입니다……. 만약에 또 나온다, 그러면 그땐 다른 방법을 써보도록 하겠습니다. 걱정이나 부담 갖지 마시고 문제가 생기면 언제든지 바로 연락 주시기 바랍니다."

고개를 꾸벅 숙인 안희수가 차에 올랐다. 구형 스타렉스는 유유히 사라졌다. 누군가 광남 씨 집 문을 두드린 건 그로부터 두어 시간이 지나 막 저녁을 먹으려던 때였다. 문을 열자 밖에 노상용이 서 있었다.

"어쩐 일로……."

머리 하나가 더 큰 노상용은 팔짱을 끼며 광남 씨 얼굴을 내려다보았다.

"웬 아줌마 데리고 우리 집에 왔다면서요?"

"아…… 예. 아주머니는 아니고 안희수 대리님이라고 해충 구제업체……."

"바퀴벌레를 잡으라고 했다면서요?"

"예…… 그게 아무래도 바퀴들이 그쪽에서……."

"내가 말했잖아요. 음식 찌꺼기 그거, 가져가라고 이야기한다고."

노상용이 천둥처럼 소리치더니 벼락이라도 칠 듯 눈빛을 번득였다. 광남 씨는 마른하늘에 날벼락 맞는 심정이었다.

"이야기했어요. 가져간다고 했다고. 그쪽에서 며칠 좀 늦어지는 모양인데 그걸 가지고 그렇게……. 그리고 쓰레기봉투도 내가 치운다고 했잖아. 그래, 요새 바빠서 신경을 좀 못 썼어요. 지금 하는 일만 끝나면……. 내가 말했잖아. 친환경 타운 조성 건 때문에 바쁘다고. 그거 이리로 유치하려고 여기저기 뛰어다니느라 바빠서 그런 건데, 그걸 못 참고……. 여기 타운하우스 생기면 당신도 이득 아냐? 그건 모르고 쓰레기 며칠 안 치운 거 갖고 사람을 그렇게 창피를 줘? 집사람이 날 보더니 울어. 반평생을 환경친화적인 살림 연구가로 살았는데 당신들이 와서 우리 집을 바퀴벌레 소굴로 취급하니, 그 사람이 얼마나 자존심에 상처를 입었겠어?"

노상용은 혼자서 흥분하고 혼자만 말했다. 양쪽 입가에 허연 침이 고이기 시작했다.

"나도 그래. 나도 환경 보호라면 두 발 벗고 나서는 사람이야. 환경운동 단체들하고 일한 지가 수십 년이 됐어. 당신 저번에 녹색운동연합에다 후원금 낸다고 계좌번호도 찢어 가고 그러던데. 후원금 얼마 냈어? 돈 십만 원 냈어? 그거 한번 냈다고 지금 유세 떠는 거야 뭐야? 나는 평생을 친환경 건축에 바쳐온 사람이야. 그런 나한테 당신이 이래라저래라, 바퀴벌레를 잡아라, 마라 해? 당신이 환경에 대해서 아는 게 뭐 있어? 말해봐, 말해보라고."

고함을 멈춘 노상용은 입가에 고인 침을 엄지로 닦으며 숨을 크게 들이마셨다.

"큰 그림을 봐야지, 큰 그림을. 지금 쓰레기 좀 버리고 안 버리고, 바퀴벌레 몇 마리 있고 없고가 중요한 게 아니잖아. 거, 앞으로 우리 집 일은 우리가 알아서 할 테니까 괜히 집사람한테 찾아와서 이래라저래라 하지 마요. 알았어?"

진정이 된 건지 노상용은 아까보다 차분한 목소리를 냈다. 내내 침묵하던 광남 씨가 입을 열었다.

"근데…… 왜 반말하세요?"

돌아서려던 노상용이 광남 씨를 쏘아보더니 이렇게 말했다.

"야, 너 몇 년생이야?"

사흘간 두 마리 잔당을 처리한 후 닷새가 넘도록 바퀴벌레 모습은 보이지 않았지만, 한번 데인 터라 쉽게 안심할 수 없었던 광남 씨는 여전히 제대로 잠을 이루지 못했다. 바퀴벌레를 보지 못한 지 엿새 되던 아침, 선잠을 자다 깬 광남 씨는 늘 하던 대로 눈을 뜨자마자 벌떡 일어나 이불을 털기 시작했다. 덮는 이불을 개켜 장에 넣고 요를 반으로 접으려던 광남 씨는 눈살을 찌푸렸다. 누웠던 자리에 흙가루가 떨어져 있는 것이다. 웬 흙인가 싶어 눈을 가늘게 뜨고 바라보니 담뱃재 같기도 했지만 광남 씨는 담배를 피우지 않는다.

정체를 파악하기 위해 요 위에 쪼그려 앉아 얼굴을 바짝 갖다 댔다. 그것은 흙도 아니고 담뱃재도 아니었다. 진회색을 띤 가늘고 작은 원통 모양 조각들. 어떻게 보면 금붕어 먹이 같기도…….순간 가슴이 덜컥 내려앉아 광남 씨는 앞으로 고꾸라지고 말았다. 그 찰나에도 흙도 담뱃재도 아닌 것에 몸이 닿는 것을 피하려 최대한 머리를 멀리 처박고 가슴팍과 엉덩이를 한껏 치켜들었는데, 그 모습이 마치 원산폭격을 하다 짜부라진 것처럼 보였다.


"고객님께서 예상하신 게 맞는 것 같습니다."

전화한 지 두 시간 만에 안희수가 방문했다. 흰색 스타렉스에서 내린 안희수는 지체 않고 슈트케이스를 들고 안방으로 들어와 요 옆에 자리를 잡고는 가방에서 커다란 돋보기를 꺼내 들었다. 큼지막하게 확대된 한쪽 눈으로 요리조리 관찰한 지 약 오 분 후에 안희수는 결론을 내렸다.

"네, 틀림없는, 똥입니다."

광남 씨는 현기증을 느껴 머리를 흔들었다. 그러니까 자신이 잠든 사이 바퀴벌레가 이불 안에 들어와 몰래 똥을 싸질러놓고 도망갔단 말인가. 안희수도 믿기지 않는다는 듯 입을 닫고 고개를 흔들었다.

"그, 그럼……."

광남 씨는 살짝 목소리를 떨었다.

"이처럼 대량의 똥을 싸놓았다는 사실이나 또 똥 덩어리 사이즈가 크다는 건, 바퀴벌레 신진대사가 활발하다는 얘기, 즉 건강하다는 얘깁니다. 다른 가능성을 생각해볼 수도 있는데 두 마리 이상의 바퀴벌레가 배설해놓았을 수도 있습니다. 그런데 사실상 두 마리나 혹은 세 마리가 이처럼 같은 장소에, 약속한 듯이 함께 똥을 눴다는 것은 거의 상상하기 힘듭니다. 그래서 한 마리의 똥이라고 보는 편이 타당할 것 같은데, 그렇다면 이렇게 대량의 배변을 하고 도망갈 수 있었다는 것은, 그놈이 지난 작업 때 영향을 받지 않았다는, 즉 새로이 유입된 바퀴라는 것을 의미합니다. 설사 한 마리가 아니라 두 마리가 우연히 함께 똥을 싸놓았다고 하더라도 말입니다. 문제는 두 마리가 모두 똥을 싸고 도망갈 만큼 힘이 남아돈다는 것, 그리고 한 번에 두 마리 이상의 바퀴가 존재를 드러냈다는 것 모두, 그놈들이 마찬가지로 지난 작업 이후에 새로이 들어온 놈들이라는 것을 의미한다고 볼 수 있겠습니다."

안희수 말을 듣고 있자니 더 어지러웠다. 어지러우면서도 확신이 섰다.

"그렇다면 역시……."

"그렇습니다. 옆집이 문제인 겁니다. 그 뒤로 쓰레기나 이런 거는 잘 치우고 있습니까? 그 집, 말입니다."

광남 씨는 창문 너머 '그 집'을 노려보며 턱관절이 튀어나올 정도로 이를 악물었다. 그 집은 전혀 변화가 없었다. 새로 내다놓은 음식물 쓰레기통까지 이젠 꽉 차 있었고, 엊그제 더 늘어난 20리터짜리 쓰레기봉투 두 개도 파헤쳐져 있었다. 이틀 전, 광남 씨는 음식물 쓰레기를 수거해 가던 평동리 양 씨를 만났다. 양 씨는 이렇게 말했다.

"가져가지 말라던데?"

"예?"

"음식물 찌꺼기. 그냥 놔두래."

"누가요?"

"그 집, 건축간지 하는 양반이. 나야 그거 안 가져간다고 별로 아쉬울 것도 없고, 그래서 그냥 말았지 뭐."

광남 씨는 양 씨를 만났던 그날 사태를 대충 파악할 수 있었다. 노상용의 더러운 보복.

"그 집이 그대로면 아무리 고객님 댁만 작업해봤자 소용없는데 말입니다."

안희수가 한숨을 쉬었다. 광남 씨도 따라 쉬었다. 소용이 없다……. 다시 말해, 그냥 이대로 살아야 한다. 제대로 잠도 못 자고, 밥도 못 먹고, 온종일 조그만 소리에도 놀라고, 얼핏 시키면 것만 봐도 경기를 일으키면서……. 인간들을 피해 여기로 왔는데 이젠 그 인간들에 더해 바퀴벌레들까지……. 눈앞이 캄캄했다.

"마지막 방법이 하나 있긴 합니다만……."

생각에 잠기던 안희수가 입을 열었다. 광남 씨는 시야가 밝아진 기분이 들었다.

"뭔데요, 그게?"

"이건 브이아이피 고객님만을 대상으로 한 서비스이긴 합니다만……."

"그러니까, 그게 뭔데요?"

"조금 번거로울 수 있습니다. 브이아이피로 새로 회원 가입을 하셔야 하고, 추가 비용도 더 내셔야 가능한 서비스라 말입니다."

"얼마나……."

"백십이만 원입니다. 사은행사 때는 반값까지 내려가는데, 행사 기간이 얼마 전에 끝나서 말입니다."

광남 씨는 잠시 계산을 해보았다. 백십이만 원이면 석 달 넘게 살 수 있는 돈이다. 하지만 지금 상황에선 석 달은 고사하고 하루를 사는 것 자체가 어려운 상황 아닌가. 그렇다고 이사 가자면 돈이 더 들 것이니, 그 돈이나 이 돈이나…….

"효과는 확실합니까?"

"그건 걱정 안 하셔도 됩니다. 이건…… 말하자면 궁극의 서비습니다. 완전박멸. 고객님 댁 기준으로 주변 해충을 말끔하게 정리한단 말입니다. 한마디로 끝장 서비스."

따지고 자시고 할 것 없이 광남 씨는 고개를 끄덕였다. 안희수는 어쨌든 왔으니 다시 작업은 하고 가는 게 좋겠다며 예의 그 봉 묘기를 한 번 더 선보였다. 작업이 끝난 후 안희수 승합차에 자전 거를 싣고 읍내로 간 광남 씨는 은행에서 돈을 찾아 그 자리에서 바로 '올 킬 브이아이피 회원 가입 신청서'를 작성해 내밀었다.

"여기요. 신청서."

웬일인지 안희수는 신청서를 바로 받지 않고 광남 씨 얼굴만 물끄러미 바라보았다.

"다 작성한 것 같은데……."

혹시나 빼놓고 안 적은 게 있나 싶어 살펴본 광남 씨는 확인을 끝낸 신청서를 다시 내밀었다. 안희수는 여전히 손을 내려놓은 채 말했다.

"뒤에 약관은 자세히 읽어보셨습니까?"

"예."

"약관에 쓰여 있듯이 한번 신청하시면 취소 안 됩니다."

"취소 안 한다니까요."

"한번 가입하시면 평생 회원이 되시는 겁니다. 직계 가족분들도 자동으로 저희 회원으로 가입되시니까, 말하자면 가족 위생과 청결을 저희 올 킬에 전적으로 맡기시는 겁니다. 평생. 분명히 아시는 거 맞습니까?"

"예."

"후회 안 하시겠습니까?"

"예."

후회는 무슨 후회. 가족까지, 그것도 평생 책임져준다면 광남 씨야 고마울 따름이다. 가족이라고 해봐야 아들 말곤 없지만.

"브이아이피 회원분들만을 위한 이 프리미엄 서비스는 한번 시작되면 멈추지 않습니다. 완전박멸될 때까지 말입니다. 그것도 알고 계신 거 맞습니까?"

"알죠. 아까 말씀하셨잖아요."

"브이아이피 회원 등급 조절이나 탈퇴는 회원님 임의로 안 됩니다. 정말로 후회 안 하실 자신 있으십니까?"

"글쎄 안다니까 그러시네."

무표정한 얼굴로 했던 말만 반복하는 안희수를 보고 있자니 조금 이상한 기분이 들어 광남 씨는 신청서를 들이민 손을 주춤댔다.

"감사합니다. 저희 브이아이피 회원으로 가입하신 것을 축하드립니다, 하하하."

안희수가 신청서를 가로채듯 받아 챙기더니 은행 안이 쩌렁쩌렁 울리도록 웃었다. 사람들이 쳐다봐 약간 창피해진 광남 씨는 눈과 입꼬리를 실룩거리며 어색하게 따라 웃고는 부랴부랴 회비를 지급한 후 밖으로 나갔다. 차로 돌아온 안희수는 테니스라켓처럼 생긴 충전식 전기모기채와 '울트라'라고 쓰인 스프레이 살충제 한 상자를 사은품이라며 트렁크에서 꺼내주었다. 역시나 전부 흰색인 그 사은품들을 받아든 광남 씨는 감사합니다, 하며 자전거 뒷자리에 실었다.

"제 명함 갖고 계십니까?"

방호복 안주머니에서 볼펜을 꺼내 들며 안희수가 물었다.

"예."

"잠깐 제게 줘보시겠습니까?"

광남 씨는 지갑에서 명함을 꺼내 건넸고, 안희수는 명함 뒷면에 무언가를 적었다.

"회원님 고유번호입니다. 앞으로는 회사나 제게 전화하셔서 그 고유번호만 알려주시면 특별한 설명이나 절차 없이 바로 무료 상담이 가능합니다."

명함 뒷면 괄호 안에는 아라비아숫자 네 자리가 적혀 있었다.

"칠, 구, 사, 이?"

광남 씨는 나지막하게 숫자를 읊어보았다.

"친구 사이로 외우시면 까먹지 않을 겁니다, 하하하."

평생에 친구라곤 만든 적 없는 광남 씨에게 그 말은 어쩐지 외국어처럼 들렸다. 광남 씨는 물었다.

"확실히 구제하는 것 맞죠?"

"물론입니다. 지금까지 한 번도 실패한 경우는 없습니다. 왜냐하면, 이 서비스가 실패할 확률은 불가능에 가깝기 때문입니다. 아니, 불가능합니다. 말씀드렸잖습니까? 궁극의 서비스. 끝장 서비스. 반드시 해충을 완전박멸해드립니다. 지옥까지 쫓아가는 한이 있더라도 말입니다, 하하하."

안희수는 아랫니 윗니를 전부 드러내며 웃었다. 지나치게 하얗고 고른 이들이 입고 있는 하얀 방호복과 어울려 약간 기괴한 느낌을 주었다.

자전거를 굴리며 집으로 돌아가는 길, 광남 씨는 안희수 말을 곱씹어보았다.

'댁에 가셔서 오늘 밤은 그냥 편안히 주무시면 됩니다. 그럼 다 잘될 겁니다.'

다 잘되다니…… 도대체 무슨 수로 그 지겨운 바퀴벌레들을 완전박멸할 수 있다는 것인지 짐작조차 할 수 없었다. 프리미엄 서비스라는 것에 대해서 안희수는 아무런 말을 해주지 않았다. 어떤 식으로 서비스가 진행되는지 언제 올 건지 등등. 그저 준비되는 대로 곧 시작하겠다고만 했다. 꼬치꼬치 캐기 뭣해 알아서 하겠지 했는데 궁금증은 비포장도로를 달리는 내내 자전거 바퀴처럼 머릿속을 뱅뱅 돌았다.

생각을 흩뜨려놓은 건 뒤쪽에서 들려오는 자동차 엔진 소리였다. 자전거를 좁은 길 한쪽으로 붙이고 돌아보던 광남 씨는 몸을 휘청했다. 꽁무니까지 따라온 차가 덮칠 듯 속도를 낸 것이다. 핸들을 홱 꺾은 광남 씨는 균형을 잃고 그만 자전거를 잡은 채 길가 도랑으로 빠져버렸다. 먼지를 자욱하게 일으키며 유유히 지나치는 차를 멀거니 바라보았다. 검정 그랜드체로키.

운전대를 잡은 노상용이 고개를 돌려 광남 씨를 흘긋 보더니 다시 전방을 주시했다. 조수석에 앉은 서영실은 고개조차 돌리지 않았다. 차는 그대로 내달려 시야에서 사라져버렸다. 광남 씨는 자전거를 세우며 좁아터진 도랑에서 일어섰다. 고여 있던 구정물에 옷이 엉망으로 젖어버렸다. 오물이 잔뜩 묻은 손을 들어 냄새를 맡아보았다. 퀴퀴한 시궁창 내가 코를 찔렀다. 욕지기가 치밀었다. 이놈의 세상은 참 더러운 것투성이다. 몸에 묻은 이것은 또 뭘까…….

길가로 나와 자전거를 끌어올린 광남 씨는 사은품으로 받은 울트라 한 상자와 비닐 포장된 전기모기채가 구정물에 처박힌 걸 보고는 한숨을 내쉬며 도랑으로 뛰어내렸다. 동시에 왼 발바닥으로 나뭇가지 같은 게 뚝 부러지는 느낌이 전해지더니 짐승 소리가 째지게 났다.

화들짝해 발밑을 보았다. 들쥐 한 마리가 두 뒷다리와 꼬랑지를 밟힌 채 죽는다고 울부짖고 있었다. 광남 씨는 급하게 발을 뗐다. 떼면서 다른 발이 진흙에 미끄러져, 얼마 전 바퀴벌레를 밟아 죽일 때처럼 발라당 나자빠졌다. 이번에도 궁둥이와 허리 어디쯤에서 폭탄이 터지는 것 같았다. 그때는 바퀴벌레한테 정신이 팔려 몰랐는데 오늘은 일어나기 힘들 정도로 욱신거렸다. 신음과 욕이 절로 터졌다. 운동화 코 너머 들쥐도 더 크게 비명을 터뜨렸다. 찍찍대는 소리가 쇠꼬챙이처럼 고막을 찔렀다.

"시끄러워."

들쥐를 향해 소리를 빽 질렀다. 잠시 울음을 멈춘 들쥐가 이내 날카로운 송곳니를 드러내더니 광남 씨 발목이라도 물어뜯어야 분이 풀리겠다는 듯, 가누지 못하는 뒷다리를 질질 끌면서 다가오기 시작했다. 같잖고 기막혔다. 이제는 들쥐까지……. 발길질을 해대는 광남 씨 엉덩이에 뭔가가 차였다. 전기모기채였다. 때마침 잘됐다 싶어 얼른 집어 다가오는 들쥐 대가리를 향해 테니스 치듯 휘둘렀다. 찍, 소리를 내며 나가떨어진 들쥐는 도랑 벽에 몸을 부딪치고 진흙탕으로 고꾸라졌다.

광남 씨는 전기모기채를 지팡이 삼아 자리에서 일어섰다. 그사이 죽었겠지 한 들쥐도 정신을 차리는 중이었다. 세차게 도리질하더니 곧바로 앞발을 세워 더 사나운 기세로 찍찍댔는데, 그 소리가 귓구멍을 후벼 파 고막이 터져버릴 것만 같았다. 저놈의 주둥이……. 광남 씨는 전기모기채에서 비닐 포장을 찢어발기듯 벗겨내고 전원을 켰다.

구정물이 스민 것인지 시퍼런 전류가 모기채 판 그물 위로 흘렀다. 손잡이까지 찌릿찌릿함이 전해졌지만 그러거나 말거나 소리부터 잠재우는 것이 급선무였던지라 튀어나온 들쥐 주둥이에 전기모기채를 툭 갖다 댔다. 모기채 판에서 퍽 하니 섬광이 일었다. 금방이라도 폭발할 것 같아 광남 씨는 허겁지겁 전원을 끄고 채를 길가로 내동댕이쳤다.

도랑에선 퀴퀴한 냄새와 고기 탄내가 올라왔다. 들쥐는 사지를 곧게 뻗은 채 통구이가 되어 있었고 재가 돼 흩날리는 털 아래로 시커멓게 탄 속살이 모락모락 연기를 피워 올렸다. 광남 씨는 눈을 동그랗게 뜨고 전기모기채와 죽은 들쥐를 번갈아 쳐다보았다. 이게……. 원래 이렇게 센가?

도랑을 나와 주섬주섬 사은품들을 챙겼다. 자전거는 엉덩이와 허리가 아파 탈 수 없었다. 얼빠진 사람처럼 터덜터덜 걷기 시작해 노을에 빗긴 하늘이 온통 붉어질 무렵에야 오두막에 도착한 광남 씨는 집에 들어가자마자 두 시간에 걸쳐 샤워하고, 옷과 신발을 빨고, 자전거를 닦고, 바퀴벌레가 똥 싸놓은 요를 내다가 태워버리고, 집 바닥을 쓸고 걸레질하고 물건들을 정리했다.

올 킬에서 받은 살충제 상자에는 울트라 스프레이가 총 아홉 통 들어 있었다. 마루며 화장실, 부엌과 방에 비치해놓고 나머지 다섯 개를 새 상자에 담아두었다. 그리고 전기모기채는……. 어떻게 해야 하나 고민하다가 비닐봉지를 씌워 묶어 그냥 창고 방 구석진 곳에 안 보이도록 처박아두었다.

저녁인지 야식인지 모를 밥을 꾸역꾸역 챙겨 먹고 다시 욕실로 들어가 한 시간 넘게 온몸을 박박 문질러 닦은 광남 씨는 자정을 훌쩍 넘겨서야 새 이부자리를 깔고 잠자리에 누웠다. 그날 밤은 쉽게 잠이 들었다. 바퀴벌레가 출몰하지 않을까, 십 분쯤 근심했지만 심신이 지쳐서인지 저절로 눈이 감겼다.

중간에 두어 번 깨기는 했다. 바퀴벌레 소리 때문이 아니라 밖에서 나는 소리 때문이었는데 풀벌레 소리는 아니었고 자동차 소리 같기도 사람 소리 같기도 했으나 정확히는 알 수 없었다. 얼핏 말러인지 밀러인지 맥주 이름 비슷한 작곡가 음악도 들리는 듯했지만 그것 역시 정확하지는 않았다. 평소 같으면 일어나 귀를 기울였을 광남 씨였으나 그날따라 너무 졸린 나머지 소리를 들으면서도 가물가물 잠 속으로 빠져들었다. 꿈도 없는 잠은 아침까지 이어졌다.

햇볕에 잠을 깼다. 후다닥 일어나 습관처럼 방 안을 살피고 이불과 요를 들췄다. 샅샅이 뒤져보았지만 바퀴벌레 흔적은 없었다. 대신 희미하게 소리가 들렸다. 옆집에서 흘러나오는 음악 소리. 동요 같은 클래식.

밖으로 나와 이층집을 바라보며 숨을 크게 들이쉬었다. 스미는 가을 공기에 몸을 부르르 떨었다. 다시 공기를 들이마시는 순간, 깨달았다. 냄새가 나지 않는다. 근래 매일같이 풍겨오던 음식물 쓰레기 냄새, 그 냄새가 사라지고 없었다. 광남 씨는 곧장 이층집 모퉁이를 돌았다. 음식물 쓰레기도 쓰레기봉투도 깨끗이 치워져 있었다. 치워진 정도가 아니라 음식물 쓰레기통 자체가 아예 사라지고 없었다. 주변 공기에서는 방향제를 뿌려놓은 것같이 희미하게 오렌지 향기마저 감돌았다.

이층집을 올려다보았다. 이렇게 잘 치울 거면서……. 고마움 같은 게 어렴풋이 생겨나면서 자신이 잘못한 건 없었지만 미안한 마음마저 들었다. 이걸 계기로 화해나 해볼까? 그래도 유일한 이웃인데 껄끄럽게 지내봤자 좋을 게 없다. 어제 자신을 거의 덮치다시피 한 그랜드체로키가 잠깐 떠올랐지만 그런 건 잊기로 했다. 그러고 보니 차가 보이지 않는다. 벌써 나간 건가? 아침부터 음악을 틀어놓은 걸 보면 부부 중 누구 한 사람은 있겠지. 화해는 나중에 하더라도 어쨌든 말이나 붙여볼까…….

나뭇잎 모양 초인종을 눌렀지만 기척이 없었다. 너무 이른가? 중천에 뜬 해를 보니 그렇지도 않았다. 피로가 쌓였던지 평소와 다르게 늦잠을 잔 것이다. 다시 현관 초인종을 꾹 눌렀다. 역시 대답이 없었다. 둘 다 나간 건가? 음악도 안 끄고? 초인종을 누르는 대신 현관문을 두드리다 멈칫했다. 문이 반쯤 스르르 열렸기 때문이었는데 여전히 인기척은 없었다. 그냥 돌아서려던 광남 씨는, 딱히 그럴 계획은 없었지만 주변을 기웃거리다 돌연 남의 집 문틈으로 고개를 쑥 디밀어보았다.

"계세요?"

대답이 없다. 게다가 너무 어둡다.

"안 계세요?"

묵묵부답. 문을 활짝 열어보았다. 열린 만큼 쏟아져 들어간 볕이 집 안으로 공평하게 내려앉은 걸 본 광남 씨는 눈을 동그랗게 뜨고 입을 벌렸다. 사람은 고사하고 안이 텅 비어 있었다. 어두웠던 이유도 알았다. 창유리에 온통 검은 종이가 발려 있던 것이다. 자신도 모르게 빈집에 발을 들였다. 중정 한 면을 차지한 수족관 속, 피둥피둥 살쪄 돌아다니던 그 많던 잉어가 지느러미 하나 안 보였고 물도 빠진 상태였다. 주방도 마찬가지였다. 아무것도 없었다. 가구, 살림살이…… 아무것도.

잰걸음으로 S자 계단을 올랐다. 이층도 마찬가지. 있던 게 모두 사라졌을 뿐만 아니라 청소까지 돼 있었다. 마룻바닥은 왁스로 닦은 듯 번쩍번쩍 광이 났고, 벽은 새 벽지가 발리고 페인트도 칠해졌다. 전부 흰색으로. 일층으로 내려온 광남 씨는 멀끔한 거실에 멀뚱히 섰다. 꿈을 꾸는 듯한 기분이었다.

둥둥둥둥……. 꿈이 아니라는 듯 두근대는 심장 소리에 맞춰 클래식 연주가 귓가를 울렸다. 벽난로 근처에 놓인 전축을 돌아보았다. 몽땅 사라졌는데 저것만 덩그러니……. 유명 장인이 순금을 세공해 나팔관까지 직접 만든 걸 중국 어디에서 어렵사리 구했노라고 노상용은 자랑했었다.

전축 가까이 다가갔다. 바닥엔 흑백사진으로 남자 얼굴을 담은 낡은 음반 재킷 하나가 놓여 있었다. 넓은 삼자 이마와 고수머리, 날카로운 콧대 위에 걸쳐진 안경, 얄팍한 입술. 무척이나 예민해 보이는 얼굴이었고, 누군진 모르겠지만 어디서 많이 본 듯한 얼굴이기도 했다. 그 얼굴 옆엔 작곡가 이름이 세로로 적혀 있었다. 'GUSTAV MAHLER'. 그 정도는 광남 씨도 읽을 수 있었다. 밀러가 아니라 말러.

얄팍한 입술 한쪽을 올려 웃고 있는 말러가 안경 너머 눈으로 광남 씨를 응시했다. 광남 씨는 한 발 물러섰다. 시선은 계속 광남 씨를 쫓았다. 한 발 오른쪽 또 한 발 왼쪽, 사방치기를 하듯 폴짝거려보아도 자꾸만 말러 눈과 마주쳤다. 몇 걸음 더 물러서다 몸을 홱 돌려 노상용네를 뛰쳐나온 광남 씨는 그길로 자전거 페달을 밟아 읍내로 갔다.

한 시간 후, 공중전화 부스 안으로 들어서며 안희수 명함에서 전화번호와 회원 번호를 확인했다. 수화기를 들고 동전을 넣는 손이 덜덜 떨렸다. 손바닥 땀을 바지에 아무렇게나 문질러 닦으며 번호 하나하나를 꾹꾹 누르고 신호를 기다렸다.

"앗, 뱀이다~"

트로트 가수의 노래에 놀라 하마터면 수화기를 떨어뜨릴 뻔했다. "몸에 좋고 맛도 좋은 뱀이다~" 통화 대기음은 그에 아랑곳하지 않고 제 노래를 계속 불렀다. 뱀 한 소절이 지나고 "앗, 개구리다~"가 나올 즈음 안희수가 전화를 받았다. 침을 꼴깍 삼킨 광남 씨가 입을 열었다.

"저, 고광남…… 아니 칠, 구, 사, 이, 인데요."

"네, 회원님. 안녕히 주무셨습니까? 안 그래도 서비스 끝내고 기다렸는데 늦게까지 주무시는 것 같아 인사도 못 여쭙고 그냥 왔습니다, 하하하. 오늘 새벽에 전부 끝냈습니다만 어떻게, 서비스는 만족스러우십니까?"

묻기도 전에 안희수가 먼저 답했다. 그러니까 그 프리미엄 서비스를 하고 간 것은 맞다. 그런데 왜 광남 씨 집엔 안 왔을까? 뭘 어떻게 하고 갔기에……. 이층집 사람들은 왜 사라진 걸까? 올 킬과 관련이 있는 걸까?

"저기…… 어디로 갔나요?"

대뜸 입 밖을 나온 그 질문이 광남 씨는 조금 후회스러웠다.

"네? 뭐가 말씀입니까?"

알면서 모른 척하는 것인지 정말 몰라서 묻는 것인지 헷갈리게 하는 음성이었다.

"다요, 그러니까 전부, 다."

광남 씨는 속삭이듯 대답했다.

"해충 말씀입니까? 어떻게 처리하는지는 이미 확인하셨잖습니까?"

"그럼, 그 집은요?"

"네?"

수화기를 통해 흘러나온 안희수의 짧은 목소리가 좀 전보다 커진 것도 아닌 것도 같았다.

"사람들요. 다 어디로……."

"지금, 사람들이라고 하셨습니까? 고광남 회원님, 물어보시는 게 정확히 무엇입니까? 제가 정리가 잘 안 돼서 말입니다."

가라앉은 안희수의 목소리가 낯설었다. 화가 난 건 아니고 당황하거나 놀란 것도 아니고 즐거운 것은 더욱 아닌 게 당최 기분을 가늠할 수 없었다. 광남 씨는 뭔가 자신이 실수하는 게 아닌가 싶었지만, 말을 이어나갔다.

"그러니까 제 말은, 뭘 하고 가신 거냐고요. 새벽에 서비스 다 끝내셨다면서요."

"네, 맞습니다. 회원님 댁 주변 해충을 전부 구제. 원하시는 대로 깨끗해지지 않았습니까? 그런데 뭐가 만족스럽지 않은 겁니까?"

"아니, 그게 아니라……. 만족스러워요. 만족스러운데……."

광남 씨는 어떻게 대답해야 할지 몰라 말을 흐렸다. 만족스러운 건 사실이었다. 다만 깨끗해져도 너무 깨끗해진 게 문제였다.

"감사합니다, 하하하."

"아니, 제 말은 그게 아니라……."

"혹시 해충이 또 나왔습니까? 아니면, 더 요구하실 서비스가 있는 겁니까?"

"아뇨. 어…… 없어요, 그런 거."

수화기를 향해 광남 씨는 손사래까지 쳤다.

"그러실 겁니다. 저희 브이아이피 회원님들께서는 다들 그러십니다. 뭐 끝장 서비스다 보니까 불만이 있을 수가 없습니다. 하하하하하……."

안희수의 웃음소리가 어쩐지 섬뜩했다. 정확한 발음과 성우 같은 목소리와 군대식 말투까지도.

"암튼, 혹시라도 불편 사항이 있으시면 언제라도 연락 주시기 바랍니다. 그럼, 죄송하지만 제가 지금 다른 회원님이랑 미팅 중이어서 이만 먼저 끊도록 하겠습니다. 좋은 시간 되시기 바랍니다, 회원님."

전화가 끊겼지만 광남 씨는 수화기를 내려놓지 못했다.

# 7

"옆집 어디 갔어?"

평동리 양 씨가 저녁 빛을 등진 채 물었다. 막 화장실을 나와 현
관 앞에 선 광남 씨는 옆집이라는 말에, 젖은 손을 수건에 닦다 말
고 눈을 동그랗게 떴다.

"옆집 어디 갔냐고? 불러도 아무도 안 나오네."

양 씨가 다시 물었다. 두근거리는 심장이 목소리를 떨게 할까
봐, 광남 씨는 수건 끝자락으로 옷을 털면서 헛기침을 몇 번 했다.

"예…… 갔어요."

"어디?"

"이사……."

양 씨는 광남 씨를 물끄러미 바라보다가 또 물었다.

"언제?"

"그제요, 아니 그, 그저껜가……."

"이것 참…… 사람들이 말도 없이 갑자기……."

양 씨는 난감한지 아쉬운지 헷갈리는 표정으로 입술을 실룩거렸다.

"무슨 일이세요, 근데?"

광남 씨가 물었다.

"아……. 어제 돼지죽이라고 택배가 두 개나 왔는데 보낸 사람 주소가 저기 건축가 양반네더라고."

"예?"

이번에는 광남 씨가 양 씨를 물끄러미 쳐다봤다. 도통 무슨 소리인지 이해가 되지 않았다.

"저 집에서 보낸 게 확실해요?"

"아, 그렇다니까."

양 씨는 미간에 두 줄 주름을 만들며 대답했다.

"전에 음식물 찌꺼기 가져가지 말라고 했다면서요?"

"내 말이 그 말이야. 갑자기 뭔 변덕인지 큼지막한 아이스박스 안에 김장비닐로 싸서 잔뜩 얼려 보냈는데……. 녹여보니까 무슨 고기를 갈아 만든 것 같더라고."

"고기?"

"그래, 고기. 그래 봤자 먹다 남은 찌꺼기겠지만 나야 고기 죽이라 좋았지. 요즘 고깃값이 좀 비싸? 내가 요새 하도 몸이 허해서 어제는 읍내에 나갔는데……."

양 씨 목소리가 귓가를 쿵쿵 치는 듯했다.

110

"그래서, 그 고기가 어쨌다고요?"

광남 씨가 양 씨 말을 잘랐다. 시시콜콜한 얘기를 늘어놓던 양 씨가 "응?" 하며 어리둥절한 표정을 지었다.

"아니, 그래서 내 말은……. 그러니까 내가 가지러 와도 되는데 일부러 택배까지 보내준 성의도 있고 해서 오늘 아침에 저걸 끓여서 돼지들한테 먹이기는 했는데…… 가만 보니까 먹다 남은 음식물 찌꺼기치곤 양이 하도 많아서 이게 대관절 뭔 고긴지 물어보려고."

머리를 긁적이며 얘기를 마친 양 씨가 뒤를 향해 고개를 까딱했다. 양 씨가 가리킨 쪽엔 뚜껑 덮인 양동이 하나가 놓여 있었다.

"아이스박스 두 개에 든 걸 다 꺼내 녹여보니까 저 양동이만 한 걸로 다섯 통 넘게 나오더라고."

양 씨는 양동이 뚜껑을 열어 긴 국자로 돼지죽을 휘휘 저으며 말했다. 광남 씨 생각에도 한 집에서 나온 양치곤 지나치다 싶었다. 아무리 노상용과 서영실이 고기를 좋아한다 해도 그렇지.

"이게 뭔 고기야? 살짝 씹어봤는데 소고기 맛은 아니더라고. 개도 아닌 것 같고. 말 고긴가?"

양 씨가 국자를 들어 올려 국물을 따라내고는 광남 씨 앞으로 내밀었다. 국자 안엔 갈린 고기가 완자처럼 한데 뭉쳐 덩어리를 이루고 있었는데 삶았다 해도 피비린내는 여전했다. 광남 씨는 미간을 찌푸리며 엄지와 검지로 콧구멍을 막았다.

"한번 맛보겠어?"

양 씨가 국자를 한번 흔들자 완자 같은 고깃덩이가 뭉치를 풀며 스르르 부서졌다. 자잘한 고기 사이로 육즙인지 핏물인지 모를 것이 흘러나와 불그스름하게 국자 안을 채웠다. 광남 씨는 입으로 내쉬던 숨을 멈추고는 고개를 저었다.

"육질이 부드러운 게 아주 비싼 고기 같더라고. 암튼 생전 못 먹어봤던 맛이야."

양 씨 말을 들으며 국자에 든 고기를 계속 보고 있자니 어쩐 일인지 팔이며 다리 피부가 솔방울 껍데기처럼 일어서는 것 같았다.

"그런데 이 고급진 걸 왜 돼지죽 하라고 그렇게나 많이 보냈을까?"

이층집을 건너다보며 양 씨가 물었다.

"모, 모르죠. 저야……."

말끝이 목 안으로 기어들면서도 억울한 심정이었다. 그걸 왜 자신에게 묻는단 말인가. 광남 씨야말로 없는 이웃에게 되묻고 싶었다. 뭔 뜬금없는 돼지죽이냐고. 갑자기 어디로 이사를 간 거냐고.

"여기 떠나는 참에 싹 다 치워 보냈나?"

양 씨가 고개를 갸웃했다.

"그, 그런가 보네요. 워, 원래 저 집에 고기 많았어요."

광남 씨가 더듬거리며 말을 보태자 이층집을 보던 양 씨가 고개를 돌려 광남 씨 눈을 빤하게 쳐다봤다.

"그걸 고 씨가 어찌 알아?"

"예?"

"저 집에 고기 많았던 걸 어떻게 아느냐고."

"그, 그게 맨날 목장 가서 사 나른다 하고…… 저번에 저녁 초대

받았을 때 가서 보니까 양문형 냉장고에 정육점처럼 한가득 채워져 있더라고요. 매일 먹는대요. 끼니마다 그 프로방스식 스테이크른지 뭔지……."

인중 가득 세로 주름이 지도록 입술을 앙다문 양 씨는 광남 씨와 국자 안을 번갈아 쳐다보았다.

"그래? 그런 걸 돼지죽 하라고 버리기엔 아깝지 않나?"

"그렇긴 하죠……."

광남 씨는 공기가 후끈해지는 걸 느꼈다. 숨이 막히고 목이 마르고 얼굴도 뜨거워졌다.

"있는 집 사람들은 그런 거 안 따지나?"

인중 주름을 편 양 씨가 씩 웃으며 물었다. 광남 씨도 어색하게나마 씩 따라 웃으며 고개를 크게 끄덕였다.

"그래도 영 부담돼서 말이야. 우리 집 냉장고도 가득 차서 넣을 자리 없는데 저 많은 걸 어느 세월에 돼지들한테 다 먹여……. 암튼, 뭔 고긴지 물어나 보려고 왔더니만 그새 이사 갔네."

"그냥…… 부지런히 먹이세요. 돼지가 달리 돼지겠어요? 정 뭐하시면 산짐승들 먹으라고 산에 뿌리시든가……."

광남 씨는 되는대로 말하다 국자 속을 곁눈질하고는 고개를 돌려버렸다. 원래도 좋아하는 편은 아니었지만 오늘따라 유독 그 덜 삶아진 고기 피비린내가 비위를 상하게 했다.

"실은 우리 집 망구도 내가 여기 와서 물어본다니까, 주면 고맙게 받고 필요 없으면 버리면 되지 별스럽게 극성이라면서 잔소리를 해대더라고."

국자 안 고기를 양동이에 퐁당 빠뜨리고는 혼자서 킬킬거린 양씨가 뚜껑을 덮은 양동이를 들고는 몰고 온 파란색 트럭 쪽으로 향했다. 광남 씨는 목덜미로 흘러내린 땀을 대충 닦아내며 석양에 물들어가는 구부정한 양 씨 뒷모습을 바라보았다. 양동이 손잡이를 거머쥔 손등이 거무튀튀한 검버섯과 도드라진 사마귀들로 잔뜩 덮여 있었다. 핏줄과 뼈마디가 툭툭 불거진 그 손이 늦가을 고목처럼 을씨년스러웠다.

"혹시…… 어제 배달 온 택배기사는 보셨어요? 뭔 흰옷 같은 거 입고 있지 않았어요?"

운전석에 오른 양 씨를 보며 광남 씨가 물었다.

"몰라. 저녁에 와서 보니까 아이스박스 두 상자만 덜렁 축사 앞에 있던데."

양 씨는 노상 용네를 쓱 한번 올려다보더니 차에 시동을 걸었다.

"그럼 아이스박스에 택배 회사 이름이나 무슨 로고 같은 건 없었어요?"

광남 씨가 다시 물었다.

"로고?"

"회사 마크 같은 거 있잖아요. 그림이나 모양……."

"글쎄, 마크라면 빨간색……."

"예? 빨간색이요?"

양 씨 말을 끊으며 자신도 모르게 목청이 커지는 바람에 광남 씨는 양 씨만큼이나 놀랐다.

"나, 귀 안 먹었어. 왜 소리는 지르고 난리야."

안전띠를 매다 만 양 씨가 보청기 낀 귀를 손가락으로 톡톡 치며 말했다.

"빨간색 무슨 그림이데요? 뭔 도로표지판 같은 거 아니었어요? 동그라미 안에 이렇게 사선 그어져 있고……."

허공에 대고 손가락으로 그림까지 그려가면서 광남 씨는 숨이 차올랐다.

"아, 몰라. 그냥…… 그 왜, 새 날아가는 모양 있잖아. 우체국 택배."

양 씨는 우체국 새가 날아가듯 트럭을 덜거덕거리며 출발시켰다. 여기저기 녹슨 파란색 트럭 꽁무니에서 시커멓고 매캐한 연기가 뿜어 나오고 타이어에 밟혀 으깨진 자갈들 사이에서 흙먼지가 올라와 풀풀 날렸다. 광남 씨는 입과 코를 막지 않고 멍하니 서서 트럭에 실린 양동이에만 시선을 꽂았다.

우체국 택배라고? 확인은 마쳤지만 사실…… 아까 양 씨에게 말은 그렇게 했어도 광남 씨 또한 이상하고 궁금했다. 양 씨가 음식물 찌꺼기를 가져간다고 했을 땐 심술부리듯 거절하고선 노상 용은 왜 갑자기 마음을 바꾼 것일까? 그것도 질 좋은 고기를 그렇게나 많이 직접 갈고 얼려 택배로까지 보내면서…….

오두막 앞에 혼자 남아 서 있자니 저녁 바람에 식은땀이 말라가며 한기가 느껴졌다. 양 씨의 양동이가 눈앞에서 사라지자 웬일인지 가슴이 두근거리고 마음이 급해져 무작정 바지 주머니에서 지갑을 꺼내 뒤졌다. 아직 있었다. 안희수 명함. 읍내로 나가 다시 전화해볼까……. 광남 씨는 고개를 저었다. 뭘 어떻게 말을 꺼내 물어야 할지 모르겠거니와 사실 뭐가 궁금한 건지 요점도 없었다.

빼내 든 명함을 만지작거리며 읍내로 나가볼까 그냥 집으로 들어갈까, 뭐 마려운 강아지처럼 제자리를 뱅뱅 돌던 광남 씨는 결심이 선 듯 자리에 딱 멈췄다. 집에 들어가지도 자전거를 타러 가지도 않았다. 이층집을 노려보듯 쳐다보다가 그리로 곧장 발걸음을 옮겼다.

전기마저 끊긴 빈집은 어둑했다. 판 위에 멈춰 선 바늘처럼 전축 앞에 우두커니 선 광남 씨는 정적 속에서 명함을 만지작거리며 나팔관 속을 내려다보았다. 그 속은 이제 도깨비불처럼 붉은빛을 내지 않았다. 생명이 다한 듯 새카매져 있었다. 광남 씨는 안희수 명함을 반으로 찢어 나팔관 속에 버려버리고는 전축에서 물러났다.

가으내 바퀴벌레는 한 마리도 보이지 않았다.

2부

돛에 바람을 싣고

* 돛에 바람을 싣고: 구스타프 말러 교향곡 1번 〈타이탄〉 중 2악장의 삭제된 표제.

# 1

눈이 그쳤다. 오전내 하얗던 바깥은 낮잠을 자고 일어났더니 얼룩덜룩해졌다. 처마 끝으로 뚝뚝 떨어지는 물방울들을 바라보며 광남 씨는 한숨을 내뱉었다. 이상하게 첫눈은 오래도록 쌓이는 법이 없다. 쌓여봐야 치우기밖에 더하겠냐만은 저처럼 반나절 못 가 질척거리는 건 좀 그랬다. 이러나저러나 다니기 불편한 건 매한가지지만 뭔가 허무하고 쌀쌀맞아 보인다고나 할까.

집 안에 처박아두었던 낡은 나무의자를 들고 밖으로 나왔다. 햇볕이나 쬐다 텃밭이라도 살펴볼까 싶어서였는데, 포치에 의자를 놓다가 깜짝 놀라고 말았다. 15톤쯤 돼 보이는 하얀색 트럭 한 대가 이층집 앞에 떡하니 서 있는 것이다. 그 트럭은 타이어까지 하얬다. 의자에 앉지도 서지도 못한 광남 씨는 엉거주춤 무릎만 꺾은 채 넋 나간 듯 트럭을 보았다.

"안녕하세요?"

어느 틈에 다가온 누군가가 광남 씨 앞에서 허리를 숙였다 폈다. 소매를 팔꿈치까지 걷어붙인 남자는 품 안에 노트북컴퓨터를 감싸 안고 있었다.

"이재훈이라고 합니다."

목소리가 휘파람같이 맑고 가늘었다. 삼십 대 초반이나 됐을까. 남자의 눈은 움푹 들어가 눈두덩 속에 눈알이 파묻혀 있는 것처럼 보였다. 게다가 소매 밑으로 드러난 맨살은 별나게 누르스름했는데, 그 팔은 노트북을 들고 있기 버거워 보일 정도로 앙상했고, 뼈와 핏줄이 비칠 만큼 살갗이 얇아 금방이라도 부러지고 찢어질 듯 위태로워 보였다.

"유일한 이웃이네요. 오늘부터 저 집에서 살게 됐습니다."

남자는 한쪽 팔을 뻗어 노상용이 지은 이층집을 가리켰다. 몸을 움직일 때마다 입고 있는 털 카디건과 코르덴 바지가 남아돌다 못해 펄럭펄럭했다. 키는 광남 씨와 비슷했지만, 체구는 옷가지에 감긴 마른 멸치 같았다.

"아…… 예, 안녕하세요."

광남 씨도 마주 고개를 숙였다.

"새 이웃이라 앞으로 잘 부탁드려요."

처진 눈매가 초승달을 엎어놓은 듯 바짝 휘더니 그나마 보이던 눈동자를 덮어버렸다. 붉고 도톰한 입술이 세상 기쁜 일은 제 몫이라는 듯 양옆으로 한껏 벌어지더니 주름인지 보조개인지 모를 자국들을 두 볼에 깊이 새겼다. 그 모습이 어쩐지 천연덕스럽기도 눅지근해 보이기도 해 광남 씨는 얼결에 남자를 따라 웃을락 말락하다가 이내 어색해져 하얀 트럭으로 시선을 돌렸다.

'이사 닥터. 친환경 포장이사 전문'. 다시 보니 활짝 열린 뒷문짝에 녹색으로 상호가 쓰여 있었다. 거기선 녹색 제복을 입은 직원 서너 명이 짐들을 내려 이층집으로 분주히 나르는 중이었다. 친환경 포장이사……는 뭐야? 고개를 갸웃하는데 트럭 뒤쪽에서 처음 보는 여자가 모습을 나타내더니 두리번거렸다. 이재훈이 여자를 향해 손을 흔들며 "여기"라고 외쳤다.

"제 와이프예요. 많이 말랐죠?"

이재훈 얼굴에 근심과 안쓰러움이 묻어났다. 광남 씨는 "예?" 하며 부부를 번갈아 보았다. 여자가 마른 건 사실이었지만 마른 멸치 입에서 나올 걱정은 아닌 것 같았다.

"여기, 와주세요."

여자가 이재훈을 부르더니 광남 씨를 향해 허리를 굽혔다. 광남 씨도 한 차례 더 고개를 숙였다.

"조만간 짐 풀고 정리되면 집에 한번 모실게요. 그럼 전……."

눈인사를 마친 이재훈은 잰걸음으로 여자에게 다가갔다. 여자는 웃음기 가득한 얼굴로 남편을 맞이했다. 남편보다 훤칠한 키나 길고 가는 목덜미나 창백한 낯빛이 안 그래도 마른 여자를 더 가냘파 보이게 만들었다. 추위를 많이 타는지 입술 색은 보랏빛을 띠었다. 부부는 무언가 말을 주고받더니 광남 씨를 향해 한 번 더 인사하고는 이층집으로 들어갔다. 광남 씨는 그제야 낡은 의자에 궁둥이를 붙이고 앉았다.

하얀 트럭이 짐을 다 내리고 떠날 때까지 자리를 뜨지 않았다. 일어서는 걸 까먹은 사람처럼 광남 씨가 그토록 오래 앉았던 건 오랜만에 이사 구경하느라 시간 가는 줄 몰랐던 탓도 있었지만, 이재훈 말을 곱씹느라 정신이 팔려서였다. 유일한 이웃, 새 이웃…….. 이웃이란 단어에 왠지 옆구리 근처가 살살 근지러웠다. 그러고 보니 이웃이 생긴 건 꼭 삼 개월 만이다. 벌써 한 계절이 지났다. 이웃이 사라져버린 지…….

그러나 노상용과 서영실을 아는 사람들은 광남 씨처럼 '사라졌다'라는 표현을 쓰지 않았다. '도망갔다, 내뺐다, 날랐다, 튀었다, 잠수했다……'라고들 말했다. 그 표현엔 '사기, 사기꾼, 부부 사기단'이라는 단어들도 따라붙었다. 노상용네는 처음 올 때 시끌시끌했듯 떠나고 나서도 북적북적했다. 다른 점이 있다면 파티와 축하가 이어지는 대신 욕설과 악담이 난무했다는 점이다.

한 달 가까이 온갖 사람들이 주인 없는 빈집을 드나들었다. 같이 일하던 동료나 가족뿐만 아니라 기자도 찾아와 취재했고 거기에 경찰과 형사까지 조사라는 걸 한답시고 드나들었다. 그 사람들은 올 때마다 광남 씨 집에도 들러 이것저것 성가시게 해댔고, 심지어 빚쟁이처럼 따지고 몰아세우는 것도 서슴지 않았으며, 각종 차로 온종일 매연과 소음 뿜어대는 걸 예삿일로 여겼다. 시끄럽고 무례하고 더럽기 짝이 없는 인간들. 그 인간들이 털어놓은 이웃의 사연은 이랬다.

친환경 마을 조성이란 이름 아래 프로젝트란 걸 계획하고 추진하던 노상용과 서영실 부부가 어느 날 투자금만 쏙 빼먹고는 해외로 야반도주했다. 그 프로젝트엔 이런저런 기업들과 단체들이 협력업체로 참여했는데 총무 겸 고문을 맡고 있던 노상용은 돈을 세탁하고 해외로 빼돌려 횡령하는, 시쳇말로 '먹튀'를 한 것이다. 노상용과 서영실 부부는 인천공항에 중국 청도로 향한 흔적을 남긴 채 지금까지 자취를 감춘 상태였다.

사업을 워낙에 크게 벌여 은행 빚뿐만 아니라 사채도 어마어마할 거란 말이 나돌았던 노상용과 서영실이 그 짓을 벌이는 동안 눈치를 챈 사람은 아무도 없었다. 오랜 동료며 친인척들까지도. 그들은 배신과 분노를 주체 못 했고 몇 년에 걸쳐 치밀하게 준비하지 않고서야 어떻게 그럴 수 있었겠냐며 부부의 노련함과 주도면밀함에 다 같이 치를 떨었다.

그래도 일말의 양심은 남았던 것인지, 아니면 시골 부동산 거래란 것이 생각만큼 빨리 이뤄지지 않았던 까닭인지, 이것도 저것도 아니면 자신들 행각을 눈치 못 채게 하기 위한 떡밥이었는지, 노상용 부부는 일 년 넘게 직접 설계하고 지은 이층집만을 처분하지 못하고 떠나버렸다. 빚쟁이들은 그나마 일부라도 건질 수 있는 유일한 재산인 이층집을 곧바로 법원경매에 부쳤고 이후 두어 달은 잠잠했다.

"어때요? 그럴싸하죠?"

벽난로 앞에 서 있는 광남 씨 옆으로 이재훈이 다가오며 말을 걸었다. 새 이웃이 이사 오고 일주일째 되는 날, 광남 씨는 부부가 경매에서 낙찰받은 이층집에 저녁 초대를 받아 와 있던 참이었다.

주인이 바뀐 집 거실에는 전 주인 것인 전축과 말러인지 밀러인지 맥주 이름 비슷한 음악가의 엘피가 고스란히 놓여 있었다.

"이사 와보니 있더라고요."

이재훈이 전축에 달린 황금 나팔관을 어루만졌다.

"요즘 어디 가서 구하기도 힘든 물건인데 왜 여기 남겨놨을까 했거든요. 근데……."

말을 멈춘 이재훈이 광남 씨 귀에 얼굴을 바투 대더니 속삭였다.

"가짜래요."

"예?"

광남 씨는 한 발 물러서며 물었다. 이재훈은 처음 나팔관을 봤을 때 진짜 금일까 궁금했고 아니더라도 이런 골동품은 가격이 상당할 것 같아 지인을 통해서 감정까지 의뢰해봤다고 했다. 결론은 알루미늄에 금색 페인트를 칠한 거였고 전축 자체도 완전 고물이었다.

"어디다 내놔도 팔리기는커녕 오히려 몇 푼 내고 쓰레기 분리수거 해야 한다더라고요. 와이프 몰래 비상금이나 두둑이 챙길까 했는데 말짱 꽝 된 거죠."

속닥거리던 이재훈이 광남 씨를 보며 찡긋 웃었다. 광남 씨는 아무런 대꾸도 하지 않았다. 뭐라 하겠는가. 그저 순금에서 알루미늄으로 둔갑한 나팔관을 바라보며 한숨만 내쉴밖에…….

"그래서 그런가, 몇 번 판을 걸어봤는데 바늘이 자주 튀더라고요."

듣고 있다 보니 가짜라는 나팔관이 오늘따라 달라 보였다. 진짜

124

고 가짜고를 떠나 어딘가 변한 것 같았다. 틀린 그림 찾기 하듯 꼼꼼히 살펴보고 곰곰이 따져보자 정답은 나팔관 속에 있었다. 마지막으로 봤을 때와는 색깔이 달랐다. 그때는 분명 블랙홀처럼 까맸었다. 물론 처음 봤을 때야 지금처럼 붉은 기운을 내뿜고 있었지만. 눈을 비벼보았다. 다시 봐도 붉었다. 숨을 다했던 도깨비불이 부활이라도 한 것 같았다. 광남 씨는 허리를 굽혀 나팔관 속을 들여다보았다.

"거기 불빛, 신기하죠? 이 전축이 그냥 고물만은 아니더라고요. 여기 남을 이유가 다 있더라니까요. 혹시 아셨어요?"

광남 씨는 무슨 말인지 몰라 이재훈 얼굴을 멀거니 쳐다보며 고개를 저었다.

"여기 보세요."

이재훈은 전축 본체에 엉덩이를 대더니 그대로 밀었다. 그다지 무거워 보이지 않는 걸 끙 소리까지 내가며 밀자, 생각지도 못한 전기 차단기들이 바닥에 모습을 드러냈고 그 차단기들을 둘러싸듯 LED 등이 붉은빛을 쏘고 있었다.

"요 나팔관 뒤에 숨어 있는 버튼을 누르면 이층집 불이 다 나가요. 그러니까 이 전축이 일괄 소등스위치면서 동시에 두꺼비집 뚜껑이더라니까요. 재밌죠?"

이재훈은 신바람 난 어린애 같았다. 광남 씨는 전축과 두꺼비집에 번갈아 눈길을 두었다. 그리고 보니 전축 바닥에서 빠져나온 전원선이 차단기 퓨즈 하나와 연결돼 있었다. 그제야 나팔관 속이 붉었다 까맸다 한 이유를 알았다. 석 달 전 블랙홀을 봤을 땐 전기가 끊긴 것이다. 한숨이 한 번 더 나왔다. 이놈의 집구석은 뭐 하나 평범한 게 없다.

"어떤 일 하셨어요?"

이재훈이 난데없는 질문을 했다.

"예? 그냥, 저는……."

대답할 엄두가 안 났다. 십오 년여 동안, 삼 개월에 한 번꼴로 갈아엎은 직장을 뭔 수로 다 열거한단 말인가.

"여기 사셨던 분, 무슨 일 하셨는지 모르세요?"

이재훈이 다시 물었다. 질문 속 주인공이 자신이 아니란 사실에 광남 씨는 다행인 기분이기도 뭔가 낯짝이 뜨거워지는 기분이기도 했다.

"건축가요."

괜한 턱을 긁으며 답했다.

"아하, 어쩐지……. 사실 저는 인테리어 쪽을 생각했거든요. 집 구조며 디자인이 예사롭지 않아서. 그분이 직접 설계하셨대요?"

"예. 아마도……."

"무슨 사연인진 모르겠지만 이런 집을 경매로 내놓기가 쉽지 않았을 텐데……."

고개를 저은 이재훈은 어깨를 으쓱해 보이고는 말을 이었다.

"그래도 그 덕분에 저 같은 사람이 아주 땡잡은 거죠. 이 어마어마한 집을 헐값에 차지하게 됐으니."

마냥 좋아하는 모습을 보니, 새 주인은 전 주인 사연을 전혀 모르는 눈치였다. 천연덕스럽게 웃는 이재훈을 따라 광남 씨는 "그러네요……" 하며 어색하게 웃었다. 알루미늄 나팔관도 정체를 드러낸 도깨비불도 번쩍거리며 이글거리며 따라 웃는 것처럼 보였다.

"여기 오세요."

주방에서 여자가 불렀다. 집 안 온도가 과하다 싶을 정도로 따뜻한데도 입술 색은 여전히 보랏빛이었다. 눈 밑도 잠을 며칠 설친 사람처럼 어두운 것이 아무래도 집 정리하랴, 집들이하랴 피곤한 모양이었다.

"여러모로 많이 잡숴주세요."

앉을 자리를 손짓하며 여자가 말했다. 광남 씨는 의자에 앉으려다 하마터면 뒤로 자빠질 뻔했다. 여자의 이상한 말투에 놀라서도 앉을 자리를 잘못 찾아서도 아니었다. 친절한 이재훈이 광남 씨 뒤에서 의자를 빼주는 걸 못 봤기 때문이었다.

"괜찮으세요?"

부부가 놀란 눈으로 동시에 물었다.

"아…… 예. 괜찮습니다. 고마워요."

곧바로 자세를 바로잡았지만 어쩐지 허둥댄 것 같기도, 무언가 대우받은 것 같기도 해 광남 씨는 목덜미를 만지작거리며 시선을 피했다. 많이 잡숴주길 바란다는 식탁을 쭉 훑어보니 여자가 차린 음식들은 소박하면서도 푸짐했다. 서너 가지 채소튀김과 고춧가루를 쓰지 않은 장아찌들, 김이 모락모락 올라오는 흰쌀밥. 특히나 광남 씨 앞으로 놓인 생선찜은 반지르르한 살 위로 다진 쪽파와 실고추와 계란채가 새초롬히 얹혀 있는 것이 보기만 해도 입맛을 당겼다.

"식사 전에 정식으로 인사드릴게요."

식탁에 마주 앉은 이재훈이 여자 어깨에 손을 얹으며 입을 열었다.

"여긴 제 와이프이자 비즈니스 파트너인 엄향기라고 합니다. 한국 이름은 그렇고요, 저는 원래대로 그냥 가오리 상이라고 불러요."

가오리? 광남 씨는 엄향기와 목인사를 주고받다가 앞에 놓인 생선찜을 무심코 내려다보았으나 그 생선은 가오리가 아니었다. 고개를 들었을 땐 이재훈과 눈이 마주쳤고, 이재훈은 그런 광남 씨 생각을 읽었는지 쿡 소리 내 웃었다.

"가오리가 우리말로 향기, 좋은 냄새라는 뜻이거든요. 와이프는 교포 이세고요. 장인어른이 한국 분이시고 장모님이 일본 분이세요."

그제야 광남 씨는 아, 하며 고개를 끄덕였다.

"국제결혼 하셨구나……. 죄송합니다. 제가 일어를 잘 몰라서……."

광남 씨가 머리를 긁적이며 자신의 이름을 말했다.

"고광남 씨, 괜찮아요. 한국 사람, 저한테 첨엔 물고기, 그래요."

엄향기가 양쪽 검지로 양쪽 눈꼬리를 잡아 내렸다. 가오리였다. 이재훈이 크게 웃었고 광남 씨는 웃지 않으려 입을 다물며 고개를 숙였다.

"자, 어서 드시죠."

이재훈 말에 엄향기가 젓가락을 들었고 광남 씨는 숟가락을 들었다. 된장국부터 맛보았다. 다시마를 우려냈는지 시원한 것이 간도 잘 맞았다. 그다음엔 고구마튀김. 바삭하고 느끼하지 않았다. 명이나물에 갓 지은 흰밥을 싸서 입에 넣었다. 향긋함을 음미하며 생선찜으로 손을 뻗었다. 사실 제일 먼저 맛보고 싶었다.

"이게 무슨 생선이에요?"

광남 씨는 생선 살을 젓가락으로 꼬집어 살짝 떼어내며 물었다.

"니베."

엄향기가 대답했다.

"민어요."

이재훈이 통역했다. 광남 씨는 고개를 끄덕이며 속으로 감탄했다. 그 귀하다는 민어. 달랑 한 번, 아버지 칠순 잔치 때 먹어본 적 있었다. 뽀얀 민어 살을 입에 넣자 살살 녹았다. 민어도 민어지만 엄향기 요리 솜씨 또한 훌륭한 듯했다.

"자, 한잔 받으세요. 오늘 같은 날에 빠질 수 없죠."

이재훈이 포도문양이 새겨진 유리병을 들어 올렸다. 광남 씨는 밥알을 씹다 말고 자신 앞에 놓인 빈 잔을 들어야 할지 말아야 할지 망설였다. 담배는 물론 술도 입에 대지 않아서였다.

"이건 제가 직접 담근 와인이에요. 제 솜씨가 어떤지 살짝 맛이라도 봐주세요, 형님."

이재훈은 너스레를 떨듯 술보단 음료에 가깝다는 말을 덧붙였다. 눅지근한 그 미소도 빠뜨리지 않았다. 하는 수 없이 잔을 받은 후, 이재훈에게도 포도주를 따라주었다. 광남 씨가 엄향기 앞으로 포도주병을 내밀자, "저는 이거" 하며 물병을 집어 든 엄향기가 손수 잔을 채웠다.

"아…… 네."

광남 씨는 더 권하지 않고 병을 내려놓았다.

"마시면 바로 곯아떨어져요."

이재훈이 엄향기를 턱으로 가리키며 말했다.

"술을 못하시나 보네요?"

광남 씨가 고개를 끄덕이며 물었다.

"아뇨, 그 반대예요. 완전 와인 귀신이에요. 말리는 사람 없으면 두세 병도 너끈히 마셔치운다니까요. 그래서 제가 직접 담그기 시작했죠. 뭐 시판되는 것보단 좋지 않겠어요? 유기농 포도에 소주가 아닌 내림주를 넣었거든요. 가오리 상이 워낙에……."

"다른 술 안 먹어요. 와인 하나예요."

이재훈 말을 자르고 엄향기가 나섰다.

"한국 와서 잠 잘 안 와요. 한 번 두 번 먹었는데 잠 잘 와요. 그래서 나중엔 더, 더 먹었어요."

엄향기가 서툰 한국말을 또박또박 발음했다.

"어디서 와인이 불면증과 혈액순환에 좋다는 말 듣고 주량만 늘어난 거죠."

이재훈이 끼어들었다. 엄향기는 장난기 가득한 시선으로 남편을 째려보았다.

"재훈 씨 와인, 무슨 짓 했는지 몰라요. 한번 먹어요. 잠 잘 와요. 아침에 머리 안 아파요. 그래서 잘 때 먹어요. 손님 왔는데 입 벌리고……."

엄향기는 하품하다 기절하는 시늉을 했다. 이재훈이 고개를 가로저으며 웃었다. 광남 씨도 피식했다. 대충, 이재훈이 담근 포도주는 한 잔만 마셔도 잠이 잘 오는 관계로 잘 때만 마신다는 뜻 같았다.

"자, 얼른 잔들 드세요."

이재훈이 재촉했다. 맹물 한 잔과 포도주 두 잔이 공중에서 쨍소리 나게 부딪혔고 각자 입속으로 들어갔다. 포도주는 과연 음료수처럼 달짝지근했다. 내림주가 꽤 독하다고 알고 있는데 엄향기 말대로 무슨 짓을 했는지 목구멍에 넘길 때 식도가 타들어 가는 고통이 아니라 탄산처럼 톡 쏘는 시원함이 있었다.

"맛있는데요."

마침 목도 마른 터라 광남 씨는 단숨에 잔을 비웠다. 이재훈이 만족스러운 듯 다행이라는 듯 앞가슴을 크게 쓸어내렸다.

"그럼 이제부터 부업으로 내다 팔아볼까요?"

실없는 소리에 엄향기가 대꾸 없이 다시 젓가락을 들었고 광남 씨도 밥숟갈을 들었다. 이재훈도 따라서, 셋은 저녁 식사를 이어나갔다. 분위기는 전에도 몇 번 모여 이런 자리를 함께한 사람들처럼 어색하지 않았다. 광남 씨는 그것이 술기운 때문이라고 생각했다.

한참 배를 채워나가던 광남 씨는 문득 자기 혼자만 민어를 먹고 있다는 것을 깨달았다. 부부는 생선에는 아예 손도 대지 않고 다른 반찬들만 먹었는데 대부분이, 아니 전부가 채소였다.

"안 드세요, 민어?"

젓가락질을 멈춘 광남 씨가 물었다.

"아……."

엄향기가 어색한 웃음을 지어 보이다 "비건이에요" 했다.

"예?"

"채식주의자요."

이재훈이 뜻을 말했다.

"오늘 고광남 씨에게 물고기 준비한 겁니다. 많이 잡숴주세요."

엄향기가 권했다.

"아…… 그럼 생선도 전혀 안 드시고?"

"예."

이재훈과 엄향기가 똑같이 답했다.

"달걀, 우유 이런 건?"

부부는 광남 씨를 향해 고개를 저었다.

"저희는 백 프로 채식만 해요. 사실, 이런 말씀 어떨지 모르겠지만…… 고기 일 킬로그램을 얻으려면 그보다 훨씬 많은 풀이 필요하거든요. 또 소가 내뿜는 이산화탄소라든가 배설물 같은 것도 그렇고……. 저희는 뭐, 고기를 싫어한다거나 고기 먹는 사람들이 나쁘다는 게 아니고요. 그냥 환경을 보존하는 차원에서 우리가 간단히 할 수 있는 건 하자, 그런 거죠."

말을 마친 이재훈 얼굴이 의미심장해 보였다. 광남 씨는 녹색운동연합을 생각했다. 그간 매달 만 원씩 후원금은 거르지 않고 보내왔지만 어쩐지 그뿐이란 생각이 들었다. 돈만 내면 뭐 하나. 자신은 무식한 것이다. 이러니 사람은 배워야 한다.

"제가 부끄럽네요."

광남 씨는 얼굴이 뜨거워지는 걸 느꼈다.

"아니, 아녜요."

이재훈이 황급히 젓가락을 내려놓았고 연이어 그 젓가락처럼 가는 두 팔을 광남 씨 앞으로 내저었다.

"저희는 그런 뜻으로 말씀드린 게 아니고⋯⋯."

이재훈이 도와달라는 얼굴로 엄향기를 바라보았다. 엄향기는 그런 남편을 씁쓸한 표정으로 바라보다 한숨을 내뱉으며 입을 열었다.

"저 때문이에요. 이거 때문에⋯⋯."

엄향기가 보랏빛 입술을 살짝 깨물며 자신의 왼 가슴을 톡톡 쳤다. 이재훈이 그런 엄향기 등을 쓰다듬으며 무어라 귀에 대고 말했다. 일본어라 잘은 알 수 없었지만 아무래도 위로하는 듯싶었다. 광남 씨는 슬그머니 젓가락을 내려놓았다. 뭔지 몰라도 부부 앞에서 실수를 단단히 한 기분이었다. 이재훈이 광남 씨를 보더니 "형님, 한 잔 더 할까요?"라며 포도주병을 들었다.

"아⋯⋯ 제가⋯⋯."

광남 씨는 머뭇거렸다. 여기서 더 마시기도 매몰차게 거절하기도 뭣했다.

"그럼 형님이 저 한 잔 더 따라주실래요?"

흔쾌히 광남 씨는 술을 따랐다.

"사실, 가오리 상은 심장이 좋지 않아요."

2부 돛에 바람을 싣고

이재훈이 포도주를 한 모금 마시며 이야기를 시작했다. 엄향기는 선천적 부정맥을 앓고 있다고 했다. 맥박이 느려도 너무 느려 어려서부터 수술과 약물치료를 받아왔음에도 호전되지 않아 일 년에 몇 번씩은 풀죽도 못 먹은 사람처럼 픽픽 쓰러졌단다. 급기야 올봄, 야근과 철야가 며칠째 이어지던 어느 날 퇴근길 집 앞에서 쓰러져 중환자실까지 실려 가 두 달 넘게 병원 신세를 져야 했다. 부부는 직장생활이 더는 어렵겠다 결론 내고 요양 차원에서라도 전원생활을 하기로 마음먹었다. 그런 와중에 식이요법을 겸해서 올여름부터 채식을 시작한 것이다.

"여기, 페이스메이커 있어요."

엄향기가 왼쪽 쇄골 아래를 가리켰다. 광남 씨는 이번에도 뭔 소리인지 몰라 멀뚱멀뚱한 표정을 지었고 역시나 이재훈이 설명을 덧붙였다.

"횡격막페이스메이커라고 간단히 말해, 심장에 전기 자극을 줘서 맥박을 정상적으로 뛰게 하는 기계예요. 원래도 달고 살았는데 예전 것이 오래됐다고, 병원에서 새로 교체하자 해서 이 집 내려오기 전에 다시 또 수술을 받았거든요."

광남 씨는 아, 하는 대답만 연신 해댔다.

"이사 준비 다 재훈 씨가 했어요. 제 엄마 아빠 일본 있고, 재훈 씨 가족 없어요."

엄향기가 미안한 눈빛으로 이재훈을 보며 말했다.

"제가 외동인 데다 어머님이 결혼 전에 돌아가셨거든요."

이재훈은 아버지에 대해 말하지 않았다. 광남 씨도 궁금해하지 않았다. 그저 막연하게나마 동병상련 비슷한 기분이 들었다.

"저는 바보예요. 혼자 일 못 해요. 재훈 씨 저 때문에 회사……."

말을 잇지 못한 엄향기가 손으로 입을 막더니 콧물을 훌쩍였다.

"가오리 상, 또 쓸데없는 소리를……."

이재훈이 달래듯 엄향기 볼에 한 손을 갖다 댔지만 엄향기는 의자에서 일어나 "잠깐만요, 실례합니다." 말하고는 안방으로 뛰어 들어갔다. 엄향기가 진정되기를 기다리는 동안 이재훈은 첫 만남부터 다니던 직장 얘기를 술술 꺼냈다. 이 층 방을 각자 사무실로 쓴다는 부부 직업은 웹프로그래머와 웹디자이너라고 했다. 둘은 도쿄에 본사가 있는 '매크로 다이나믹 소프트웨어'라는 이름도 거창한 대기업에 다녔더랬다. 지사인 서울에서 프로그래머로 일하던 이재훈은 도쿄로 파견 나가 엄향기를 만났고 첫눈에 반해 사내 연애를 했으며 동거부터 시작해 지금까지 왔다.

때문에, 전도유망한 직장생활을 포기하고 자유직으로 전향할 때도 아쉬움이나 후회 같은 건 없었다. 오 년 전 첫 만남 이후로 언제나 그렇듯 함께였고 앞으로도 그럴 것이었다. 더욱이 도시 생활에 염증을 느끼고 있던 터라 평소 바라던 환경친화적인 생활을 한다는 마음에 들뜨기까지 했고 일도 전보다 편하고 즐겁게 할 수 있었다. 다행히 부부 일은 컴퓨터만 있으면 어디서든지 할 수 있는 일이라 자택 근무하는 데 지장도 없었다.

"그럼…… 여기 내려오기 전엔 쭉 일본에서 사신 건가요?"

광남 씨가 물었다.

"아뇨, 삼 년 전에 혼인신고하고 서울에 살림집을 마련했어요."

광남 씨는 머리를 끄덕였다. 문득 천생연분, 천직, 이런 말들이 떠올랐다. 둘이 잘 만난 건 말할 것도 없고 직업 또한 뭔가 친환경적인 것이 부부와 잘 맞아 보였다. 웹프로그램을 짜는 일과 웹을 디자인하는 일이 얼핏 컴퓨터와 관련되었다는 것만 알고 있었지만 어쨌든 굴뚝이나 매연 없이도 할 수 있는 일이니 부부가 추구하는 삶과 잘 어울리는 느낌이었다. 친환경 포장이사에 채식주의자에 친환경적인 직업. 그뿐만 아니라 그 직업은 어쩐지 예술적인 일인 듯도 했다. 하긴 디자이너니까.

"이 민어는 준비하신 거니까 맛있게 먹겠습니다."

광남 씨가 고개 숙여 인사했다.

"죄송합니다. 많이 잡숴주세요."

자리로 돌아온 엄향기가 눈을 맞추지 못한 채 젓가락을 들었다.

"아닙니다. 제가 감사하고 죄송하죠. 아무튼, 두 분 다 대단들 하시네요. 도시 생활하다가 이런 데로 이사 오기가 쉽지 않았을 텐데요. 여긴 교통도 불편하고……."

광남 씨는 다시 민어 살을 바르며 말했다.

"급할 땐 택시를 불러요. 웬만한 거리는 자전거 타고 다니고요. 주차하기도 편하니까."

이재훈이 포도주를 마저 비우며 말했다.

"아, 그렇죠?"

광남 씨가 반색했다.

"저도 자전거 타고 다니는데. 중고라 얼마 안 탔는데도 삐거덕거리긴 하지만 편하거든요. 산길에서 타놔서 그런가……."

혼잣말처럼 광남 씨는 머리를 긁적이며 중얼거렸다.

"저희 것도 별로 좋은 건 아니에요. 우리 얼마 줬지? 칠백?"

이재훈이 엄향기를 돌아보며 물었다.

"타이어 바꿨잖아. 칠백팔십만 원."

루돌프처럼 빨개진 코를 홀쩍이고는 엄향기가 코맹맹이 소리로 답했다. 밀어 삶을 입에 넣던 광남 씨는 젓가락으로 목구멍을 찌를 뻔했다. 자전거 한 대에 칠백 얼마……? 이름도 어려운 그 수입 자전거를 각자 한 대씩 가지고 있다고 했다. 광남 씨는 자신이 타는 팔만 원짜리 자전거를 떠올렸다. 그것도 비싸다 생각했는데 저 부부 자전거는 자신이 팔아 치운 자동찻값보다 훨씬 비싸다. 그렇다 하더라도 환경이 어쩌고를 떠들면서 커다란 디젤차를 타고 다니던 누구보다는 참으로 깬 사람들이라 아니 할 수 없다.

"자전거 타고 다니는 건 힘들지 않으세요? 여긴 죄다 비포장도로라."

광남 씨는 이재훈을 바라보며 물었지만 실은 심장이 안 좋다는 엄향기가 걱정돼 꺼낸 말이었다.

"라이딩할 땐 산악도 타는데요, 뭘. 물론 가오리 상은 좀 버겁겠지만 읍내까지 한 번씩 운동 삼아 타고 다니는 건 괜찮겠더라고요. 데이트하는 기분도 내면서."

이재훈이 엄향기를 향해 예의 그 사람 좋아 뵈는 웃음을 지어 보였다.

"그럼, 평생 달고 사는 건가요? 그 페이스……."

궁금하기도 안쓰럽기도 해 튀어나온 질문이었지만 주책맞아 보여 광남 씨는 조금 후회했다.

"네, 여기, 이 쇠 하나, 제 목숨 같아요. 사람 목숨 아무것 아니에요. 쉬워요, 그죠?"

엄향기가 다시 눈물이 그렁그렁한 얼굴로 웃었다. 그 모습을 이재훈이 안타까운 표정으로 쳐다봤고, 그 둘을 광남 씨는 짠하고 미안한 마음으로 바라보았다.

"저도…… 솔직히 말하면 환경 보호 이런 거에 관심이 좀 있어요."

광남 씨가 어렵사리 말을 꺼냈다. 듣던 중 반가운 소리라는 듯 이재훈과 엄향기가 서로 눈을 맞추더니 얼굴에 화색을 띠었다.

"저야 뭐 돈도 없고 가진 게 없어서…… 우리 애들한테 해줄 수 있는 게 이런 거 아닌가 싶으면서도, 근데 뭘 모르다 보니……."

광남 씨는 말하면서 어깨를 조금 움츠렸다.

"지금부터라도 하시면 되죠, 형님."

이재훈이 말했다.

"그런 말 있잖아요. 우린 후손들 미래를 빌려 쓰고 있다고. 근데 그걸 아는 사람은 별로 없고, 알아도 실천하는 사람은 더 드무니까, 형님 지금 그 관심이 얼마나 중요한 건데요. 아무튼, 여기 와서 생각이 같은 이웃분을 만나니까 기분 좋은데요?"

이재훈이 엄향기와 광남 씨를 번갈아 보며 웃었고, 광남 씨는 그들을 보며 오랜만에 마음이 흐뭇했다. 식사를 마친 후 거실로 내온 유기농 우롱차까지 마시며 광남 씨는 남은 음식과 그릇들을 치우는 이재훈을 바라보았다.

"설거지는 남편 담당인가 보죠?"

"네."

마주 앉아 차를 마시던 엄향기가 대답했다.

"저는 요리 재밌고, 재훈 씨는 청소 좋아해요."

엄향기가 들으라는 듯 주방을 향해 큰 소리로 덧붙였다.

"이렇게 치우다 보면 뭔가 생각이 정리되는 것 같거든요."

주방에서 화답하듯 이재훈이 목청을 높였다. 어쩐지 그 말이 가슴 한구석에 살포시 불씨 하나를 내려놓는 것만 같았다. 이심전심이라는 불씨. 마음이 혼란스러울 때면 청소를 하는 것은 광남 씨의 오랜 습관이기도 했으니까.

"저기, 사모님은……."

엄향기가 광남 씨 아내를 궁금해했다.

"아……. 사정이 있어서 좀 떨어져 있습니다. 집사람은 애하고 서울서 살고 저는 여기 혼자 있고."

"그렇구나."

엄향기는 더 묻지 않았고 광남 씨도 더는 대답하지 않았다. 침묵이 흘렀고 어색해진 광남 씨는 할 일도 없이 남의 집에서 너무 오래 뭉개고 있다는 생각이 들어 자리에서 일어났다. 때마침 뒷정리를 마친 이재훈이 부엌을 나오며 광남 씨를 붙들었다.

"벌써 가시게요? 아니, 한 잔 더 하시면서 음악도 듣고 얘기도 더 하시다 가시죠?"

"예, 다음에요. 그런데……."

광남 씨는 신발을 신다 말고 돌연히 물었다.

"음식물 쓰레기는 어떻게 처리하세요? 마땅찮으시면 제가 아는 사람이 있는데, 돼지 키우거든요. 그 집에……."

"기계 있어요."

현관문을 열어주며 엄향기가 생긋 웃었다.

"음식물처리기 구경하실래요?"

이재훈이 물었고 부부와 문을 나선 광남 씨는 집 옆에 놓인 그 음식물처리기라는 통을 바라보았다. 크기가 어른 한 명은 너끈히 들어갈 정도였다.

"가정용치곤 많이 크죠?"

가지고 나온 음식 찌꺼기를 투입구에 넣으며 이재훈이 말을 이었다.

"원래 공동주택이나 식당가 같은 데서 쓰는 거라……. 실은 장인어른이 이거 만드는 공장을 운영하시거든요. 저희가 시골로 간다니까 이사선물로 보내주셨어요. 형님도 같이 쓰세요. 어차피 기계가 하는 건데, 음식물 남은 거 그냥 넣어놓으시면 제가 저희 거랑 같이 돌릴게요."

이재훈이 스위치를 올리자 기계가 돌기 시작했다. 탈수기를 돌릴 때처럼 소리가 났지만, 소음까지는 아니었다.

"물기를 완전히 쫙 빼고 말려서, 가루로 만들어줘요. 나무나 텃밭에다 뿌리면 그냥 거름이 되는 거죠."

이재훈이 설명했다.

"깨끗해요."

엄향기가 덧붙였다.

"아……."

광남 씨는 신기한 듯 기계를 바라보았다. 역시 젊은 사람들은 다르구나.

"근데 지금은 겨울이라 텃밭도 못 가꾸는데 저 가루를 어떻게……."

광남 씨가 허를 찌르듯 물었다.

"그러네, 형님 말씀이 맞네요. 아, 그럼 이렇게 하죠. 겨울엔 이 가루를 모아서 그 돼지 키우신다는 분한테 가져다드리죠. 효소 같은 거니까 사료에 섞여 먹이면 좋거든요. 그리고 봄 되면 우리가 텃밭 가꿀 때 쓰고요. 음…… 다음 달쯤 그분 찾아뵈면 좋겠네요. 그때쯤이면 가루 분량이 어느 정도는 찰 것 같으니까요."

이재훈이 사람 좋아 뵈는 미소를 또 한 번 지었다. 그 미소와 '형님' 소리는 집에 돌아와 잠자리에 누워서까지 광남 씨 머릿속을 맴돌았고, 그렇게 기분 좋은 이웃집 부부에 대해 생각하다가 조금 놀랐다. 광남 씨는 여기 내려온 이후 이웃을 갖길 원하지 않았다. 내려온 이유부터가 그것이었다. 사람들을 피하는 것. 더러운 것은 멀리하는 게 상책이다. 그렇지 않은가. 똥이 무서워서 피하나? 더러워서 피하지.

광남 씨를 이곳으로 이끈 것은 사람에 대한 혐오였다. 자신이 가진 병, 강박증은 결국 그런 결벽증의 다른 이름이거나 필연적인 결과라고 생각했지 그 반대라고는 생각해보지 않았다. 다시 말해 사람 때문에 병이 생긴 것이지 병 때문에 사람이 싫어진 것이라고는 생각지 않던 거다. 따라서 자신이 가진 병이 부끄럽거나 싫지 않았다. 오히려 자신이 다른 인간들과는 다르고 특별하다는 징표로 받아들였으며 굳이 고치려고도 하지 않았다.

그런데 지금, 좋은 기분으로 자신이 새로 생긴 이웃을 떠올리고 있는 것이다. 뭔가 변하고 있는 것일까. 아니면 이사 온 사람들이 지금껏 만나왔던 인간들과는 다른, 자신처럼 특별한 사람들일까. 사람을 생각하며 그런 기분을 가질 수 있다는 것이 그저 놀랍기만 했다. 하긴 거슬러 올라가보면 사람에 대해 좋거나, 설레거나, 기대하는 마음을 처음부터 버렸던 것은 아니다. 직장 다니면서 아주 가끔, 정말 가뭄에 콩 나듯이 그런 기분이 들게 하는 사람을 만나봤다. 물론 아내도 어느 순간은 그런 사람이었고, 어린 시절 아버지도 그랬을 것이다. 기억도 가물가물한 아주 어렸을 때였겠지만 말이다.

대학 때는 동기들이 친구 대하듯 자신들의 아버지와 대화 나누는 것을 보고 큰 충격을 받았다. 세상에…… 마음에 고민이 있을 때나 기분이 울적할 때 아버지와 대화를 한다니…… 놀라운 사실이 아닐 수 없었다. 아버지는 한 번도 광남 씨 기분이나 마음을 궁금해한 적이 없었다. 광남 씨도 그것을 당연하게 생각해 웬만해서는 감정을 밖으로 잘 드러내지 않았다.

드러내지 않은 것인지 드러낼 수 없었던 것인지 분명치 않지만 언젠가부터 아버지와 거리를 만든 건 사실이다. 상처받지 않기 위해서 최대한 무감각하게 벽을 만들어야 했고, 사람들이 욕구나 마음 상태를 또렷하게, 어쩔 땐 너무 과하게 표현하는 것과 달리 광남 씨는 언제나 감정들을 속으로 쌓아두기 바빴다. 때문에, 광남 씨에게는 그것들을 놓아둘 컴컴한 방이 필요했고, 마음속에 그런 방을 하나 만들어 가두었다. 감정들이 그 방 안에서 절대 빠져나가지 못하도록, 아무에게도 들키지 않도록. 아버지에게, 아내에게, 사람들에게…….

그것은 더러운 것을 혐오하고 청결함에 집착하는 성격과는 또 다른 문제였다. 여전히 인간들 대부분은 더럽기 그지없고 광남 씨는 그 청결하지 못한 사람들이 싫었지만, 그렇지 않은 사람들까지 혐오하는 것은 아니었다. 그러한 사람을 만나는 게 쉽지 않았을 뿐 감정 자체가 없는 것은 아니었다. 마음 한구석 어두운 방에는 빛을 못 본 감정들이 숨 쉬고 있던 것이다. 아직은, 하는 한 줄기 희망. 알량한 믿음. 아내와 이혼을 하고도 육 년을 더 서울에서 생활한 이유도 거기 있었다. 육 년 동안 딱 한 번 희망과 믿음을 경험했기에.

그 일은 아내와 이혼한 지 삼 년째, 배식이 열 살 되던 해 벌어졌다. 편의점 아르바이트를 하던 광남 씨에게 교대시간을 앞둔 밤 열 시쯤 모르는 번호로 전화 한 통이 걸려왔다. 병원이었고 배식이 입원했다는 소식이었다. 짧은 시간 머릿속으로 오만 가지 장면과 상상들이 활개를 치며 떠돌아다니는 바람에 광남 씨는 온몸이 부들부들 떨려 들고 있던 휴대전화를 땅바닥에 떨어뜨렸고 다시 주워 자초지종을 물어볼 겨를도 없이 주인 없는 편의점을 누구에게 봐달라 맡기지도 교대할 직원을 기다리지도 않고 뛰쳐나가 곧장 택시를 잡아탔다.

왕십리에 있는 병원 응급실 문을 헐레벌떡 밀고 들어선 순간 이미 정신이 반쯤 나간 광남 씨 눈에 가장 먼저 들어온 것은 한쪽 팔에 깁스를 한 채 나머지 팔에 링거를 맞고 잠든 아들이었다.

"배식아, 배식아, 배식아."

곧장 침대로 다가간 광남 씨는 아들 이름을 연거푸 불러댔다.

"아……빠?"

힘겹게 눈을 뜬 아들 목소리가 가누지 못하는 팔만큼이나 맥이 없었다.

"저기…… 배식이 아버지."

침대 곁에 선 여자가 광남 씨에게 말을 걸었다. 아내 또래로 보이는 그 여자는 광남 씨도 아는 사람이었다. 이혼하고 집을 나오기 전까지 아파트 내에서 오다가다 인사 나누던 이웃.

"안녕하세요, 아저씨. 승호예요."

이웃 여자 아들이자 배식이 친구가 옆에서 여기 나도 있다는 얼굴로 덩달아 인사를 했다. 광남 씨는 어리둥절 모자를 번갈아 보며 대답한다고 고개를 끄덕였지만 조금도 안녕치 못했다. 이웃 여자 표정을 보니 그쪽도 안녕 못한 건 매한가지 같았다.

"웬일이세요? 어떻게 우리 애가…… 애 엄만……?"

광남 씨는 두서없이 물었다.

"그게, 아까 통화할 때 말씀드리려고 했는데…… 배식이 아버님이 일방적으로 전화를 끊으셔서……."

이웃 여자는 난감하다는 표정으로 말을 이었고 사연은 이랬다. 늦은 오후, 배식은 친구 승호와 자전거를 타다 교통사고가 났다. 다행인 것인지 어쩐 것인지 질주하던 차에 깔려 뭉개진 건 자전거였고 배식은 넘어지면서 팔만 부러졌다고 했다. 운전자가 곧바로 구급차를 불렀고 보호자를 기다렸지만 연락이 되질 않아 보다 못한 승호가 자기 엄마를 불렀다. 병원에 도착한 이웃 여자는 얼결에 운전자가 건넨 명함을 받아 배식이 엄마에게 전화를 걸어보았으나 지금까지 전화를 안 받는 상황이고 결국엔 광남 씨에게 연락을 취한 것이다.

광남 씨는 말만 들어도 끔찍한 사건에 식은땀을 닦았고 차마 말을 잇지 못할 만큼 얼굴이 화끈거렸다. 분노가 치밀어 올랐다. 이 정신 빠진 여자가…… 유흥업소에서 주방 '이모'로 일하는 아내는 월급이 세다는 이유만으로 몇 년째 밤일을 나간다. 되먹지 않은 그 이유를 백번 양보해 이해한다 치더라도 애가 이 사달이 났는데 도대체 뭘 하고 자빠졌기에 전화를 받지 않느냐 말이다. 광남 씨는 손톱으로 손바닥이라도 뚫겠다는 듯 두 주먹을 불끈 쥐고 미간을 있는 힘껏 찌푸리며 눈을 부릅떴다. 마침 광남 씨와 눈이 마주친 이웃 여자가 당황한 기색으로 손사래를 치며 입을 열었다.

"아니, 배식이 아버지, 그게요…… 배식이 엄마 일하는 데가 시끄러워서 전화를 못 받을 때가 종종 있나 봐요. 일부러 전화를 안 받은 것도 아니고…… 제가 배식이 엄마를 아는데…… 애가 다쳤다면 한걸음에 뛰쳐 왔겠죠. 그렇게 화부터 내실 일이……. 이럴 줄 알고 배식이도 아버님 전화번호를 안 가르쳐주더라고요. 아빠가 많이 놀라신다고……. 아휴, 어쩜 좋아……."

안절부절 어쩔 줄 몰라 하는 이웃 여자에게 광남 씨는 다짜고짜 상체를 구십 도 숙였다.

"죄송합니다. 다 못난 제 탓입니다."

그때였다.

"아니야, 엄마랑 아빠 잘못 아니야. 그냥, 내가 찻길에서 조심하지 않아서 그런 거야."

배식이 울먹이며 목소리를 짜내다시피 했다. 허리를 굽히고 있던 광남 씨가 고개만 들어 쳐다보자 아이는 눈물이 그렁그렁한 눈으로 다음 말을 덧붙였다.

"괜히 승호 자전거 빌려 타가지고 개 것만 박살 내고……."

그러고 보니 광남 씨가 알던 배식은 자전거를 탈 줄 몰랐다. 물론 자전거도 갖고 있지 않았고. 가슴속에서 무수한 감정들이 뒤엉켰다. 언제부터 자전거를 탔던 것일까. 타는 법은 누구한테 배웠을까. 짠하면서도 대견스러웠다. 또 한편으론 핑계 대지 않고 제 잘못을 인정하는 아들에게 감사했다. 이만하면 어디서도 아비 없이 자랐다는 흉은 안 듣겠구나.

"자전거는 제가 내일 새것으로 변상하겠습니다."

아무 말 없이 이웃 모자와 배식과 함께 아파트로 돌아가는 길에 광남 씨가 먼저 말문을 열었다. 이웃 여자는 애가 크게 다치지 않은 것만으로도 충분하니 새 자전거는 됐다 했지만 광남 씨는 고개를 저었다. 사양에 사양을 거듭한 끝에 아파트 입구에서 헤어지기 전 광남 씨는 정 그렇다면 적게나마 현금으로라도 성의를 표하고 싶다며 뒷주머니에서 지갑을 꺼냈으나 이웃 여자에게 돈을 주는 대신 다시 한번 머리 숙여 사과할 수밖에 없었다.

지갑엔 달랑 오천 원짜리 한 장만 든 것이다. 생각해보니 현금

인출기에서 카드로 찾을 수도 없었다. 은행 잔고도 지갑 안과 별반 차이가 없는 데다 신용카드 현금서비스도 이미 생활비로 야금야금 빼내 써버린 통에 더는 찾을 게 없었으며 며칠 전부터 일하게 된 편의점 월급날은 아직 멀었다. 그나마 그 아르바이트 자리도 주인에게 가타부타 허락도 안 받고 뛰쳐나왔으니 계속 다닐 수나 있을지 의심스러웠다.

"죄송한데요, 제가 내일 꼭 다시 찾아뵙겠습니다."

이웃 여자는 조금 당황한 기색으로 입을 열었다.

"저…… 배식이 아버지……."

불러놓고도 머뭇머뭇하는 이웃 여자를 보니 더욱 난감하고 미안해져 거듭 사과했다.

"제가 일하는 곳 연락처를 드리고 갈게요. 내일 점심시간에 꼭 찾아뵙고 변상하겠습니다."

"아니, 제 말은 그게 아니고요……. 오늘 제가 배식이 아버지 부른 일은 배식이 엄마 모르게 하면 안 될까 해서요. 사실, 제가 배식이 엄마랑 가깝게 지내서 사정을 좀 아는데…… 병원 못 온 것도 미안하고 민망할 텐데 아버지 얘기까지 하면…… 제 생각엔 좀 그럴 것 같거든요. 저 같아도 맘이 불편할 것 같아서요."

광남 씨는 두 눈을 동그랗게 떴다. 어쩜 마음 씀씀이가 저리 고울까. 광남 씨는 대답 대신 조용히 또 한 번 구십 도 허리를 굽혀 몹시 민망해하며, 승강기를 타러 가는 이웃 여자를 향해 "감사합니다, 죄송합니다, 복 받으실 겁니다."라는 말을 연신 해댔다. 집으로 돌아가는 차 안에서 광남 씨는 뒤통수를 한 대 얻어맞은 기분이었다. 자신이 그토록 혐오하고 더럽다고 생각했던 사람들, 그들이 사는 이 세상에 아주 드물게라도 이런 사람이 있구나. 그동안 내가 사람들을 너무 싸잡아 미워했던 건 아닐까.

다음날 광남 씨는 일찌감치 중고자동차 매매단지를 찾아 미련 없이 오래된 쏘나타를 팔아치운 뒤 시세보다 적게 받은 매매금에서 십만 원을 빼 약속대로 이웃 여자를 찾아갔다. 돈을 받은 이웃 여자는 조금은 놀란 표정으로 이렇게 많이는 필요 없다며 반을 돌려주려 했지만 광남 씨의 완강함에 그러면 배식이 학용품이나 과잣값이라도 하라며 이만 원을 도로 내놓았다.

그 따뜻한 마음에 더없이 감격한 광남 씨는 며칠이 지나 이웃 여자 집을 살짝 들러 자신에게서 받은 팔만 원으로 산 듯한 중고 자전거가 그 집 비상계단 난간에 체인으로 묶여 있는 것을 확인하고는, 다음날부터 새벽 다섯 시면 그 집을 찾아 자전거에 묻은 흙이며 먼지를 말끔하게 닦아놓기 시작했다.

자전거는 닦으면 닦을수록 빛이 났고 빛이 나면 날수록 광남 씨는 보람찼다. 나중엔 이웃 여자가 종종 문을 열고 슬쩍 내다보는 낌새가 느껴져 어떤 책임감까지 생겨났다. 봐주면 봐줄수록 더 잘하고 싶어지고 알아주면 알아줄수록 더 해주고 싶은 게 인간 본성 아니던가. 그렇게 몇 달이 지나도록 남의 집 자전거 닦기를 하던 어느 날, 광남 씨가 막 비상계단에 도착했을 때 이웃 여자가 문을 열고 나와 광남 씨를 불렀다.

"제가 쭉 보니까 매일 새벽에 오셔서 자전거를 닦으시던데……."

이웃 여자는 눈을 맞추지 않고 자전거를 보며 말했다. 광남 씨는 조금은 쑥스러워 머리를 긁적였다.

"아…… 예. 신경 쓰시지 마세요. 제가 그냥 해드리고 싶기도 하고…… 또 감사…….”

"왜 그러세요?"

"예?"

"그러지 마세요. 제가 불편해요."

"신경 쓰지 마세요. 제가 좋아서 하는 건데요, 뭐."

이웃 여자는 뭘 더 말하려다 입을 다물고 한숨을 푹 내쉬더니 쌩하고 뒤돌아 집으로 들어가버렸다. 조금은 멍하기도 민망하기도 했지만 광남 씨는 그래도 자전거 닦기를 그만두지는 않았다. 그다음 날도, 한 달 뒤도, 삼 년이 지나 이웃 여자가 집을 팔고 이사를 가버릴 때까지 줄기차게 찾아가 자전거를 닦았다.

심지어 이사를 간 줄도 몰랐다. 어느 날 낯선 여자가 그 집에서 나와 이 자전거가 당신 자전거냐고 물었을 때야 이웃 여자가 자전거만 계단에 버려둔 채 떠나버렸다는 사실을 알게 됐다. 새로 온 여자는 자기 아이 자전거를 세워놓아야 하니 댁 자전거는 댁이 가져가라고 말했다. 정성스레 닦고 쓰다듬던 중고자전거는 그렇게 주인을 잃고 폐물이 되어 광남 씨에게로 왔다. 그날 광남 씨 진심도 폐물이 된 기분이었다.

자전거라도 가지고 이사 갔더라면…… 아니, 이사 가니 이제 찾아오지 말라고 자전거에 쪽지 한 장만이라도 붙여놓았더라면……. 진심을 자전거처럼 팽개쳐버린 이웃 여자에 대한 서운함은 결국엔 야속함으로 변해 광남 씨는 또다시 사람들을 싸잡아 욕했다. 인간들은 다 똑같다. 잘해주려 하면 할수록 자신만 이상한 놈 되는 것이다. 더는 다가가지 말자.

그해, 서울 생활을 완전히 청산하고 금수산 자락으로 내려왔다. 한때나마 사람에 대한 희망과 믿음이 깃들어 있던 팔만 원짜리 중고자전거를 끌고. 그나마 괜찮은 인간인 듯했던 그 이웃 여자 같은 사람은 이후로 만나보지 못했고 희미하게나마 남아 있던 인간에 대한 호감도 깨끗하게 접은 지 오래였다. 그런데…… 혹시 이재훈과 엄향기가 그 이웃 여자 같은 부류인 걸까. 그렇다면 자신도 변할 수 있을까. 아니 벌써 변하고 있는 것은 아닐까.

골똘히 따져보다 가물가물 잠이 들던 광남 씨는 희미하게 들려오는 소리를 얼핏 들은 듯도 했다. 사각사각……. 다다닥……. 그러나 오랜만에 좋은 사람들을 만나 알딸딸하게 취한 탓인지 그대로 깊은 잠 속으로 빠져들었다.

# 2

소리에 잠을 깬 건 새 이웃이 생긴 지 보름이 훌쩍 지나서였다.
해 뜨기 전이었고 폭설 속에서 바람이 채찍을 휘두르는 날이었다.
사이렌이 귀청을 때리고 대문이 부서질 듯 요동쳤다. 눈보라 때문
은 아니었다. 더듬더듬 불을 켜고 문을 열어보았다. 열자마자 하
마터면 두 주먹에 연거푸 얼굴을 맞을 뻔했다. 이재훈이 온 힘을
다해 문짝을 두들기고 있던 것이다.

"형, 형님⋯⋯."

발을 동동 구르는 이재훈이 호흡에 맞춰 입김을 광남 씨 얼굴로
뿜어댔다. 몸은 진동하듯 떨었다. 누비옷과 목도리와 장갑으로 온
몸을 꽁꽁 싸맨 걸 보아 추위 탓만은 아닌 것 같았다. 이재훈 뒤로
구급차 한 대가 정차 중이었다.

"가, 가, 가오리 상이 또 쓰러졌어요."

어금니 부딪히는 소리가 광남 씨 귀에까지 들렸다. 잠이 확 달아났다.

"지, 지금 앰뷸런스 불러서 병원 가는 길인데…… 죄송하지만, 형님이 우리 집 좀 봐주시면 안 될까요? 혀, 현관 도어록이 고장났는데 아직 설치를 못 했거든요."

샘에 물이 고이듯 움푹 들어간 이재훈 눈에 눈물이 차올랐다. 입꼬리 근육은 한없이 아래로 실룩거렸다.

"거, 걱정하지 말고 어, 어서 가봐요."

광남 씨도 덩달아 이를 달달 떨었다. 놀란 것도 놀란 거지만 이재훈과 달리 엄동설한에 내복 바람이었기 때문이다.

"저기, 형님 전화번호도 좀……."

이재훈을 따라 미간을 구기던 광남 씨는 몸을 부르르 떨며 슬그머니 다리를 꼬았다. 집 보는 거야 어려운 일이 아니지만 알려줄 전화번호는 없다. 사실을 말하자 이재훈은 스마트폰에 전화번호를 입력하려다 말고 우물 뚜껑을 덮었다 열었다 하는 것처럼 눈꺼풀을 끔벅거렸다. 뒤에 섰던 구급차가 짧게 경적을 울렸다. 몸서리친 이재훈이 급하게 장갑을 벗더니 차고 있던 시계를 손목에서 풀었다.

"그, 그럼 이거 차고 계세요. 스마트워치니까 벨 울리면 터치해서 받으시면 돼요. 전화 드릴게요, 형님."

막무가내로 광남 씨 손에 손목시계를 쥐여준 이재훈이 쌩하니 구급차에 올라탔다. 출발을 기다렸다는 듯 구급차가 눈밭을 달려나갔다. 사이렌이 사라지도록 광남 씨는 시계만 내려다보았다. 그

스마트인지 뭔지에서 방정맞은 노랫소리가 울린 건 하루해가 떨어진 직후였다. 저녁을 먹고 막 치우려던 광남 씨는 식탁에 놓인 손목시계로 허리를 숙였다. 시간이 사라진 화면에는 '또 다른 나'라고 찍혀 있었다. 여러 번 검지를 폈다 오므렸다 한 광남 씨는 이내 이재훈이 가르쳐준 대로 전화를 받았다.

"네, 이재훈 씨 전합니다."

광남 씨는 시계 가까이에 입을 대고 말했다. 어색하기가 이루 말할 수 없었다.

"저예요."

이재훈이었다. 다행히 맞게 받은 모양이었다. 광남 씨는 엄향기 안부부터 물었다.

"검사 끝내고 중환자실에 있어요."

담당의는 이사하느라 힘들었던 데다 갑자기 몰아친 한파로 몇 달 전 수술한 심장에 무리가 온 것 같다며 검사 결과를 봐야 알겠지만 큰 탈은 없을 거라 말했단다.

"병원은 어디로……?"

광남 씨는 병문안을 가야 하나 말아야 하나 고민하며 물었다.

"분당서울대병원요."

제천 시내 종합병원을 거쳐 다니던 병원으로 옮겼다고 했다.

"아직 안심할 단계가 아니라 당분간 집에는 못 내려갈 것 같아요. 혹시라도 병문안 생각하셨다면 형님, 오실 필요 없어요."

가족 외엔 면회가 안 될뿐더러 시간도 하루 두 번 정해졌다고 설명했다. 친절한 이재훈이 광남 씨 고민을 해결한 것이다.

"그래서 말인데요, 형님. 죄송한데 부탁 하나만 드려도 될까요?"

이재훈 말에 광남 씨는 고개까지 끄덕이며 "예" 했다.

"우리 집 들어가셔서 몇 가지 짐 좀 챙겨다 부쳐주시면 안 될까요? 착불로요. 형님도 아시다시피 제가 딱히 어디 부탁할 데가 없어서요."

"아……"

광남 씨가 선뜻 대답을 못 하는 동안 이재훈은 갈아입을 속옷과 겉옷 몇 가지, 챙겨 먹는 건강 보조식품과 영양제, 노트북과 서류들을 줄줄이 말한 후 병원 주소를 받아 적으라고 했다.

"그, 그러죠."

필기도구를 가져오면서 광남 씨는 처음 마음처럼 흔쾌하지 않았다. 성가신 것보다는 주인 없는 안방과 부엌과 이 층 사무실을 드나드는 모양새가 좀 꺼림칙했다. 부탁하고 알려줬으니 허락받은 거나 진배없어도 가족 아닌 남인데, 그 남이 남의 물건들을 챙기려면 별수 없이 남의 집 여기저기를 뒤져봐야 한다는 말 아닌가.

"오늘은 어차피 늦었고, 내일 일찍 좀 부탁드릴게요. 급한 것들이라……"

통화하는 내내 이재훈은 죄송하단 말을 열 번쯤 해댔고, 다음날 광남 씨는 댓바람에 빈 라면상자와 테이프를 들고 이층집으로 향했다. 집 안에 들어섰을 때 의외로 좀도둑 같은 기분이 안 들었던 건 이미 도둑 든 모양새를 하고 있어서였다. 어제 새벽 긴박했던 상황을 보여주듯 곳곳이 어질러져 있었다. 당장에 이층집 전체를 싹 다 청소하고 싶었지만 남의 집임을 한 번 더 상기했다. 물론 상기하는 것 정도로는 제 버릇 개 못 주는 광남 씨인지라 하나도 안 치운 건 아니었다. 이재훈이 주문한 목록들을 챙기면서 크게 눈에 띄는 것들만 몇 가지 정리했다.

갈아입을 옷들을 붙박이장에서 꺼내기 전 바닥과 침대에 벗어놓은 옷들을 주섬주섬 갰고, 노트북과 서류들을 가지고 내려오기 전 너저분한 책상을 정돈했으며, 건강 보조식품과 영양제를 챙기기 전 식탁을 행주질하고 널브러진 약통을 바로 세우고 싱크대에 놓인 물병과 술병과 잔들을 설거지했다. 청소기까지 돌리고 싶은 욕구가 용솟음쳤지만 그때마다 어금니를 깨물며 참았다. 대충, 그야말로 간단히 끝내고 났는데 벌써 날이 밝고 있었다. 어둑할 때 들어왔는데 두 시간이 훌쩍 지난 것이다.

아침 먹을 시간도 없이 여기서 곧장 가야 눈 쌓인 도로를 느릿느릿 뚫고 읍내 우체국까지 첫 손님으로 도착할 수 있을 것 같았다. 광남 씨는 라면상자 안에 차곡히 쌓아 넣은 짐들을 꼼꼼히 확인한 후 테이프로 입구를 봉했다. 들어 올리려니 상자 무게가 생각보다 상당해 허리를 펴면서 끙 소리가 절로 튀어나왔다. 뒤이어 엄마야 외치며 상자를 바닥에 떨어뜨렸고, 상자가 떨어지며 발등을 찍는 바람에 한 번 더 신음을 냈다. 얼얼했다. 상자가 무거워서도 발등이 아파서도 아니었다. 하얀 대리석 식탁 위로 시커먼 밤톨만 한 뭔가가 번개처럼 지나갔기 때문이었다.

눈을 비비고 식탁 위를 훑었다. 깨끗했다. 쪼그려 앉아 식탁 밑을 살폈다. 식탁 의자며 싱크대, 주방 바닥까지 두루두루 보았지만 밤톨은커녕 밥풀때기 하나 찾아볼 수 없었다. 후다닥 중정을 지나 거실로 갔다. 치운다고 치워서인지 특별히 거슬리는 건 없었고 찾고 있는 것도 눈에 띄지 않았다. 정적 속에 심장이 쿵쾅댔다. 잘못 봤나? 파리도 아니고 크기가 밤톨만 했는데? 순간, 광남 씨는 자리에서 팔짝 뛰었다. 바지 주머니에 넣어둔 이재훈 시계에서 노랫소리가 울린 것이다. 쓸데없는 데 정신 팔지 말고 빨리 전화나 받으라는 듯. 땀이 찬 손바닥을 허벅지에 문질러 닦고 손목시계를 꺼냈다.

"안녕히 주무셨어요, 형님? 혹시나 해서 모닝콜 했어요."

친절한 이재훈다웠다.

"아…… 네, 지금 다 챙겨서 나가려던 참이에요."

광남 씨는 서둘러 이층집을 나섰다. 자전거 짐칸에 상자를 실어 묶으며 이재훈네 현관문을 돌아보았다. 머릿속에서 시커먼 밤톨이 다시 한번 획 지나갔다. 잘못 본 게 맞겠지……. 아니야, 분명히 봤어. 고개를 저었다. 말도 안 되는 일이다. 지금은 한겨울인데……. 개운치 못한 건 제집처럼 꼼꼼하게 청소를 못 한 까닭이라 치부했다. 그래, 단지 그뿐이라고……. 광남 씨는 왼발을 들어 페달을 힘껏 내리밟았다.

눈밭에 자전거를 타다 끌다 어기적거리며 우체국에 도착했을 땐 오전 열 시가 넘어 있었다. 예상보다 한 시간이나 늦어 당연지사 첫 손님도 아니었다. 안방만 한 우체국은 읍내 사람들이 죄다 모인 듯 북적댔다. 광남 씨는 번호표를 뽑아 들고 또 한 시간을 기다린 끝에야 직원에게 라면상자를 건넬 수 있었다.

"빠른 택배면 내일 도착하죠?"

요금을 내며 광남 씨는 확인차 물었는데 직원은 제정신이냐는 듯 빤히 쳐다봤다.

"연말이고요, 폭설로 대부분 도로가 꽉 막혔어요. 아무리 빨라도 삼 일 이상은 걸릴 겁니다."

직원의 심드렁한 말은 정확히 들어맞았다. 나흘 후, 택배를 받았다며 이재훈에게서 전화가 걸려온 것이다.

"뭘 이렇게 예쁘게 정리하셨어요?"

이재훈은 상자 속을 뒤지며 얘기하는지 부스럭거리는 소리를 냈다.

"아 맞다, 형님. 오전에 가오리 상 일반병실로 옮겼어요."

일주일 안정기를 거쳐 퇴원할 수 있다고 했다. 그러고 보니 이재훈 목소리가 며칠 전과는 달리 원래의 휘파람 소리로 바뀌어 있었다. 잘된 일이다.

"근데 형님, 노트……는 안 챙기셨네요?"

이재훈이 부스럭 소리를 더 내며 물었다.

"예? 노트북, 옷가지 사이에 넣었는데요. 혹시 깨질까 봐."

광남 씨가 머리를 긁적이며 대답했다.

"아니, 노트북은 있어요. 노트 말이에요, 스프링으로 된 공책."

그건 들은 바 없다. 혹시 몰라 이재훈에게서 받아 적은 쪽지를 찾아 살펴봤다. 스프링 공책 같은 건 적혀 있지 않았다.

"서로 커뮤니케이션이 잘 안 됐나 보네요. 이거 큰일인데요. 거기 중요한 것들을 잔뜩 메모해놨거든요. 어쩌죠?"

그 질문엔 광남 씨로서도 할 말이 없었다. 어쩌죠? 물어보면 어쩌란 말인가.

"이렇게 해요, 형님. 제가 여기서 지금 퀵 서비스를 보내드릴게요. 죄송한데 그편으로 좀 부쳐주시면 안 될까요? 아, 이번엔 요금 내지 마세요. 여기서 제가 다 지불할 거니까."

이재훈은 자신이 찾은 대안에 만족한 듯 목소리를 높였다.

"그리고 택배비 얼마 나왔어요? 제가 바로 계좌로 쏴드릴 테니 불러주세요."

"아니, 괜찮아요. 병문안도 못 가뵈는데……."

진심이었다. 그래서 광남 씨는 두 번째 부탁도 거리낌 없이 받아들였다. 더군다나 이번에는 눈길에 자전거를 끌고 몇 시간 걸려 우체국까지 안 가도 되니 잘된 일이었다. 세 번째 부탁을 듣기 전까진 그렇게 생각했다. 퀵 서비스를 보낸 이튿날 이재훈은 "죄송한데……"로 시작하는 전화를 또 해왔다.

"생리대 좀 부쳐주시면 안 될까요?"

광남 씨는 "예?" 하며 입을 떡 벌렸다. 잘못 들은 줄 알았다.

"가오리 상이 하필이면 오늘 그날이 와서……."

잘못 들은 게 아니라는 듯 하소연을 해댔다. 제 몸에 닿는 거라면 까탈스럽기가 이루 말할 수 없는 엄향기는 어릴 때부터 쓰던 것만 쓰는 버릇이 있는데 합성섬유 알레르기까지 심해 집에 있는 그 천연소재 제품이 아니면 안 된다고 했다. 애석하게도 그 생리대는 일본 제품이라 한국엔 팔지도 않고 부득이 인터넷으로 해외 주문을 해야 하는데 당장 급한 거라 어쩔 수 없다며 조금 우는 소리까지 냈다.

"저도 죽겠어요. 이런 말씀까지 드리게 돼서. 좀 민망하긴 한데……. 그래도 형님은 이상하게 남 같지가 않아서……. 제가 너무 염치없죠?"

이번에도 이재훈은 죄송하단 말을 열 번쯤 해댔다. 죄송이 문제가 아니라 광남 씨로서는 이해할 수 없는 상황이었다. 물론 광남 씨도 같이 살던 시절 아내 생리대를 사다주곤 했다. 생리통이 심했던 아내는 그 구실로 광남 씨를 때마다 부려먹었는데 광남 씨가 자신을 부려먹었다고 확신한 건 아내가 단 한 번도 미리 사다놓지 않았기 때문이었다. 투덜거리기라도 하면 아내는 빽 소리를 지르며 이렇게 말하곤 했다.

"그것도 못 해줘?"

싸우기 귀찮아 장장 칠 년을 사 나르던 광남 씨였지만 이번 경우는 달랐다. 아무리 사정이 급해도 그렇지 이게 남의 집 남자한테 시킬 일인가?

"저기, 너무 자주 부르시는 것 아니에요? 퀵 서비스…… 요금도 만만치 않을 것 같은데……. 그러지 마시고 그냥 한번 내려오시죠."

불쾌감을 드러내지 않으려 돌려 말했지만, 이재훈은 아랑곳하지 않았다.

"저도 당장 내려가고 싶죠. 근데 가오리 상이 제가 없으면 너무 불안해해서요. 자리 비운 사이에 또 무슨 탈이라도 날까 봐……. 여기서 괜히 간병인 부르고 차비 들여 내려가느니 그냥 서비스 부르는 게 나아요. 그 돈이나 퀵 요금이나 거기서 거기거든요. 그럴 바엔 차라리 마음이나 몸이나 편한 게 경제적이죠."

내 마음 불편한 건 생각 안 하세요? 따지고 싶은 걸 광남 씨는 콧바람을 길게 내뱉으며 참았다. 그로부터 한 시간이 넘어서 오두막 문을 두드린 퀵 서비스 기사에게 광남 씨는 말없이 이재훈이 부탁한 걸 넘겼다. 이후로 열댓 번 더 이재훈이 연락을 취할 때마다 광남 씨는 전화를 받기도 전에 딸꾹질부터 나왔다. 노이로제 걸릴 지경이었던 거다. 다행히 더는 부탁이 없었고 이재훈은 엄향기가 퇴원하기 이틀 전에 집으로 내려왔다. 근 열흘 만에 이재훈을 다시 만난 광남 씨는 스마트워치인지부터 돌려주었다.

"어차피 주말이라 담당 선생님 회진도 없고, 가오리 상 퇴원 전에 집 청소나 해둘까 해서요. 게다가 형님 신세도 많이 졌는데 제가 밥이라도 사는 게 도리죠. 가오리 상도 월요일에 퇴원한다니까 덜 불안한지 그러라고 하더라고요."

내려온 이유에 대해 그렇게 설명했지만, 진짜 목적은 딴 데 있는 것 같았다. 괜찮다는 광남 씨를 줄다리기하듯 끌어내 읍내 식당이 아닌 '화끈 쎄끈'이라는 단란주점 앞으로 데려온 걸 보면.

"제가 미리 좀 알아봤는데 이 근방에선 여기 물이 제일 좋대요."

가게 앞에 세워둔 간판을 손짓하며 이재훈이 싱글벙글했다. 광남 씨는 미간을 찌푸렸다. 네온형상이 간판 위에서 번쩍거리고 있었는데 하이힐 신은 다리 사이에서 물줄기가 쪼르륵 떨어지는 거였다. 흙바닥과 맞닿은 간판 밑엔 초저녁부터 누군가 구토를 한 것인지 토사물이 덕지덕지 붙어 말라가고 있었다.

"그냥 갑시다."

입맛이 뚝 떨어진 광남 씨가 발길을 돌리려 했다.

"에이, 여기까지 와서 왜 이러세요. 저녁은 드시고 가셔야죠."

이재훈이 광남 씨 팔을 붙들었다.

"그럼, 간단하게 자장면이나 먹으러 가요."

광남 씨가 걸음을 떼자 여전히 팔을 붙든 이재훈이 매달리다시
피 질질 끌려왔다.

"저기 잠깐만요, 형님. 지금 저 무안해 죽으라고 일부러 이러시
는 거죠?"

돌아본 광남 씨에게 이재훈은 사람 좋아 뵈는 웃음을 함빡 지
었다.


"여긴 서비스가 왜 이래?"

잔을 채우려던 이재훈이 술이 떨어진 걸 확인하고는 다짜고짜
빈 병을 바닥에 내동댕이쳐 박살을 냈다. 군데군데 곰팡이 핀 벽
과 덕지덕지 때가 낀 탁자와 풀풀 쉰내가 올라오는 소파로 깨진
파편들이 마구 튀었다. 광남 씨는 소파 등받이로 물러나며 양팔로
얼굴을 가렸다. 광남 씨와 이재훈 옆에 앉은 여자들도 비명을 지
르며 비슷한 자세로 유리 조각을 피했다.

"어머, 이 오빠가 왜 이래?"

이재훈 옆에 바짝 붙어 앉은 여자가 입에 물었던 오징어 다리를
패대기치며 화를 냈다.

"오빠? 시발, 웃기고 있네. 내가 왜 당신 오빠야? 이모님, 정신

차리세요."

눈꺼풀이 반쯤 풀린 이재훈이 여자와 방문을 향해 삿대질을 해
대더니 본격적으로 불만을 토로하기 시작했다. 룸까지 잡아 아가
씨 불렀는데 난데없는 이모님이 왔다는 둥, 술 떨어졌는데 나 몰
라라 개판이라는 둥, '화끈 쎄끈'은 개뿔 완전히 속았다는 둥. 광
남 씨는 아무 말 없이 테이블 위에 놓인 물수건을 집어 혹여 파편
이 붙었을세라 바짓자락과 소파 주변을 털어내듯 닦았다. 하품과
한숨이 연거푸 나왔다. 속았다는 이재훈 표현은 광남 씨가 하고
싶은 말이었다. 천연덕스럽고 눅지근한 미소를 가진 이재훈에게
저런 모습이 숨어 있는 줄 꿈에도 몰랐다.

"형님, 우리 다른 데 가요. 여기서 피날레로 노래 딱 한 곡만 하
고 바로 시내로 갑시다."

광남 씨는 대꾸하지 않았다. 비틀비틀 노래방 화면 앞으로 걸어
나가 마이크를 잡고 선 이재훈을 멀뚱히 바라볼 뿐이었다. 별나
게 누르스름하던 피부색은 술에 절어 벌게진 것이 마른 멸치 대가
리에 고추장을 찍어놓은 것 같았다. 문득 스마트워치 화면에 뜨던
'또 다른 나'라는 문구가 떠올랐다. 이건 뭐 두 얼굴의 사나이도
아니고…….

"에리 마이 러브 소 스윗 와랏떼 못또 베이베에……."

어디서 들어본 듯한 일본 노래를 이재훈은 열창이랍시고 불렀
지만, 목에선 쇠파이프를 긁는 듯한 소리가 나왔다. 손뼉을 치는
여자들과 달리 광남 씨는 도리질을 쳤다. 정신이 하나도 없었다.
머리가 뱅뱅 돌았다. 술 때문은 아니었다. 술은 입에 한 잔도 안 댔

다. 마실 수가 없었다. 이곳은 쓰레기더미 같았다. 수명을 다한 것들이 부패해가는 곳. 썩어가는 추한 몸뚱이들이 썩은 체액과 가스를 뿜어댔다. 그 꿈틀거리는 모습을 보는 것만으로도 혐오감이 들었다.

"에이, 형님. 표정이 왜 그래요?"

노래를 마친 이재훈이 마이크 전원을 끄지 않은 채 질문을 던지자, 소리가 쩌렁쩌렁 날아와 광남 씨 귀에 메아리처럼 울렸다.

"재훈이는 그 표정 너무 싫어요. 꼭 가오리 상 같잖아."

광남 씨 옆으로 다가와 앉은 이재훈이 입에서 역한 내를 풍기며 애들 말투와 행동을 흉내 냈다. 콧구멍을 막은 광남 씨는 이재훈 곁에서 멀찍이 떨어져 앉았다.

"오빠들, 술 더 안 시킬 거면 우리 그만 갈게. 연장 안 끊을 거지?"

여자 둘이 옷을 챙기며 일어섰다. 광남 씨 쪽으로 바짝 다가서려던 이재훈이 상체를 홱 틀어 여자들을 올려다보았다.

"이모님, 아직 안 가셨어요? 얼른 꺼지시라고요."

쥐고 있던 마이크를 입에 대고 이재훈이 다시 쩌렁쩌렁한 소리를 냈다. 여자들은 뒤도 안 돌아보고 방을 나갔다. 좁아터진 방에 사람 둘이 빠지니 평수가 두 배 넓어진 기분이었다. 광남 씨는 막았던 콧구멍을 풀고 숨을 내쉬다가 들이마셨다. 새삼 곰팡내와 술 내가 진동했다.

"우리도 그만 갑시다. 일어날 수 있겠어요?"

자리에서 일어나 부축하자 이재훈이 광남 씨 팔을 세게 뿌리쳤다.

"분위기 좀 깨지 마요. 당신이 가오리야?"

아까부터 자리에도 없는 엄향기는 왜 자꾸 갖다 붙이는 걸까. 광남 씨는 소파에 도로 앉으며 머리를 벅벅 긁었다.

"형님은 몰라요. 그 여자가 얼마나 무서운지."

소파에 눕다시피 기댄 이재훈이 허공을 바라보며 읊조렸다.

"사람들은 나보고 돈에 눈이 멀어 그런 여자랑 결혼했다 그래요."

광남 씨는 갈증이 났지만 참았다. 세균 그득한 물로 얼렸을 얼음이나 언제 사다놓은 건지도 모를 물이나 갈변하는 과일들로 목을 축일 수는 없었다.

"웃기고들 자빠졌네. 돈이라면 우리 집도 차고 넘쳤어, 이거 왜 이래? 우리 엄마가 누구냐? 우리나라 삼대 큰 손 중 하나다, 이 말씀이야. 큰 손 장 씨."

이재훈은 광남 씨에게 눈길을 돌려 큰 손 장 씨 세 명이 누군지 아느냐 물었다. 광남 씨는 멀뚱히 눈만 깜박였다.

"장희빈, 장영자, 그리고 장희주."

장희빈과 장영자는 아는 인물이었다. 둘의 공통점은 여자이고 죄를 지었다는 거였다.

"그 이름도 위대한 신사동 장희주, 부비부비 나이트클럽 사장 장희주. 장희주, 장희주……."

이재훈은 주먹을 흔들면서 연호하듯 이름을 외쳤다. 모르는 사람이다. 그 여자도 죄를 지었을까.

"엄마…… 엄마…… 불쌍한 우리 엄마……."

못난이 인형처럼 얼굴을 일그러뜨린 이재훈이 흐느끼기 시작했다. 광남 씨는 꼴값이란 단어를 떠올렸다.

"난 엄마를 사랑했어. 술에 찌들어 병원 구석에서 죽어갈 때도 엄마 곁엔 나뿐이었다고."

콧물이 윗입술을 지나 반은 입안으로 들어가고, 반은 턱밑으로 흘러내릴 때까지 이재훈은 흐느꼈다.

"그런 내가 우리 가오리 상을 사랑하지 않는다는 건 말도 안 되는 소리라고요. 안 그래요, 형님?"

무슨 뜻인지 정확히 알지 못하는 와중에 하나는 알 것 같았다. 그러니까 여자들을 사랑한다는 말 아닌가.

"우리 가오리도 엄마처럼 알코올 중독자였어요. 입에만 댔다 하면 온 세상 술 다 마실 기세로 달려들었어. 그런 여자를 내가 살린 거라고. 내가 구원한 거지. 형님도 아시잖아요, 우리 가오리는 그러면 안 되는 거. 왜? 심장이 아프잖아. 그렇게 마셨다간 울 엄마보다 빨리 골로 간다고."

흐느끼던 이재훈이 갑작스레 마이크 머리를 입안으로 쑤셔 넣더니 자신의 심정을 생중계하듯 울어 젖혔다. 이가 마이크에 부딪히면서 잡음을 냈고 통곡은 방 안을 터뜨릴 기세로 퍼져 나갔다. 귀를 틀어막은 광남 씨가 말릴 틈도 없이 웨이터와 사장이 뛰쳐들어왔다. 둘은 일사천리로 이재훈 입에서 마이크를 잡아 뺐고 지갑을 뒤져 신용카드를 꺼낸 후 밖으로 나갔다. 잠시 후 그들은 덩치 두 명을 더 데리고 돌아와 계산을 끝낸 영수증과 이재훈 신용카드를 광남 씨 가슴에 던지더니 이인 일조로 광남 씨와 이재훈을 단란주점 밖에 들어다 놓았다.

덩치들이 어찌나 세게 팔을 잡았던지 광남 씨는 아픈 팔을 주무르며 주변을 살폈다. 몇몇 술집을 제외하곤 상점은 전부 문을 닫았고 지나가는 택시 하나 눈에 띄지 않았다. 밖에 나와서도 울음을 멈추지 않는 이재훈 덕에 놀란 동네 개들이 곳곳에서 일제히 짖기 시작했다. 이재훈의 울부짖음과 개들의 컹컹거림이 만들어 내는 불협화음은 여관 앞에 다다를 때까지 이어졌는데 곯아떨어진 이재훈이 먼저 그쳤고 목이 쉰 어느 집 개가 늑대처럼 울부짖는 걸 끝으로 막을 내렸다.

침대에 이재훈을 눕힌 광남 씨는 여관 계산대에서 얻어 온 분리수거 봉지에 서둘러 옷을 훌러덩 벗어 넣고는 욕실로 향했다. 참는 데도 한계가 있다고 도저히 씻지 않고는 못 배길 상태였다. 꾀죄죄한 타일 벽에 맨몸이 닿지 않도록 조심하면서 샤워 물을 틀었다. 따뜻한 물이 온몸을 적시자 물 만난 물고기처럼 그제야 숨통이 트이는 것 같았다. 한 시간 넘게 씻고 또 씻은 광남 씨가 방으로 나왔을 땐 도로 욕실에 들어가고 싶었다.

침대 위, 떡하니 신선한 김을 피워 올리는 토사물에서 번져나간 냄새가 방 안을 메우는 중이었다. 누구 짓인진 말 안 해도 뻔했다. 이재훈은 침대를 빠져나가 냉장고 문을 열어놓은 채 그 앞에 엎드려 코를 골며 자고 있었다. 이재훈 옆으로 500밀리리터 생수병 두 개가 텅 비어 자빠져 있었다. 광남 씨는 욕실 입구에 맥없이 쪼그려 앉았다. 저녁나절부터 쌓인 피로가 소 떼처럼 한꺼번에 몰려왔다.

"가오리 상…… 그러면 안 돼……."

고개를 옆으로 한 이재훈이 웅얼거렸다. 벌린 입에서 침인지 술인지 생수인지 모를 것이 주르륵 흘러나왔다.

이재훈이 널브러져 있는 동안 침대보와 이불을 둘둘 말아 걷어낸 광남 씨는 옷을 챙겨 입은 후 여관 계산대로 내려가 세탁비를 내고 새 이불을 받아 올라왔다. 이재훈을 다시 침대에 눕히고 침대 끄트머리에 궁둥이를 붙이자 시간은 새벽 다섯 시를 향해 달려갔다.

"형님, 죄송해요."

코골이를 멈춘 이재훈이 침묵을 깼다. 잠꼬댄지 뭔지 모를 말투였다.

"형님은 모르실 거예요……. 아픈 여자랑 사는 기분이 어떤 건지……. 매일매일 전전긍긍이라고요. 쓰러질까 봐 화도 못 내요……. 죽을까 봐 섹스도 잘 못 해요……. 우린…… 애도 못 가진다고요……. 제 마음 아세요?"

띄엄띄엄 중얼대는 이재훈을 돌아보지 않고 광남 씨는 협탁 위에 놓인 휴지를 뜯어 뭉쳐 귓구멍을 틀어막았다. 더 알고 싶지도 듣고 싶지도 않았다. 오늘 하루 보고 들은 바로도 광남 씨는 충분히 오물통이 된 기분이었다.

# 3

새 이웃이 생긴 지 한 달 반이 지난 어느 날, 광남 씨는 한 손을 뒤로 돌려 등 가운데를 벅벅 긁으며 잠에서 깨어났다. 반쯤 덜 깬 정신으로 이번에는 왼쪽 종아리 부근을 긁다가, 잠들기 전에 들었던 부스럭대는 소리를 기억하고는 벌떡 일어났다. 이불을 뒤집어 요 위를 살폈다. 잠자리에는 별 이상이 없었다. 눈을 가느다랗게 뜨고 방 안을 훑어보았다. 어디에도 이상한 점은 없었다.

왜 몸이 근지러울까……. 오른쪽 어깨 뒤쪽을 박박 긁으면서 광남 씨는 이불을 개기 시작했다. 각을 맞춰 깔끔하니 갠 이부자리를 장에 넣고 돌아서는데, 요가 있던 자리에 무언가가 떨어져 있었다. 혹시? 가슴이 덜컥 내려앉았다. 자리에 쭈그려 앉아 살펴보았다. 다행히 바퀴벌레 똥은 아니었다. 모양이나 색깔이나 크기로 보아 그냥 검정 콩알 같았다. 근래에 콩 먹은 기억이 없는데…….

광남 씨는 빗자루와 청테이프를 가져와 방을 쓸고 테이프를 죽 떼어내 손에 한 바퀴 감았다.

다른 먼지들이 따라붙지 않게 조심하며 콩알부터 찍어 올렸다. 눈앞에 가까이 대고 들여다보니 어쩐지 콩알과는 거리가 있어 보였다. 둥글면서도 어딘가 납작한 데다 진갈색 바탕에 두 군데 나란히 검은 점이 박힌 것이 뭐랄까……. 마치 생물체의 일부분처럼 보였다. 말하자면, 곤충 대가리랄까……. 광남 씨는 미간을 찌푸렸다. 눈알에 힘을 주어 보고 있자니 추측은 점점 확신으로 변해 갔다. 대가리에서 눈코입도 분간할 수 있을 것 같았다. 설마? 그러나 더듬이가 없다. 놈의 상징인 기다란 더듬이가 보이지 않는다.

그렇다면 이건 무엇의 대가리일까? 귀뚜라미? 땅강아지? 시골이다 보니 가끔 그런 것들이 방 안까지 들어오기도 한다. 그러면 죽이지 않고 밖으로 쫓아 보냈다. 바퀴벌레와는 다르다. 그것들은 더럽지 않다. 귀뚜라미나 땅강아지가 들어왔다가 광남 씨 몸이나 이불에 깔려 죽었다면 오히려 미안하기까지 한 일이다.

그나저나 몸통은 어디로 갔을까? 그리고 귀뚜라미나 땅강아지도 더듬이는 있지 않나? 없던가? 무엇보다 이 추위에 어디서 들어왔을까? 가을에 들어왔던 것이 여태 오두막 어딘가에서 살았던 것일까? 광남 씨는 갸우뚱하며 청테이프를 손에서 떼어내 휴지통에 구겨버렸다.

마저 방을 쓸려는데 다시 몸이 근지러웠다. 이번에는 오른쪽 팔꿈치였다. 팔을 틀어 긁으려던 광남 씨는 숨을 멈췄다. 벌레에 물린 것처럼 부풀어 오른 피부에 뭔가가 붙어 있었다. 급히 털어내고 멍하니 내려다보았다. 검고 가늘고 기다란 그것은 너무나도 눈에 익었다. 틀림없다. 어느 구석에서 슬그머니 삐져나와 흔들리던 더듬이. 그렇다면 방금 휴지통에 버린 저것은 정녕 바퀴벌레 대가리였단 말인가? 팔꿈치 위 불그스름하게 부푼 자국은 바퀴벌레가 물었다는 증거?

'걔들은 뭘 먹을 때 먹은 걸 반쯤 도로 토해놓습니다. 진짜 더럽지 않습니까?'

안희수 말이 생각났다. 광남 씨는 진저리를 치며 옷을 후다닥 벗고 화장실로 튀어 들어갔다. 거울 앞에 서서 알몸 구석구석을 살폈다. 가려운 부분들. 등, 어깨, 다리……. 이제는 온몸이 근지러워 어디가 가려운지 딱 꼬집어 파악할 수 없었다. 대신 붉은 발진이 생긴 곳은 눈으로 확인할 수 있었다. 정확히는 놈의 그 더러운 주둥이가 닿은 부분들. 종아리, 허벅지, 배, 옆구리…… 다 합해 예닐곱 군데는 되는 것 같았다. 바퀴벌레가 사람을 이렇게 물 수가 있나? 그런 얘기는 못 들어본 거 같은데…….

'걔들이 사실은 외계인이란 얘깁니다. 지구를 정복하러 온……. 지구의 주인은 사람이 아니라 바퀴벌레라는 말입니다, 하하하…….'

그 말이 사실이라면, 그러니까 바퀴벌레가 외계에서 온 생명체라면, 자신들 동족을 학살한 인간에게 원한을 품는 일도 전혀 불가능하다고는 장담 못 한다. 대량학살범인 광남 씨를 공격목표로 삼아서……. 생각이 거기까지 이르자 정신이 아득하고 숨이 가빴다. 거울에 비친 몸을 두리번거렸다. 양팔을 올리자 오른쪽 겨드랑이 밑에 나머지 더듬이 하나가 붙어 있는 게 보였다. 광남 씨는 샤워기를 틀어 아직 따뜻해지지 않은 찬 물줄기 속으로 무작정 뛰어들었다.

손이 떨려 비누를 몇 번이나 바닥에 떨어뜨렸는지 모른다. 한 시간 넘게 피부를 박박 문지르며 마음을 진정시키려 애썼다. 상황을 냉정하게 정리해야 했다. 아직은 모른다. 제대로 된 바퀴를 본 것도 아니고, 머리로 추정되는 것과 더듬이로 추정되는 것을 본 것뿐이다. 다만 추정되는 것들의 몸통이 왜 없는지에 대해서 알아볼 필요는 있다. 정확성을 더하기 위해 그곳부터 먼저 확인해야 한다. 바퀴벌레가 유입되었을 만한 그곳…….

샤워를 끝내고 머리를 대충 말리자마자 비닐장갑을 손에 끼고 집을 나섰다. 곧장 이층집 현관 옆으로 걸었다. 의심을 살 만한 음식물쓰레기처리기는 그곳에서 떳떳하다는 듯 광남 씨를 기다리고 있었다. 과연 이리저리 둘러보아도 이재훈네 처리기는 음식물 자국 하나 없이 깔끔했다. 그래도 몰라. 사람이든 기계든 겉모습만 봐서는……. 속을 봐야지. 광남 씨는 기계 통 뚜껑으로 팔을 뻗었다.

"쓰레기 버리시게요?"

갑작스러운 목소리에 광남 씨는 반쯤 연 뚜껑을 도로 닫아버렸다. 음식물 쓰레기 봉지를 든 이재훈이 다가와 섰다.

"아, 아니…… 그냥 신기해서요."

광남 씨는 처리기에서 물러서며 뒷짐을 졌다.

"하긴 뭐 몇 년 전만 해도 이런 거 쓰는 집이 거의 없었죠. 그땐 다들 국물 질질 흐르고 냄새나는 찌꺼기를 아무 비닐에나 담아서 버리고……. 그러니 쥐나 바퀴벌레가 끊이지 않고 득시글거렸죠. 어휴, 더러워."

이재훈은 인상을 쓰며 치를 떨었다. 광남 씨는 뒷짐 진 손에서 슬그머니 비닐장갑을 벗어 바지 뒷주머니에 구겨 넣었다.

"이거…… 안이 어떤지 볼 수 있을까요?"

처리기 통을 쳐다보며 광남 씨가 물었다. 차마 바퀴벌레 얘기를 꺼낼 순 없었지만 그렇다고 통 안을 확인 안 하고 돌아갈 수도 없었다.

"잘됐네요. 마침 어젯밤에 돌린 거 지금 가지러 왔는데……. 원래는 며칠 모았다가 한꺼번에 버려도 되는 건데 가오리 상이 호흡기가 안 좋아서……. 뭐, 자주 버리면 깔끔하고 좋잖아요."

맞는 말이다. 그러니 어서 통 안을 보고 싶었다. 광남 씨 사정을 전혀 알 길 없는 이재훈은 통 뚜껑을 열지 않고 주저앉더니 아래쪽에 달린 배출 용기를 바깥쪽으로 쭉 뺐다.

"여기 보세요, 형님."

용기엔 마른 가루가 한 움큼 쌓여 있었다.

"저번에도 말씀드렸지만 이건 그냥 말리기만 하는 게 아니라 완전히 분쇄해주는 방식이거든요. 그러니까 이렇게 보면 이게 음식물 쓰레기였다는 것도 몰라요."

그래 보였다. 가루들은 톱밥이나 미숫가루처럼 보송보송해 보였다.

"여기 통 안도 볼 수 있을까요?"

마음이 급해진 광남 씨가 이번에는 처리기 통 뚜껑을 확실히 가리키며 말했다.

"통 안이요? 거긴 비었을 텐데."

이재훈이 고개를 갸웃하며 뚜껑을 열었다. 광남 씨는 잽싸게 까치발을 해 안을 들여다보았다. 이재훈 말이 맞았다. 아무것도 없었다. 가루 먼지만 용기 벽면에 붙어 있을 뿐. 다행이다 싶으면서도 허탈한 기분이 들었다.

"형님, 내일이나 모레쯤, 양 씨 어르신 댁에 같이 갈까요?"

배출 용기를 비운 이재훈이 음식물 쓰레기 봉지를 들어 보이며 말했다. 한 달 넘게 모인 가루가 어느덧 봉지를 거의 채우고 있었다.

"아마 그 어르신도 좋아하실 거예요. 사실 이건 텃밭 비료이기 전에 천연사료나 마찬가지거든요. 발효까지 해주니까."

이재훈은 음식물처리기 홍보대사처럼 기계 통을 툭툭 치며 말했다.

"예……. 근데 그거 냄새는…… 안 나요?"

봉지를 위아래로 훑으며 광남 씨가 물었다.

"냄새요? 뭐, 향기는 나지 않죠."

이재훈이 대답했다.

"근데 이 정도면 냄새는 거의 사라진 거라고 봐야죠. 한번 맡아보실래요?"

봉지에서 가루를 집은 이재훈은 광남 씨 앞으로 손끝을 내밀었다.

"아니…… 뭐 그렇게까지…….'

광남 씨는 한 발짝 물러섰고 이재훈은 개구지게 웃었다.

"가만있자, 근데, 형님…….."

이재훈이 손을 털며 얼굴을 찌푸렸다.

"혹시 댁에는 벌레 같은 거 없어요?"

광남 씨는 잠시 이재훈 얼굴을 올려다보다 침을 꼴깍 삼킨 후 입술을 떼려 애썼다. 그사이 찬 바람에 바싹 말라붙은 건지 위아래 입술이 떨어지는 데 시간이 걸렸다.

"모…… 모르겠는데요."

목소리가 염소 울음처럼 떨려 나왔다. 거짓말을 해서가 아니다. 거짓말도 아니다. 있는 건지 없는 건지 아직 확실친 않으니까.

"그래요? 그럼 뭐지? 아니, 가오리 상이 부엌에서 바퀴벌레를 봤다고 하더라고요. 어찌나 기겁하던지……. 원래 이런 깨끗한 시골엔 바퀴 같은 거 없지 않나요?"

머리를 긁적이는 이재훈을 보며 광남 씨는 지난달 일을 떠올렸다. 광남 씨도 이층집 식탁에서 밤톨만 한 무언가가 번개처럼 지나가는 걸 봤었다. 엄향기도 같은 걸 봤던 것일까……. 발진이 생긴 왼팔을 오른손으로 만지작거렸다. 다소 가라앉았던 가려움이 온몸으로 번져나가는 것 같았다.


새벽 네 시가 넘도록 광남 씨는 불을 켜놓은 채 눈을 말똥말똥 뜨고 누워 있었다. 시선은 천장을 향하고 있었지만, 신경은 귀에 모여 있었다. 이제 더는 알아보고 자시고 할 것도 없다. 바퀴벌레들은 다시 돌아왔다. 모습을 드러내고 있지 않을 뿐 어딘가에 숨어 더듬이를 까딱이며 광남 씨가 잠들기를 기다리고 있을 것이다.

눈을 감기만 하면 구석구석에서 기어 나와 병균 덩어리들이 잔뜩 들러붙은 털투성이 다리로 광남 씨 몸을 더듬고, 물어뜯고, 오물을 토해놓을 것이다. 아침에 본 대가리와 더듬이들을 떠올렸다. 문득 의문이 들었다. 그렇다면…… 몸통은 어디로 갔을까?

'이놈들이 얼마나 생명력이 강한 줄 아십니까? 바퀴벌레를 살아 있는 화석이라고 부릅니다. 화석. 그만큼 오래전부터 살아남았다는 겁니다.'

안희수 말이 아니더라도 사실 다리 한두 개가 떨어져 나갔거나 배가 터진 채로도 살아 움직이는 바퀴벌레를 보는 것은 드문 일이 아니다. 그 생명력으로 보아…… 돌연 뭔가에 반응하듯 광남 씨 귀 끝이 파르르 떨렸다.

사각사각…….

소리는 문 쪽에서 들려왔다. 천천히 고개를 돌렸지만 아무것도 보이지 않았다. 착각인가 싶어 눈을 감으려는데,

사각사각…….

고개를 홱 돌려 살폈다. 바닥과 문 사이 틈에서 뭔가가 움직였다. 검은 형체가 그 틈을 비집고 안방으로 들어오고 있었다. 처음엔 작고 검은 덩어리처럼 보이던 것이 슬금슬금 들어오다가, 그 검은 덩어리로부터 굵고 긴 다리들이 펼쳐져 나오는가 싶더니 방바닥을 짚고 안으로 쑥 들어와 마침내 온 모습을 드러냈다. 식은땀을 흘리며 노려보던 광남 씨는 가쁘게 몰아쉬던 숨을 멈췄다. 덩달아 눈도 튀어나올 듯이 커졌다. 머리가…… 놈 머리가 없었다.

광남 씨는 꿈적 못한 채 눈꺼풀만 깜박거리며 놈을 지켜보았다.

놈 역시 광남 씨 쪽을 향하고 있었지만 더듬이와 머리가 없으니 광남 씨를 보고 있는지 어쩌는지는 알 수 없었다. 놈은 뵈는 게 없어서인지 광남 씨가 잠들기를 기다리지도 않고 환한 불빛 아래 나타나 여유롭게 앞다리 한 쌍을 까딱까딱 움직였다. 광남 씨는 침을 삼켰다. 중간다리 뒷다리까지 번갈아 까딱이던 놈이 별안간,

다다다다…….

무서운 속도로 광남 씨를 향해 달려오기 시작했다. 광남 씨는 벌떡 몸을 일으켰다. 놈은 그대로 덮고 있던 이불 속으로 파고들었다. 비명이 튀어나왔다. 이불 밖으로 빠져나온 광남 씨는 방구석으로 도망가다시피 해 웅크려 앉았다. 놈은 광남 씨를 따라 나오지 않았다. 이불 속에선 아무 소리도 움직임도 없었다. 시계만 째깍째깍 저 혼자 잘도 돌아갔다. 광남 씨는 한쪽 다리를 뻗어 발가락으로 이불 끝을 조심스럽게 들어 올렸다. 놈은 보이지 않았다. 이불을 좀 더 들춰보았다. 안 보였다.

이불 전체를 확 걷어찼다. 요 위에 놈은 없었다. 광남 씨는 자리에서 일어나 젖힌 이불을 집어 들고 몸에서 최대한 멀리 떨어뜨려 앞뒤를 살핀 후 탈탈 털어보았다. 보이지도 떨어지지도 않았다. 요를 젖혔다. 맨바닥에도 요 뒷면에도 없었다. 방바닥과 천장까지 샅샅이 둘러보았지만 놈은 보이지 않았다. 광남 씨는 입고 있던 트렁크 팬티와 러닝셔츠를 홀홀 벗어 털었다. 아무것도 나오지 않자 온몸을 양 손바닥으로 쓸었다. 겨드랑이, 사타구니, 심지어는 항문까지 벌려보았다. 없었다.

어디로 사라졌지? 이불 속으로 파고드는 걸 똑똑히 봤는

데……. 눈에 보이지 않으니 안심해야 할지, 어딘지 모를 은신처에 들어가버렸으니 불안해야 할지, 광남 씨는 그 밤 벌거벗은 채 한참 동안 서 있었다.

오전 내내 한 번 더 집 안을 이 잡듯이 뒤진 광남 씨는 결국 포기하고 밖으로 나왔다. 도대체 어디로 가버린 것일까? 분명히 봤는데 꿈을 꾼 것일까? 잠 한숨 못 잤는데 꿈을 꿨을 리는 없다. 이층집을 바라보았다. 아직 있으려나? 안희수 명함……. 몇 달 전 건축 나팔관 속에 버렸었는데 이재훈에게 넌지시 물어볼까? 어제는 바퀴벌레에 대해 모르겠다고 하고선 이제 와 해충 구제 업체 명함에 대해 물어보면 이상하게 생각하지 않을까? 명함이 나팔관 안에 있다는 건 또 뭐라 설명할 것인가.

아무것도 말하고 싶지 않았다. 무엇보다 바퀴벌레가 있다는 사실을 이재훈과 엄향기에게 알리고 싶지 않았다. 지저분한 인간으로 보일까 봐. 자신은 결코 그런 인간이 아니다. 혼자 살 때는 분명 바퀴벌레가 없었다. 노상용네가 이사 온 이후 생겨났고 그들이 없어진 이후에 사라졌다가 이재훈네가 이사 오자마자 다시 생겨난 것이다. 그러니 분명 원인은 자신에게 있는 것이 아니다. 더러운 것은 자신이 아니다. 남 탓을 하려는 게 아니라 그것은 틀림없는 사실이다. 어쨌거나 이웃에게 바퀴벌레 얘기를 꺼내고 싶은 기분은 아니었다. 아직은…….

일단 읍내에 나가보기로 했다. 굳이 올 킬이 아니더라도 세상에 해충 구제 업체는 널리고 깔렸다. 마땅한 업체를 찾아 다시 비

용을 내야 하는 게 조금 번거롭고 아까웠지만 더는 꺼림칙한 일을
만들고 싶지도 그로 인해 신경을 곤두세우기도 싫었다. 바퀴벌레
하나만으로도 피곤한 세상⋯⋯.

"콘니치와."

자전거 안장을 닦다가 목소리가 난 쪽을 돌아봤다. 인기척을 못
느꼈는데 언제 나와 있던 것인지 현관 계단 끝에 엄향기가 걸터앉
아 있었다. 대낮부터 양손에는 포도주잔과 병이 들려 있었다. 광
남 씨는 어정쩡하게 목인사를 건넸다. 먼저 말을 건 엄향기는 인
사를 받지 않았다. 잔에 든 포도주를 홀짝이며 고개를 움직여 광
남 씨 동선만 따라다녔다. 왜 저러지?

광남 씨는 엄향기를 힐끗거리며 자전거에 궁둥이를 걸쳤다. 페
달을 밟고 앞으로 조금 나갔을 때 엄향기가 비틀거리며 자리에서
일어나 뒤뚱뒤뚱 마당을 걸어 광남 씨 쪽으로 다가왔다. 밤에만
마신던 포도주가 이미 잔과 병에서 바닥을 보이는 중이었다.
원래도 보랏빛을 내던 입술이 포도주가 묻어서인지 더 진하게 보
였다.

"좋았어요?"

난데없는 질문을 하며 엄향기가 콧방귀를 뀌듯 픽 웃었다.

"재훈 씨랑⋯⋯ 재밌어요?"

광남 씨는 "예?" 하며 놀랐다. 엄향기가 광남 씨를 위아래로 노
려본 것이다. 엄향기가 무섭다며 주정하던 이재훈이 떠올랐다. 창
백한 얼굴에 보랏빛 입술로 저 눈을 하고 있으니 그래 보이긴 했
다. 부부가 다 취하면 무섭게 변하는 모양이었다.

"쿠사이(구린내 나)…… 키타나이(더러워)…… 아나타다찌 젠부 키타나이(당신들 전부 더러워)."

술기운 때문인지 모국어를 하는 엄향기 발음이 한국어를 할 때 처럼 어눌했다.

"무슨 말씀이신지……."

광남 씨가 물었지만 엄향기는 겨울바람처럼 차게 돌아섰다. 돌아서면서 한쪽 무릎이 꺾여 휘청이는 엄향기를 광남 씨는 넘어지지 않도록 부축했다.

"다메."

팔을 뿌리친 엄향기는 광남 씨 손등을 짝 소리 나게 때리더니 눈을 부릅떴다. 눈빛이 째려보는 걸 넘어 경멸에 가까웠다. 광남 씨는 손등과 뺨을 동시에 맞은 기분이었다. 엄향기가 뒤뚱거리며 집 안으로 들어갈 때까지 맞은 이유에 대해 생각해봤지만 답을 찾을 순 없었다. 오다가다 인사한 게 무슨 잘못도 아니고. 속절없이 자전거에 올라탄 광남 씨는 읍내를 향해 페달을 밟기 시작했다.

한 시간 후, 광남 씨는 손에 입김을 불어가며 공중전화 부스 앞에 자전거를 세웠다. 장갑을 끼고 나오는 걸 깜박해 손이 얼음장처럼 차갑고 빨갰다. 엄향기한테 맞은 손등은 더 빨갰고. 부르르 몸을 떨었다. 잠을 제대로 못 잔 탓인지 아니면 어제 찬물에 전신을 적신 탓인지 으슬으슬 추운 것이 꼭 몸살 나려는 것 같았다. 언 손을 입에 대고 다시 호호 불었다. 뽀얀 입김 너머 길 건너 이층 건물 안에서 누군가 콧노래를 흥얼거리며 나오는 게 보였다. 얼굴을 감추려는 듯 야구모자를 깊게 눌러쓰고 고개를 숙였지만 펄럭거리는 바지 속 마른 몸은 감출 수 없었다.

이재훈. 약속이라도 한 듯 부부가 번갈아가며 오늘따라 어찌 그리 눈에 잘도 띄는 것인지……. 광남 씨는 무심결에 이재훈이 나온 건물을 올려다보았다. 여관표시가 그려진 그림 옆에 '24시 안마'라고 쓰여 있었다. 다시 이재훈을 봤을 땐 그쪽도 광남 씨를 보고 있었다. 순간 내빼듯 뒤돌아서던 이재훈이 몇 발자국 못 가 도로 몸을 반 바퀴 돌리더니 광남 씨 쪽으로 건너왔다.

"형님, 여긴 어쩐 일이세요?"

이가 시릴 만큼 입을 크게 벌려 웃으며 이재훈이 물었다. 전화 걸 데가 있어서 나왔다고 했더니 아이고 형님, 하면서 껄껄 웃었다.

"아니, 전화기를 하나 사시든지, 저한테 빌리시든지……."

"저기…… 나오기 전에 아내분 뵀는데요."

광남 씨는 엄향기 얘기를 꺼냈다.

"아, 그러셨어요? 근데, 우리 가오리 상이 전화기 안 빌려주던가요?"

"아뇨, 그게 아니라……."

광남 씨는 잠시, 얘기해야 하나 말아야 하나 망설였다. 고자질처럼 보일지도 몰랐고 괜히 분란만 일으킬지도 몰랐다. 그렇더라도 자신이 실수한 게 있다면 뭘 알아야 나중에 사과할 수 있는 것 아닐까.

"저한테 단단히 화가 나 계신 것 같던데……."

이재훈 얼굴에서 웃음기가 가셨다.

"가오리 상이 형님한테 뭐라고 하던가요?"

"그게…… 무슨 말씀을 하신 것 같긴 한데…… 제가 일본 말을 잘 몰라서…….."

사뭇 심각한 표정을 짓던 이재훈이 고개를 끄덕였다.

"저한테 화가 나서 그랬을 거예요."

광남 씨는 "예?" 하며 물었고 이재훈은 머뭇거리다 이야기를 시작했다. 며칠 전 서울에서 친구들이 왔는데 놀다 보니 그만 외박을 해버렸다. 외박도 문제지만 엄향기가 이재훈 친구들을 극도로 싫어하는 게 더 큰 문제였다. 결혼 전부터 그 문제로 자주 다퉜지만 엄향기는 이재훈이 친구들과 어울리는 걸 당최 이해하려 들지 않았다. 광남 씨는 지난달 이재훈과의 술자리를 떠올리며 엄향기 심정을 조금은 이해할 것 같았다.

"실은 형님 핑계를 댔어요."

이번에도 광남 씨가 "예?" 하고 묻자 이재훈은 실토하듯 얘기했다. 친구들 만난 걸 숨기고 광남 씨랑 시내까지 나가 술 마시다 뻗어버렸다고 말했단다. 이재훈은 죄송하다는 말을 또 열 번쯤 해댔다. 광남 씨는 이제 죄송의 '죄' 자만 들어도 골이 아플 지경이었다.

"근데 형님, 혹시…… 가오리 상이 술은 안 마셨던가요?"

광남 씨는 모르겠다고 답했다. 엄향기 위한다고 편을 들어서가 아니라 더는 부부 일에 상관하고 싶지 않아서였다.

"그리고…… 오늘 여기서 저 본 거는 비밀로 해주시면 안 될까요, 형님? 가오리 상이 좀 예민해서요. 일본 여자들은 이해심도 많다던데 우리 가오리 상은 어찌 된 영문인지 남자들 세계에 너무 깊이 관여해요. 이젠 정말 한국 여자 다 됐다니까요."

히죽 웃는 이재훈 얼굴을 지나 광남 씨는 '24시 안마'라고 쓰인 건물 간판을 올려다보았다. 다시 보니 간판 이름 밑으로 '여대생들 항시 대기'란 문구도 조그맣게 적혀 있었다.

"형님만 믿어요."

이재훈은 함빡 웃었다. 그 웃음은 처음으로 눅지근하지 않고 능글맞아 보였다.

"참, 형님. 깜박할 뻔했네요."

이재훈이 허벅지를 탁 소리 나게 치더니 머리를 긁적였다.

"이번에 집 안 소독 한번 하시죠."

"예?"

"형님도 참…… 말씀 편하게 놓으시라니까 자꾸……."

광남 씨를 살짝 흘긴 이재훈이 말을 이었다.

"집에 자꾸 바퀴가 나와서 이번에 대대적으로 소독 한번 하려고 하거든요."

광남 씨는 이재훈 얼굴을 빤히 보았다. 묘한 매력이 있는 사람이다. 관심을 끊으려고 해도 뭔가 합이 맞는 느낌이다. 말 안 해도 이렇게나 근지러운 곳을 알아서 긁어주다니 말이다.

"뭐냐…… 해충 박멸해주는 회사 있잖아요. 아침에 서비스 신청했어요."

"그래요? 어디 회사에요?"

광남 씨는 좋아서 웃음을 눌러 참느라 속이 근질거렸다.

"이름이 뭐더라? 뭔 킬…… 아 맞다, 올 킬."

"예?"

웃음으로 위장했던 근지러움이 피부로 확 퍼지는 느낌이었다. 이어 광남 씨 머릿속 어느 틈바구니에 숨어 있던 바퀴벌레가 털이 숭숭한 굵은 다리들을 하나둘 보이기 시작했다.

"상담 받아보니까 아주 친절하고 서비스 내용도 좋더라고요."

이재훈 말을 따라 어젯밤 사라진 대가리 없는 바퀴벌레가 몸통을 죄다 내보였다. 광남 씨는 침을 꿀떡 삼키며 물었다.

"여, 연락처는 어떻게 알았어……요?"

"집에 있던데요?"

이재훈은 주머니를 뒤지더니 뭔가를 꺼내 내밀었다. 스카치테이프로 야무지게 붙인 종이 쪼가리. 그토록 찾고 싶지 않았던 명함. 엮이고 싶지 않았던 사람.

"전축 나팔관 속에 있더라고요. 이사 업체 같은 데서 누가 버리고 갔나 봐요. 혹시나 해서 놔뒀는데 마침 잘됐죠, 뭐."

잘된 일일까? 그곳과 더는 엮이고 싶지 않았는데? 왜냐하면……. 광남 씨는 순식간에 심장이 확 쪼그라드는 걸 느꼈다.

"혹시…… 그거 하는 데 돈은 얼마나 든대……요? 아니, 무슨 서비스래요?"

"에이 걱정하지 마세요. 결제는 벌써 제가 다 했어요. 오십육만 원이라니까 좀 비싸기는 한데……. 그래도 이게 브이아이피 회원들한테만 해주는 프리미엄 서비스래요. 원래는 백십이만 원인데 겨울 할인행사 기간이라 이번만 반값에 해준다더라고요. 그래서 기왕 하는 김에 확실하게 하는 게 낫겠다 싶어서 브이아이피로 가입을 했죠. 이게요, 아주 끝장 서비스랍니다. 우리 집을 중심으로 옆집까지 죄다 깨끗하게 처리해주는 모양이에요. 그러니까 형님은 뭐 돈 같은 거 안 내셔도 돼요."

천진난만한 얼굴로 싱글벙글하는 이재훈을 보면서, 광남 씨는 자전거를 잡은 채 휘청거리다 겨우 균형을 잡고 물었다.

"어……언, 언제 온대……요?"

"아이, 참. 형님 말씀 놓으시라니까요."

이재훈은 광남 씨 표정을 살피면서 다음 말을 덧붙였다.

"당장 시작한다는데. 언제 온다는 말은 안 해주던데요? 금방 오겠죠, 뭐."

핸들에서 손을 놓치고 휘청거리다 고꾸라지려는 광남 씨를 이재훈이 동작 빠르게 부축했다.

"괜찮으세요? 병원에 가보셔야 하는 거 아녜요? 제가 모셔다드릴까요?"

광남 씨 머릿속에서 거대한 몸체를 완전히 드러냈던 바퀴벌레는 어느샌가 없던 대가리를 새로 만들고 있었다. 하얗게…… 마치 안희수 머리처럼. 그 바퀴벌레가 얇고 널따란 한쪽 날개를 활짝 펴 웃기 시작했다. 호탕한 웃음소리가 머릿속을 가득 채웠다.

'하하하하하…….'


"올 킬이라고 하셨죠?"

수화기 속 여자 안내원이 말했다.

"예. 주식회사 올 킬이요. 코스닥에 상장된 회사라고 하던데."

공중전화 수화기를 귀에 바짝 댄 광남 씨는 한쪽 다리를 달달 떨었다.

"죄송합니다, 고객님. 그런 회사는 등록되어 있지 않습니다."

광남 씨는 다리 떨기를 멈췄다.

"아니, 분명히 있는데……."

"네에, 그런데 등록이 안 돼 있네요."

"그래요? 죄송합니다."

몸에서 빠져나간 힘이 전부 실린 듯 수화기 걸이가 무겁게 내려 앉았다. 광남 씨는 공중전화 부스를 나와 두리번거렸다. 이재훈에 게서 안희수 명함을 얻지 못한 게 조금 후회스러웠다. 아까 보여 줬을 때 번호라도 외워둘걸. 물론 그럴 정신은 없었지만……. 불 현듯 맨 처음 올 킬 광고지를 발견했던 곳이 떠올랐다. 은행 앞 그 전봇대. 자전거를 끌고 곧장 가보았다.

'최고의 명소 삼풍나이트', '성인전용 클럽 땡벌/여성고객 우 대', '북창동식 노래주점 얼레벌레'…….

전봇대엔 광고지들이 잔뜩 붙어 있었는데 그 밑으로 올 킬 광고 지가 슬쩍 보이는 것 같기도 했다. 주위를 둘러본 광남 씨는 위에 붙은 다른 광고지들을 손톱으로 긁었다. 삼 분쯤 박박 긁자 손도 시리고 손톱도 아프기 시작했다. 광고지는 떨어지는 것이 아니라 긁혀 찢어졌다. 이런 식으로 떼어내기는 불가능할 것 같았다. 지 나가는 사람들이 힐긋힐긋 광남 씨를 쳐다봤다. 하는 수 없이 더 러워진 손톱을 옷에 문질러 닦은 후 전봇대 앞을 떠났다.

집으로 가는 길엔 자전거를 끌며 느릿느릿 걸었다. 자전거를 탈 힘도 없이 기운이 쭉 빠진 데다 집으로 가고 싶은 마음도 없었다.

차라리 머리 없는 귀신이라면 몰라도 머리 없는 바퀴벌레가 있는 곳을 집이라고 들어가고 싶지 않았다. 무엇보다 오늘 밤엔 올 킬의 프리미엄 서비스가 시행될 것이다. 둘 다 광남 씨가 집에 들어오기만을, 날이 어둡기만을 기다리고 있을 것이다. 정답, 하듯 때마침 뒤쪽에서 자동차 경적이 울렸다. 광남 씨는 돌아보지 않고 옆으로 비켜났다. 덜컹거리며 곁을 지나치던 파란색 1톤 포터가 멈춰 섰다.

"고 씨."

운전석 창문이 내려지더니 불쑥, 양 씨가 얼굴을 내밀었다.

"집에 가는 길이야?"

"예."

"근데 왜 자전거는 안 타고 끌고 다녀?"

"아…… 기운이 좀 없어서……."

"점심은 먹었어?"

물어보는 양 씨의 한쪽 입가엔 점심으로 자장면을 먹은 것인지 말라붙은 춘장이 시커멓게 묻어 있었다. 광남 씨는 말없이 고개를 저었다. 짠한 눈빛으로 광남 씨를 바라보던 양 씨가 말을 이었다.

"자전거 뒤에 싣고 타. 날도 추운데 집 언저리까지 태워다줄게."

광남 씨는 자전거를 빈 짐칸에 올리고 양 씨의 작업복 점퍼가 등받이에 걸쳐진 조수석에 올랐다. 고물 포터는 다시 덜컹거리며 비포장 길을 달리기 시작했다. 작업복 점퍼 안에 뭐가 들었는지 등이 좀 배겼다.

"그 이층집에 새로 사람 들어온 거 같데?"

"예."

"어때, 사람들은?"

"그냥 젊은 부부예요."

"그래? 신혼 부분가……."

양 씨가 옆집에 관심을 보이자 광남 씨는 더 꼬치꼬치 캐묻기 전에 다른 말을 꺼냈다.

"저기, 그 집에서 음식 찌꺼기 좀 가져가시죠?"

"음식 찌꺼기?"

양 씨 미간에 세로 주름이 깊게 새겨졌다.

"그런 건 이제 안 하고 싶은데……. 축사에 돼지 사료도 잔뜩 사다 들여놨거든."

"아니, 이번 건 먼저처럼 이상한 고기 같은 게……."

광남 씨는 하던 말을 멈췄다. 양 씨도 말을 하지 않았다. 어색한 침묵 속에서 광남 씨가 서둘러 말을 이었다.

"그러니까 제 말은 이번 음식물은 기계에 갈아서 완전히 말린 거더라고요. 냄새도 안 나고 깔끔해요. 가루를 내갖고 발효시킨 거라 하던데요."

"발효?"

양 씨는 그 단어에 호기심이 생기는 모양이었다.

"예. 아시잖아요. 발효시키면 몸에 좋은 균이…… 유산균. 요구르트에 들어 있는 그런 게 생겨서 돼지들한테도 좋지 않겠어요? 가루니까 끓이고 자시고 할 것 없이 사료처럼 그냥 퍼주기만 하면 돼요. 아니면 영양제처럼 사료에 섞어주시든가."

"그래? 그런 무슨 기계가 있는 모양이지?"

"예. 직접 보니까 신기하긴 하더라고요."

"그럼 한번 가볼까?"

양 씨가 액셀러레이터를 세게 밟았다. 광남 씨 상체가 앞으로 쏠렸다 제자리로 돌아오자 등받이가 등뼈를 아프게 때렸다.

"여기 뭐 두셨나 봐요?"

광남 씨는 상체를 꼬며 양 씨에게 물었다. 얻어 탄 입장이라 자리가 불편하다는 말은 못 하고 참았는데 아까부터 뭔가가 자꾸만 등을 성가시게 했다.

"아…… 그거. 다 걷어서 뒤로 보내."

광남 씨는 몸을 비틀어 시키는 대로 점퍼부터 걷어내다가 입을 떡 벌렸다. 등받이엔 낯익은 물건이 기대져 있었다. 테니스라켓 모양을 한 전기모기채. 그것도 하얀색…….

"이거 사신 거예요?"

광남 씨가 물었다.

"사기는……. 작년 여름엔가 가을에 읍에서 약장수들 공연할 때 받은 거야."

"약장수 공연이요?"

"그래. 읍내 사람들 다 불러놓고는 신나게 품바 쇼도 하고 그랬잖아. 몰라?"

"예에……."

광남 씨는 처음 듣는 공연 얘기에 고개를 저었다.

"한참 전봇대랑 벽에 전단지도 붙여가면서 막 선전하고 그랬는데…… 그때 고 씨는 못 본 모양이네……. 그러게 자주 좀 읍내로 나와. 그 구석진 데서 혼자 쉰내 풍기고 앉았지 말고. 쯧쯧, 그 좋은 구경을 놓쳤구먼."

양 씨는 그때 약장수 공연이 생각만으로도 재밌다는 얼굴로 자랑 비슷하게 공연 내용과 에피소드들을 죽 늘어놓았다. 광남 씨는 또 옆길로 새려는 양 씨 말을 붙들었다.

"그래서 무슨 약장수들인데 전기모기채를 다 줬데요?"

"응? 아 그게……."

양 씨는 전방을 주시하며 무색한 표정을 조금 내비치더니 본론을 말했다.

"뭐 방역업첸가, 해충 업첸가…… 뭐더라……? 암튼 거기서 약도 들여놓고 서비스도 받아보라면서 나눠준 거야. 모기채 함 봐봐. 쓰여 있을 거야. 나는 글씨가 하도 자잘해서 돋보기 써도 안 보이더라고."

광남 씨는 눈을 크게 떠 전기모기채를 이리저리 살폈다. 있었다. 손잡이 부분에 깨알같이 박힌 글자와 전화번호. '해충 구제 전문회사 (주)올 킬.' 역시…….

"여기 서비스 받아보셨어요?"

"받기는 뭘……. 그깟 벌레 몇 마리 잡자고 그딴 데 돈을 써? 그냥 공짜로 줬으니까 받은 거지. 차 안에 모기가 있어서 몇 번 써봤더니 죽기는 잘 죽더라고. 닿기만 하면 그냥 피식…… 근데 그거 나는 무서워서 못 쓰겠데. 첨엔 뭣 모르고 축사에서 휘두르다 애꿎은 돼지 한 마리만 잡을 뻔했지 뭐야. 살짝 빗맞았는데 돼지가

벼락 맞은 거 모양 부르르 떨면서 기절을 하더니 지금까지 똥오줌을 못 가려. 도대체 얼마나 세게 만들었기에 돼지가 다⋯⋯."

양 씨는 혀를 빼물고는 고개를 저었다.

"차 좀 세워주세요."

광남 씨는 달리는 트럭에서 뛰어 내릴 기세로 조수석 문손잡이를 잡으며 외쳤다.

"빨리요."

양 씨가 뭐냐는 눈으로 돌아보았지만 어쨌든 차는 세워주었다. 조수석에서 뛰어내리다시피 한 광남 씨는 짐칸에서 자전거를 내려 안장에 올라탔다.

"모기채는 왜 들고 가?"

뒤에서 양 씨가 소리쳤다.

"바로 돌려드릴게요."

"아니, 잘 안 쓰기는 하는데⋯⋯."

양 씨 말이 끝나기도 전에 광남 씨는 왔던 길을 거슬러 읍내를 향해 미친 듯이 페달을 밟았다. 삼십 분 후, 공중전화 부스 안에서 광남 씨는 발을 동동 구르며 신호음이 멈추기를 기다렸다.

"안녕하십니까, 고객님. 해충 구제 전문기업 올 킬입니다."

고음의 여자 음성이 귓구멍을 쏘듯 울렸다. 광남 씨는 숨을 크게 내쉬었다. 오랜만에 듣는 목소리가 이렇게 반가울 줄 몰랐다.

"아, 예. 거기 올 킬 맞죠?"

광남 씨는 다시 한번 확인했다.

"네, 고객님. 주식회사 올 킬 맞습니다."

"저기, 뭐 좀 물어보려고 하는데요."

"네, 고객님. 저희 올 킬 서비스는 처음 이용하시는 건가요?"

"아, 아뇨……."

"그럼 고객확인을 위해서 집 주소나 연락처 좀 불러주시겠습니까?"

"아니, 그것보다 저기, 안희수 대리님 좀 바꿔주시면 안 될까요?"

광남 씨는 이마에 난 땀을 닦으며 말을 이었다.

"전에 그분한테 브이아이피 회원 가입을 했거든요."

"네, 그러시군요. 그럼 안희수 대리님께 연결하겠습니다. 잠시만 기다려주십시오, 고객님."

여자가 시키는 대로 기다렸지만 신호가 열댓 번 울리도록 안희수는 전화를 받지 않았다. 잠시 후 여자가 다시 전화를 받았다.

"죄송합니다, 고객님. 안희수 대리님은 지금 외근 중이시네요. 제가 접수해드릴 테니 회원 번호 네 자리 좀 불러주시겠습니까?"

"예?"

광남 씨는 당황했다. 그게 뭐였더라?

"고객님 담당하시는 분께서 회원 가입 당시 명함 뒷면에 적어주셨을 텐데요."

명함은 없었지만 광남 씨는 안희수 말을 떠올렸다.

'친구 사이로 외우시면 까먹지 않을 겁니다, 하하하.'

광남 씨는 목을 가다듬고 또박또박 숫자를 말했다.

"칠, 구, 사, 이."

"네, 고객님의 소중한 정보 감사드립니다. 잠시만 기다려주십시
오."

수화기 속에서 자판을 두드리는 소리가 들리는가 싶더니 잠시 후,

"고광남 회원님 본인 되십니까?"

"예."

"정보 확인 감사합니다. 이번에도 자택을 프리미엄 서비스 받으
시는 건가요?"

"예? 아뇨. 그건, 그런 건 안 받아요. 그냥 뭘 좀 물어보려 한다
니까요."

광남 씨는 어설프게 넘겨짚는 여자에게 살짝 짜증이 났다.

"네, 그러시군요."

여자는 그제야 무슨 뜻인 줄 알겠다는 듯 대답하더니 다음 말을
이었다.

"그런데 회원님, 전에처럼 바퀴벌레 때문에 전화 주신 거 아닌
가요?"

광남 씨는 선뜻 답을 못했다. 용건은 대충 맞았지만 꼭 그 때문
만이라곤 할 수 없었다. 그보다 더 중요한 걸 묻고 싶었다.

"예, 그렇긴 한데…… 저는……."

광남 씨 말을 끊고 여자가 다시 나섰다.

"그럼, 전처럼 프리미엄 서비스를 받으시면 됩니다. 저희 브이
아이피 회원에 한번 가입하신 회원님께서 향후 다시 서비스를 이
용하실 때는 추가로 들어가는 금액은 일절 없으시고요. 한번 가
입하시면 평생 무료로 저희 올 킬의 프리미엄 서비스를 이용하실

수 있습니다. 안희수 대리님을 거치지 않고 제가 바로 접수해드릴 수……."

"잠깐만요. 글쎄, 그 서비스는 안 받는다니까요."

광남 씨가 목소리를 높여 여자 말을 잘랐다. 아무리 바퀴벌레가 싫다고 해도, 머리 없는 바퀴벌레가 집 안에 돌아다닌다고 해도 그걸 다시 받고 싶지는 않았다. 무엇보다 광남 씨의 용건은 그런 것이 아니었다. 궁극의 서비스이자 끝장 서비스. 그 프리미엄 서비스를 브이아이피 회원인 광남 씨가 받지 않고 당하게 되면 어떤 상황이 벌어지는지 명확하게 알고 싶었다. 안희수를 통해서 지금 당장.

"그냥 안희수 대리님께 여쭤볼 말이 있어요. 그분 연락처 좀 알 수 없을까요? 제가 명함을 잃어버려서……."

"네, 그러시군요. 그럼 안희수 대리님 전화번호를 안내해드리겠 습니다."

이번에야말로 말이 통했다. 여자는 흔쾌히 연락처를 알려주었 다. 광남 씨는 휴대전화 번호를 입으로 중얼거리며 머릿속에 입력 시켰다.

"번호를 다 적으셨습니까?"

여자가 물었다.

"예."

"그럼 끝으로 고객님, 안희수 대리님이 업무 중일 경우 부득이 하게 전화 연결이 안 될 수 있음을 안내해드립니다. 그 경우를 대 비해 한 번 더 확인하겠습니다."

광남 씨는 생각 없이 예, 하고 답했다.

"우리 고광남 회원님께서는 브이아이피 회원이시기 때문에 일반 서비스 단계 없이 곧바로 프리미엄 서비스 이용이 가능하십니다. 그리고 저희 현장 직원분들께서도 같은 곳에 반복적으로 출장을 나가는 것보다는 처음부터 프리미엄 서비스를 해드리는 걸 선호하십니다. 특히 고객님 댁처럼 거리가 멀고 출장이 까다로운 곳에는 이차 삼차 서비스를 시행하기 사실 까다롭습니다. 물론 고객님께서 군이 원하신다면 가능하기는 하지만 저희 브이아이피 회원님 구십구 퍼센트는 일반 서비스를 이용하신 이후에 또다시⋯⋯."

뒷덜미로 후끈한 기운이 올라왔다. 말을 멈추게 하고 싶었지만 뭔 말을 해도 통할 것 같지 않았다. 그렇다고 가만히 있으면 저 말 많은 여자 말을 끝도 없이 들어야 할 것 같고⋯⋯. 수화기 걸이를 눌러버렸다. 우르르 쏟아지는 동전을 도로 투입구에 넣은 광남 씨는 번호를 까먹을세라 곧장 안희수에게 전화를 걸었다.

"앗, 뱀이다~"

지난번 걸었을 때처럼 화들짝 놀라 이번에도 수화기를 떨어뜨릴 뻔했다. 영 익숙해지지 않는 연결음이다. 안희수는 익숙해지라는 듯 역시나 "앗, 개구리다~"가 나올 즈음 전화를 받았다.

"올 킬 대리 안희⋯⋯."

"예. 저⋯⋯ 칠, 구, 사, 이인데요."

광남 씨는 다짜고짜 회원 번호부터 말했다.

"네?"

"칠, 구, 사, 이. 고광남이요. 가을에 오셨잖아요. 금수산 아래에 있는 오두……."

뚝. 전화가 끊겼다. 광남 씨는 수화기를 멍하니 들여다보다 재발신 단추를 눌렀다. 이번에는 뱀과 개구리 노래도 나오지 않고 바로 녹음된 여자 목소리로 이어졌다.

"지금은 전화를 받을 수 없습니다. 다음에 다시 걸어주시기 바랍니다."

그게 끝이었다. 안희수는 전화를 받지 않았다. 한 번 더 걸었다. 마찬가지. 아예 이 공중전화 번호를 차단한 것 같았다. 광남 씨는 수화기를 신경질적으로 내려놓다 다시 들었다. 전기모기채에 적힌 연락처를 재차 확인하고 투입구에 백 원짜리 동전을 쑤셔 넣었다. 바들바들 손이 떨려 자꾸만 조준한 투입구에서 벗어났고, 땀 때문에 손에서 미끄러진 동전 몇 개가 바닥으로 떨어졌다. 허둥지둥 동전을 집어 꾸역꾸역 투입구에 넣고는 더듬더듬 번호를 눌렀다. 신호음이 세 번 울리고 여자가 전화를 받았다.

"네, 고객님. 해충 구제 전문기업……."

"칠, 구, 사, 이."

광남 씨는 불쑥 브이아이피 회원 번호를 말했다.

"네, 브이아이피 회원님이셨군요. 회원님의 소중한 정보 감사드립니다. 잠시만 기다려주십시오."

잠시 기다리는 시간이 천년처럼 길었다.

"고광남 회원님 본인 맞으시고요?"

"예. 그런데 제가 지금……."

말을 다 꺼내기도 전에 갑자기 전화가 뚝 끊겼다.

"여보세요? 여보세요?"

광남 씨가 소리쳤다. 뭐가 잘못됐나? 전화기와 수화기를 흔들고 툭툭 쳐보다 재빨리 '재발신' 버튼을 누르고 기다렸다.

"지금 거신 번호는 없는 번호이오니 확인하신 후 다시 걸어주시기 바랍니다."

딱딱하고 건조한 안내 음성이 흘러나왔다. 머릿속이 하얘졌다. 이게 도대체……. 세 번을 더 반복했지만 "지금 거신 번호는……." 똑같았다. 순식간에 없는 번호가 되었다. 어떻게 이런 일이 가능하지? 해도 안 떨어진 읍내 복판에서 뭔가에 홀린 기분이었다. 서늘한 등줄기로 식은땀들이 경주라도 하듯 앞다퉈 흘러내리기 시작했다.

# 4

붉은 해가 붉은 달로 변하는 시간이었다. 식탁에 앉아 감기약을 털어 넣은 광남 씨는 커피를 사발째 들이켜고는 에너지 음료까지 한 병 해치워가며 잠을 쫓았다. 창밖을 보니 바람이 오두막을 통째 날려버릴 기세로 불어대고 있었다.

신고할까…….

수도 없이 반복했던 생각이 또 들었다. 결론은 매번 헛스윙. 누군가 날 없애려 하는데 그게 올 킬 같아요, 하고 말했다가 미친 인간이나 장난 전화쯤으로 되려 신고를 당하거나 회사로부터 허위사실유포 같은 거로 고소나 안 당하면 다행이다. 코스닥 상장 회사와 주민등록 말소인. 둘 중 누구 말을 믿을진 뻔했다. 딱히 내세울 증거도 없는 마당에, 아직 멀쩡히 살아 있는 마당에.

도망갈까? 어디로?

갈 데가 없었다. 큰맘 먹고 얼마 안 되는 재산 털어 이 구석진 곳까지 왔는데 더 외지고 더 깊숙한 곳으로 달아날 여력과 장소가 없었다. 그렇다고 어렵사리 떠나온 도시로 되돌아가고 싶지도 않았다. 이제는 더 그랬다. 사람들과 어울린다는 것은 바퀴벌레와 어울리는 것만큼이나 싫었다. 아마 사람들 역시 그럴 것이다. 바퀴벌레가 인간을 피해 달아나듯이.

어금니를 달달 떨었다. 보일러 온도를 올리고 이불로 몸을 꽁꽁 감쌌는데도 머리부터 발가락까지 한기가 돌았다. 이미 문이란 문은 모두 잠갔지만 그 정도로 안 될 거라는 것쯤은 알고 있었다. 올킬을 막을 순 없을 것이다. 끝장 서비스, 궁극의 서비스라 하지 않던가? 끝장, 궁극, 그것이 의미하는 바는 하나다. 자신도 곧 양 씨네 돼지밥이 될 거라는 것. 착각이나 막연한 추리가 아니다. 오늘, 멀쩡히 통화되던 번호가 일순간에 없는 전화번호로 둔갑한 걸 확인하고서야 깨달았다.

캄캄한 머릿속에 몇 달 전 양 씨가 들고 왔던 양동이가 떠올랐다. 그 안에서 퍼낸 갈린 고기 뭉치. 국자 안을 채운 선홍빛 국물. 부서진 고기 뭉치 사이로 운세를 알리는 포춘쿠키의 종이 띠가 보이는 듯했다. '고 선생, 그럼 이따 봅시다.' 광남 씨는 이불을 움켜잡은 채 몸을 움츠렸다.

일단, 여기를 벗어나야 해…….

그런다고 근본적인 문제가 해결될 성싶지는 않았지만 지금으로선 그 방법밖에 없었다. 광남 씨는 뒤집어쓴 담요를 패대기치고 집을 나섰다. 그러곤 무작정 옆집으로 뛰어가 현관문에 붙은 나뭇잎 모양 초인종을 꾹 눌렀다.

"어쩐 일이세요?"

열린 문으로 얼굴을 내민 이재훈이 애써 웃음을 지었다.

"저기, 밥 좀 있나요?"

말하고도 부끄러웠지만 말은 제멋대로 꼬리를 물었다.

"제가 몸이 아파서…… 종일 굶었거든요."

이재훈은 약간 당황한 것 같았지만 웃음을 지우지는 않았다.

"얼른 들어오세요."

이재훈과 엄향기는 부랴부랴 식탁을 차렸다. 뭐가 어딨는지 알려주면 밥에다 물 말아서 후루룩 먹겠다 했지만 부부는 한사코 광남 씨를 소파에 앉혔다. 그러고 보니 둘은 반나절 사이 극적 화해라도 한 건지 금실이 좋아 보였다. 특히나 술이 깬 듯한 엄향기는 오늘 낮일을 전혀 기억 못 해서인지 아니면 민망해서인지 광남 씨와 눈이 마주칠 때마다 생긋생긋 웃기까지 했다. 이재훈이 또 뭐라고 구워삶았을까? 뭐가 됐든 광남 씨로서는 다행한 일이었다.

"오셔서 드세요."

이재훈이 불렀다. 식탁을 둘러보니 채식을 몸소 실천하는 밥상답게 반찬은 죄다 유기농 풀떼기뿐이었다. 얻어먹는 처지라 고맙게 먹긴 했지만 안 그래도 입맛이 없던 터라 풀떼기를 입에 넣으니 수세미를 씹는 기분이었고 이 판국에 여물 씹듯 한가로이 밥이나 퍼먹고 있는 자신이 한심스러웠다.

"그 바퀴 잡는 회사에서는 연락 안 왔어……요?"

광남 씨는 젓가락을 빨며 눈치를 살피다 측은한 표정으로 지켜보는 이재훈에게 물었다.

"에이, 편하게 말씀 놓으세요, 형님. 아직 아무 연락 없어요. 오늘은 이미 늦었으니 내일이나 오려나?"

내일? 그러면 곤란한데……. 오늘이어야 하는데…….

"그거 취소는 안 되는…… 거지?"

"취소요? 왜 싫으세요?"

"아니, 내가 소독약 알레르기 같은 게 좀 있어서. 그런 게 사실 사람 몸에 안 좋잖아."

빤히 쳐다보는 이재훈에게서 시선을 거두고 광남 씨는 밥 한 숟갈을 입에 넣으며 말했다.

"안 그래도 제가 물어봤습니다. 근데 그 회사에서 쓰는 게 천연 재료에서 백 프로 추출해 만든 거래요. 약초 이런 데서…… 화학약품은 전혀 안 쓴답니다. 화학약품 쓰는 거면 저도 안 하죠. 그게 다 결국 환경에도 안 좋고 사람한테도 안 좋은 건데. 형님, 제가 그런 거에 민감한 거 아시면서."

이재훈은 특유의 익살맞은 표정으로 광남 씨를 흘겨보았다. 씁쓸했다. 입맛이 없으면 밥맛으로 먹으려 했는데 밥알마저 썼다.

"정 뭐하시면 그냥 우리 집만 하고 형님네는 빼달라고 할까요?"

"아니 뭐……. 그럴 건 없고."

빼달란다고 빼줄 사람들이 아니다. 프리미엄 서비스가 어떤 내용인지 이재훈은 알 턱이 없다. 아직 겪어보지 못했으니까. 어쨌거나 오늘은 여기서 최대한 버틸 생각이다. 여기 이러고 있으면 안희수 일당도 설마 어쩌지는 못하겠지……. 그런 의미에서 삼십 분 넘게 느릿느릿 수저를 뜨는 둥 마는 둥 저녁을 다 먹은 광남 씨는 거실로 와 엄향기가 내온 유기농 우롱차를 또 한 시간째 입안에 넣는 둥 마는 둥 하며 홀짝거렸다.

"아, 맞다."

불현듯 무언가가 떠올랐는지 이재훈이 손뼉을 쳤다.

"저번에 말씀하셨던 평동리 사신다는 분 있잖아요. 그 돼지 키우신다는 어르신이요. 오후에 그분이 다녀가셨어요."

"아…… 양 씨……."

광남 씨와 헤어진 후 혼자 이재훈네로 온 모양이었다. 마음에 들었는지 처리기도 시험 삼아 돌려보고 그동안 쌓아놓았던 음식물 가루도 몽땅 가져갔다고 했다.

"다음부턴 제가 가져다드리기로 했어요. 연세도 있으시던데 매번 오시라 하기 좀 그렇더라고요. 저도 운동 삼아 자전거로 한 번씩 다녀오면 좋고요."

이재훈이 웃었다. 그 웃음보다 한참을 길게 어색한 침묵이 흘렀다. 엄향기도 이재훈도 광남 씨도 멀뚱히 빈 찻잔만 내려다보았다.

"우리 음악이나 들을까요?"

이번에도 침묵을 깨고 일어선 사람은 이재훈이었다. 벽난로 쪽으로 터벅터벅 걸어가더니 노상용 것이었던 클래식 음반을 빼내 들었다.

"차, 더 잡숴요."

엄향기도 일어나 부엌으로 갔다. 클래식 연주가 흘러나왔다. 이상한 기시감에 휩싸인 광남 씨는 마른침을 삼켰다. 감기 때문에 열이 나서 그런지 입안이 바짝 타들어 갔다.

"이 음악 들어본 적 있으세요?"

이재훈이 벽난로 위에 있던 엘피판 표지를 들어 보였다. 날카로운 콧대 위에 안경을 걸쳐 쓴, 넓은 삼자 이마와 고수머리를 가진 남자. 광남 씨는 그 흑백 얼굴을 쳐다보다 시선을 피해 고개만 끄덕끄덕했다.

"와, 들어보셨구나. 형님, 다시 보이는데요? 저는 이런 쪽은 잘 몰라서 인터넷 찾아보고 알았는데."

소파로 돌아와 앉은 이재훈이 광남 씨를 존경한다는 듯이 바라봤다.

"나도 잘은 몰라. 전 주인이 들려줘서 딱 한 번 들어봤을 뿐이야."

사실 딱 한 번은 아니다. 누군가가 틀어놓아서 한 번 더 들어봤으니까.

"그래요? 그럼 형님도 구스타프 말러 잘 모르시겠네. 이 말러가요……."

이재훈이 설명을 시작했다. 알고 있다. 맥주 이름 비슷한 그 작곡가와 이 음악. 다시 듣게 될 줄은 몰랐다. 넉 달 만인가……? 시간은 흘러가버렸어도 모든 게 그대로인 것 같았다. 현재에 앉아 있으면서 과거에 앉아 있는 듯한 기분. 어지러웠다.

"잠시 화장실 좀……."

광남 씨는 소파에서 벌떡 일어섰다. 화장실에 들어서자 식은땀과 현기증이 한 번에 몰려왔다. 세면대 물을 틀어 거푸 세수를 해봐도 소용없었다. 심장이 초산을 내뿜는 것처럼 온몸이 시큰거리며 얼얼했고 입안은 산 개미 똥구멍처럼 시어 구역질이 올라왔다. 결국 유기농 음식물들을 죄다 변기에 쏟아냈다. 샤워가 간절했지만 내 집도 아닌 곳에서 할 수도 없었거니와 이대로 집에 돌아갈 수도 없는 노릇이었다. 이 상태로 얼마나 더 여기서 죽칠 수 있을까…….

찬물에 얼굴을 씻고 입안을 헹궈낸 후 거실로 돌아왔을 때, 부부는 소파에 꼿꼿이 앉은 채 꾸벅꾸벅 졸고 있었다. 광남 씨는 소리 안 나게 슬쩍 소파 끝에 궁둥이를 걸쳤다. 깨울 수 없었다. 깨운다고 할 말도 없고……. 보면 반가운 척 인사하는 사이긴 해도 안 지 얼마나 됐고 얼마나 친한 사이라고 서로 할 말이 그리 많겠나? 지루하고 어색하고 불편할 테지. 사실 인간관계라는 것 대부분이 그런 거 아니겠나? 피곤을 참고 침묵을 견뎌내야 하는 것. 적어도 광남 씨에게는 그랬다. 어색하고 불편한 것. 심지어 아내인 김미영이나 아들인 배식과도 크게 다르지는 않았다.

시간이 좀 더 흘렀다. 공기가 후덥지근해 답답함을 느낀 광남 씨는 엄향기가 재차 내온 차를 마저 마셔버린 후 빈 찻잔을 들고 궁둥이를 들썩거렸다. 살짝 일어나 부엌에서 물이라도 떠다 마실까, 전축 음악이라도 끌까 어쩔까, 손으로 부채질을 해가며 고민하던 찰나, 갑자기 탁자 위에서 전화벨이 울렸다. 세 사람은 모두 깜짝 놀라 눈을 동그랗게 떴다. 그중에서도 가장 크게 눈을 뜬 엄향기가 탁자로 손을 뻗어 집 전화를 받았다. 목소리가 졸던 사람답지 않게 낭랑했다. 지루함을 깨준 전화가 고마운 모양이었다.

"네? 네……. 여기 있어요."

엄향기가 광남 씨를 보며 "잠깐만요" 하더니 수화기를 내밀었다.

"바꿔달래요."

"예?"

손가락에 힘이 풀려 광남 씨는 손에 든 찻잔을 떨어뜨릴 뻔했다. 전화 없이 산 지 삼 년이 넘었다. 아니 그게 아니라도 광남 씨에게는 친구도 없고 친척들과도 연락을 끊은 지 오래다. 아들한테는 광남 씨가 먼저 전화하지 않으면 전화가 올 리 없을뿐더러 이집 전화번호도 모른다. 그 누구든 광남 씨가 지금 이 집에 와 있다는 걸 아는 사람은 아무도 없다.

"누군데요?"

"몰라요. 여자예요."

찻잔을 탁자에 내려놓은 광남 씨는 수화기를 받아 기어드는 목소리를 냈다.

"여보세요?"

"안녕하십니까? 저 안희수입니다, 하하하."

광남 씨는 숨을 멈췄다.

"내가 여기 있는 건 어떻게 알……?"

"오늘 거기서 주무실 겁니까?"

"예? 아……그거는…….."

"오늘은 그렇다 치고 내일은 어쩌시려고 그러십니까? 모레는? 글피는?"

할 말을 찾지 못하고 입만 뻐끔거리던 광남 씨는 이재훈과 엄향기 눈치를 살피다가 한 손으로 입과 수화기를 가리고는 속삭이듯 입을 열었다.

"그거 취소 안 됩니까?"

"신청하신 분도 아니면서 어떻게 취소를 합니까? 그리고 설사 신청하신 회원님 본인이라고 해도 이 프리미엄 서비스는 한번 신청하면 취소 불가능합니다. 아시지 않습니까? 하하하."

"그럼 저는…… 어떻게 되는 건가요?"

광남 씨는 그렇게도 묻고 싶었던 질문을 이제야 물어볼 수 있었다.

"그것도 잘 아시리라 사료됩니다. 짐작하고 계신 그대로일 겁니다."

짐작한 것을 떠올리자 광남 씨는 팔에 힘이 빠졌다. 들고 있는 수화기가 천근만근은 되듯 무거웠다.

"이럴 수는 없어요. 저도 엄연히 브이아이피 회원이잖아요."

말하면서 광남 씨는 땀을 삐질삐질 흘렸다. 그 땀 한 방울 한 방울에 두려움과 원망을 가득 채워서.

"맞습니다, 브이아이피. 그래서 제가 전화를 드린 겁니다. 취소는 안 되지만 아주 방법이 없는 건 아니라서 말입니다."

"예?"

자리에서 벌떡 일어서다 무릎이 탁자에 부딪히는 바람에 놓였던 잔이 달그락 소리를 내며 흔들렸다. 저희끼리 뭔가 속닥이던 이재훈과 엄향기가 무릎을 주무르는 광남 씨를 쳐다보았다. 광남 씨는 부부를 향해 괜찮다고 손짓했다.

"뭔데요, 그게?"

부부에게서 등을 돌리며 물었다.

"사실 이런 경우는 저희도 난감합니다. 두 회원님 사이에 이해 관계가 충돌해버릴 때 말입니다. 그래서 어쩔 수 없이 먼저 신청하신 회원님 편의를 봐드리는 쪽으로 일 처리를 하고 있기는 한데…… 그래도 제가 진즉에 담당했던 회원님이시니까 이건 예외적으로 특별히 알려드리는 겁니다. 딱 한 가지 방법이 있기는 합니다."

생색내듯 말을 빙빙 돌리는 안희수를 광남 씨는 침을 꼴깍 삼키며 기다렸다.

"직접 프리미엄 서비스를 시행하시면 됩니다."

"예?"

목소리가 비명처럼 크게 튀어나왔다. 반사적으로 입을 막은 광남 씨가 천천히 부부를 돌아보며 한 번 더 손짓했다. 놀라게 해서 미안하다고.

"말 그대로입니다. 두 회원님이 서로 얽혀서 곤란할 경우, 한 회원님이 사라져버리면 문제는 자동으로 해결되는 겁니다. 신청하신 분이든 안 하신 분이든 어느 쪽이든. 저희는 마지막에 남아 계신 회원님만 따르면 그만이니까 말입니다."

"그, 그거는……."

광남 씨는 목소리를 떨었다. 머릿속에 다시 양 씨가 가져온 돼지죽이 떠올랐다. 그 속에 담겼던 정체 모를 고기. 그때 풍기던 피 비린내가 콧구멍 안에서 진동하는 것 같았다. 구역질이 올라왔다.

현기증이 났다.

"아, 이게 뭐, 회사에서 할 일을 회원님들에게 떠넘기는 게 아니냐는 그런 비난도 있기는 합니다만, 우리 고광남 회원님 같은 입장에선 유일한 방법인 겁니다. 이게 맘에 안 드시면 저희야 뭐 회사 원칙대로 먼저 신청하신 회원님 위주로 일을 처리할 수밖에 없는 겁니다. 무슨 얘긴지 아시겠습니까?"

"그래도…… 어떻게 그런 짓을……."

"그런 짓이라 하셨습니까?"

광남 씨는 마저 하려던 말을 삼키고 입을 다물었다. 한동안 침묵을 지키던 안희수가 말을 이었다.

"솔직히, 고광남 회원님께서 그렇게 말씀하실 줄은 몰랐습니다. 하하하."

웃음소리가 어쩐지 비웃는 것 같아 광남 씨는 대꾸할 말을 찾을 수 없었다.

"뭐, 저도 회원님의 고충은 어느 정도 이해는 합니다. 일반 사람들이 하기엔 물론 쉬운 일이 아니란 것도 압니다. 그러니 저희 직업이 프로페셔널한 것 아니겠습니까? 하지만 이번 일은 앞서 말씀드린 바와 같이 두 회원님 간의 충돌이 빚은 일이라 저희로서도 어찌할 수 없습니다. 그래도 제가 고광남 회원님께 예외적으로 먼저 팁을 드리지 않았습니까? 저희는 마지막 남은 회원님 뜻을 따른다고 말입니다. 자, 이제 어쩌시겠습니까?"

광남 씨는 눈알을 옆으로 굴려 부부를 보았다. 둘은 잡담하느라 이쪽 일엔 관심도 없었다.

"이유가 뭐예요?"

광남 씨가 물었다.

"네? 뭘 말씀입니까?"

"왜 그런 짓…… 아니, 그러니까 제 말은 이렇게까지 할 필요 없잖아요."

"사명감입니다."

안희수 대답은 간단했다.

"뭔 사명감이요? 당신네는 그냥 벌레만 잡아주면 되는 것 아닌가요?"

"네, 그렇습니다. 해충박멸."

"그런데 왜요? 왜…… 애먼 사람들까지……."

마음 같아선 소리라도 빽 지르고 싶었지만, 광남 씨는 복화술사처럼 최대한 입을 움직이지 않고 속닥거렸다.

"해충을 없애달라고 하지 않으셨습니까? 저희는 고객님이 원하시는 걸 하는 것뿐입니다."

말문이 막혔다.

"어쨌든 사람들을 상대로 서비스 신청한 적은 없어요."

어금니까지 앙다문 광남 씨는 속닥거리는 와중에도 발음을 최대한 정확히 하려 애썼다.

"아닙니다. 하셨습니다. 기억 안 나십니까? 브이아이피 회원 가입하실 때 제가 분명히 말씀드리고 물었습니다. 끝장 서비스라고 말입니다. 후회 안 하실 자신 있냐고 말입니다. 저는 회원님께 생각할 수 있는 시간을 충분히 드렸습니다."

안희수는 단호했다.

"그렇게…… 그러지 말아요."

광남 씨는 애원하듯 입을 가렸던 손을 수화기에 대고 빌었다. 이왕 생각해서 봐주기로 한 거, 한 번만 더 봐주면 안 될까…….

"안 됩니다. 아무튼, 회원님께서 거기 계속 그러고 계시든 집으로 돌아가시든 저희는 작업 들어갑니다. 경기도 안 좋은데 쉴 수는 없지 않습니까? 자, 그럼……. 고광남 회원님께는 지금부터 다섯 시간 드리도록 하겠습니다. 현재 시각이 열 시니까, 세 시에 찾아뵙도록 하겠습니다. 서두르시는 게 좋을 겁니다, 하하하."

전화가 끊겼다. 안희수의 웃음소리가 통보처럼, 명령처럼 귓가에 맴돌았다. 광남 씨는 손에 든 수화기를 멍하니 내려다보았다.

"누구예요?"

이재훈이 물었다.

"응?"

몹쓸 것을 들고 있던 사람처럼 광남 씨는 화들짝 수화기를 내려놓았다.

"지금 전화하신 분이요. 가오리 상 말로는 목소리가 예쁜 여자분이라던데…… 형님 통화 분위기를 봐선 뭔가 굉장히 비밀스러운 것 같던데 혹시……?"

이재훈이 엄향기와 알 수 없는 눈빛을 교환했다.

"저희 몰래 숨겨둔 애인이세요?"

이재훈과 엄향기는 마주 보며 장난스럽게 웃었다. 장난 받을 기분이 아닌 광남 씨도 따라 웃었다. 헬렐레……. 저처럼 천진하게 웃는 부부가 너무나 순진무구해 보여서.

"어? 진짜 애인 맞나 보네?"

이재훈이 광남 씨 표정을 보며 말했다.

"애인은 무슨……. 그냥, 전에 알던 사람인데……."

"근데 여기 계신 줄은 어떻게 알았대요?"

이재훈이 궁금해 죽겠다는 표정으로 대답을 기다렸다.

"그러게…… 어떻게 알았을까……?"

광남 씨로서도 알 수 없었다. 다만 정신이 딴 데로 마실 나간 듯 뭘 더 생각하기 힘든 상황이란 건 알 수 있었다. 마취 총을 맞은 것처럼 감각이 무뎌진 건 그때부터였다. 눈을 두어 번 깜박였던 것 같은데 시간은 몇십 분 단위로 훌쩍훌쩍 건너뛰어 한 시간 가까이 흘러가 있었다. 그사이 이재훈과 엄향기가 광남 씨 앞을 바람처럼 왔다 갔다 했고 광남 씨는 거의 입을 다문 채 엄향기가 세 번째로 내다준 우롱차를 다 식어버리도록 마시지 않고 붙들고만 있었으니, 마실 기운이 없을뿐더러 나중에는 찻잔 쥔 것조차 까먹었기 때문이었다.

까먹은 건 그것만이 아니었다. 감각과 함께 눈치까지 무뎌진 건지 안희수 전화를 받기 전까지만 해도 앉은 자리가 가시방석처럼 따가웠지만, 이후론 내 집인지 남의 집인지 구분이 안 돼 옆에 부부가 있단 사실조차 잊을 지경이었다. 이따금 이재훈이 여러 번 같은 말을 물어봐야 인지할 수 있었는데, 그럴 때도 광남 씨는 대답은커녕 멀거니 얼굴만 쳐다보다 말았다. 이재훈과 엄향기가 마치 차원이 다른 세상에 있는 것처럼 아득하게 느껴진 까닭이었다.

방정맞은 소리가 광남 씨 귀청을 때린 건 그로부터 십 분이 더 지나서였다. 이재훈이 차고 있던 시계에서 흘러나온 노래였다. 정신 사나운 노랫소리가 마취를 풀듯 감각을 일깨웠다. 이제야 벽시계가 열한 시에서 정확하게 일 초씩 흘러가고 있었다. 이재훈이 서둘러 손목시계 소리를 껐다.

"깜짝 놀라셨죠, 형님? 취침 알람 맞춰놓은 건데……."

민망한 듯 이재훈이 광남 씨 표정을 살폈다.

"실례합니다, 저는 가요."

어느샌가 주방으로 가 있던 엄향기가 식탁 의자에서 일어나 안방을 손가락으로 가리켰다.

"자게?"

이재훈이 물었다. 엄향기는 고개를 크게 끄덕였다. 광남 씨는 자신을 돌아보며 웃는 부부 눈빛을 '이제 좀 꺼져' 하는 것으로 읽었다. 확실히 눈치도 정신도 돌아온 모양이었다.

"그럼 먼저 들어……."

이재훈 말이 끝나기도 전에 엄향기는 침실 문을 닫았다.

"가오리 상이 오늘 좀 피곤한가 보네요."

닫힌 침실 문을 향해 이재훈이 피곤하기는 자신도 마찬가지라는 듯 하품을 해댔다. 광남 씨는 탁자에 잔을 내려놓고 자리에서 일어섰다.

"그만 갈게."

게슴츠레하던 이재훈 눈꺼풀이 바짝 떠진 걸 보면 기다렸던 소리였을 것이다. 광남 씨는 현관으로 향했다.

"아니, 좀 더 놀다 가셔도 되는데······."

이재훈 말투에서 어쩔 수 없는 반가움이 새어 나왔다.

"잘 거지?"

광남 씨가 물었다.

"네."

이재훈이 목덜미를 긁으며 미안하다는 듯 웃었다. 미안할 일이 아닌데······. 미안할 사람은 따로 있는데······.

"저기, 여러 가지로······."

신발을 신은 광남 씨가 구두코를 내려다보며 머뭇머뭇 입을 열었다. 목소리엔 쉰 소리가 묻어났다.

"고, 고마웠어."

그 말이 자신도 모르게 튀어나와 광남 씨는 당황스러웠다. 고마운 거야 말할 것 없이 진심이지만 그 알량한 진심이 이재훈에게 닿지 않기를 아니, 들키지 않기를 바랐다. 이 상황에 한낱 진심 따위가 뭐 그리 중요하다고······.

"고맙긴요, 몸도 안 좋으신데 오늘 푹 주무시고 내일 밥하기 귀찮으시면 또 오세요."

광남 씨는 고개를 끄덕이고는 현관을 나왔다. 등 뒤에 대고 "들어가세요, 형님." 하며 이재훈이 인사했지만 돌아보지 않았다. 보나마나 얼굴엔 사람 좋아 뵈는 미소를 잔뜩 머금고 있으리라. 마주 볼 자신이 없으니 다만 오른손을 살짝 들어 보였다. 그래, 안녕.

# 5

방 한가운데 책상다리를 하고 앉은 광남 씨는 자정을 향해 가는 벽시계를 바라보았다. 집에 오자마자 온 집 안을 뒤져 쓸 만한 것들을 죄다 꺼내놓고 고민한 지 한 시간쯤 흘렀다. 지금 앞에는 부엌칼, 톱, 장도리, 송곳, 부지깽이, 도끼, 삽, 호미, 곡괭이, 스패너, 심지어는 주물 프라이팬까지 가지런히 놓여 있다. 그나마도 가려낸 것들이다. 이제 선택만 남았다.

바닥에 놓인 것들을 차례로 손에 들고 흔들거나 휘둘러보았다. 한 방에 끝내기에는 곡괭이가 젤 나아 보였지만 크고 무거워 아무래도 다루기가 불편했다. 송곳이나 장도리를 쓰자니 쓸데없이 오래 걸릴 수 있을 것 같고, 부엌칼을 쓰자니 잘못하면 손을 다칠 것 같았다. 이것저것 만지작거리던 끝에 도끼를 집어 들었지만, 영화 같은 데서 도끼 살인마가 휘두르던 날 끝과는 달리, 광남 씨 것은 무딘 데다 녹까지 슬어 있었다. 이렇게 쓸 만한 게 없다니. 한 번 더 시계를 봤다. 뭘 한 것도 없이 자정이 훌쩍 넘었다.

'서두르시는 게 좋을 겁니다. 세 시에 찾아뵙겠습니다.'

잠은 달아난 상태였지만 머릿속엔 안희수가 남긴 말이 유령처럼 떠돌아다녔다. 이 짓도 아무나 못 하는구나. 프로페셔널이라 자부하던 안희수 말이 맞았다. 그러다 속에서 천불이 났다. 벼룩 잡다 초가삼간 태운다더니 바퀴벌레 잡겠다고 이 난리를 피우는 처지가 기막히고 어처구니없어서.

광남 씨는 앞에 놓인 연장들을 죄다 밀어내고 부엌으로 나갔다. 속이 타고 입이 말라 더는 앉아 있기 힘들었다. 냉동실 문을 열었다. 딱딱한 얼음이라도 씹으면 긴장이 풀릴 거라 기대했지만 성에가 허옇게 낀 얼음통은 머릿속처럼 텅 비어 있었다. 광남 씨는 냉동실 문을 부서져라 닫아버렸다. 모든 것들이 힘을 합쳐 자신을 옴짝달싹 못 하게 구석으로 몰아넣는 기분이었다.

발소리를 쿵쿵 내며 개수대 앞으로 간 광남 씨는 수도꼭지를 틀어 흐르는 물에 입을 갖다 댔다. 이가 시리게 차가웠지만 개구리처럼 배가 불룩해지도록 쉼 없이 벌컥벌컥 마셔댔다. 그럴 일은 없겠지만 차라리 배가 터지거나 동사하거나 심장마비라도 일으켰으면……. 이대로 찬물을 끝도 없이 마셔대다가 제발 그렇게라도 됐으면……. 바람과 달리 목구멍을 훑고 지나간 찬 기운이 위장을 단숨에 얼리고 도약하듯 머리로 올라가 미간을 땅, 하고 치더니 엉뚱하게도 머릿속에서 생각지 못한 연장 하나를 붙잡아 꺼냈다.

'나는 그거 무서워서 못 쓰겠데. 얼마나 세게 만들었기에 돼지가 다⋯⋯.'

양 씨가 한 말이었다. 곧바로 엄향기가 했던 말도 끄집어냈다.

'이 쇠 하나, 제 목숨 같아요.'

전기와 금속이라⋯⋯. 꺽 하고 트림이 나왔다. 빙고. 수도도 잠그지 않은 채 창고 방으로 가 잡다한 물건들을 마구 걷어냈다. 올킬 사은품은 광남 씨에게도 있다. 테니스라켓 모양을 한 전기모기채. 구석에 세워둔 걸 꺼내 먼지를 털고 비닐을 벗겨냈다. 들쥐를 잡았을 때 타서 그런가 모기채 판이 조금 그을려 있었다. 손잡이를 잡고 전원을 올리자 웅, 소리를 내며 묵직하게 진동했다. 물기가 남은 손바닥까지 미세한 찌릿함이 전해졌다. 그래, 이거라면 한 방에⋯⋯.

창고 방을 나온 광남 씨는 전기모기채를 한 시간 더 빵빵하게 충전했다. 그사이 목욕재계하듯 간단히 샤워를 끝내고 작은 배낭을 찾아 준비물들을 챙겨 넣었다. 더운물을 가득 채운 분무기, 혹시 몰라 꺼내 든 '울트라' 스프레이 한 통. 손전등 역할을 할 라이터는 바지 주머니에 넣었다.

복장도 갖추었다. 입고 있는 옷 위에 장마철 텃밭 일 할 때나 쓰던 작업용 검정 우비를 걸치고, 마스크와 털모자로 최대한 얼굴을 가리고, 손바닥이 붉게 고무 코팅된 목장갑을 손에 끼었다. 거울 앞에 선 광남 씨는 빼꼼하게 드러난 눈에 고글을 대신할 물안경을 뒤집어썼다. 개울에 얼굴 처박고 다슬기 딸 때나 쓰던 걸 이렇게 용도를 바꿔 사용할 줄은 몰랐다. 어쨌든 이만하면 안희수 복장만큼은 아니더라도 작업하기엔 무리 없어 보였다.

새벽 한 시 반. 올 킬이 도착하기까지는 이제 한 시간 반 남았다. 이재훈은 바로 잘 거라고 했다. 부부관계를 했다 해도 이재훈과 엄향기가 뱀이 아닌 이상 지금쯤이면 곯아떨어졌을 것이다. 배낭을 둘러멘 광남 씨는 한 손에 전기모기채를 들고 대문을 나섰다.

바깥은 몸서리나게 춥고 불을 켜기 민망할 정도로 밝았다. 칼바람이 부는 겨울밤 하늘엔 둥글고 커다란 보름달이 빙하처럼 하얗게 박혀 있었다. 서늘한 기운을 받으며 달빛 아래 홀로 서 있자니 뜬금없이 외로웠다. 이 밤은 어쩌면 생애 가장 기나긴 밤이 될지 모른다. 이층집까지 펼쳐진 길이 까마득히 멀어 보였다. 루비콘강을 바라보던 시저도 이런 심정이었을까. 그 강을 건넜다는 기원전 몇 년 어느 날도 오늘처럼 겨울이었다지. 그 추위에 차가운 강을 건너가 싸우려니 오죽하면 그런 말을 내뱉었을까. 주사위는 던져졌다.

생각해보면 삶은 그 주사위를 따라가는 것이 아닐까. 이미 짜인 판에 벌써 누군가는 밟았을 흔적 위를 던져진 주사위 수만큼 쫓아가는 것. 그러니 주어진 길을 가면 그만 아닐까. 운명은 거스르는 게 아니라 받아들이는 것. 광남 씨는 오늘따라 유난히 으리으리해 보이는 이층집을 건너다보며 냉정을 되찾으려 찬 공기를 가슴 시리도록 들이마셨다. 그러곤 먼저 강을 건너간 시저처럼 사뭇 비참하게 되뇌었다. 주사위는 던져졌다.

이층집 현관에 섰다. 문손잡이는 부드럽게 돌아갔다. 부부는 밤에도 문을 잠그지 않는다. 잠글 수가 없다. 고장 난 디지털 잠금장치를 떼어낸 후 손잡이만 달아놓았기 때문인데, 언젠가 광남 씨가 무섭거나 위험하지 않냐고 물었더니 이재훈은 이렇게 답했다.

"그럴 때도 있긴 한데요……. 가오리 상이 심장이 안 좋아서 만약을 대비해 문턱이나 문 잠금장치는 안 해놓기로 했어요. 게다가 이웃이라고는 달랑 형님 한 분인데, 그럼 괜히 미안하잖아요."

이재훈은 그때도 사람 좋은 미소를 지었었다. 광남 씨는 눈 안이 뜨거워지고 코끝이 찌릿해지는 걸 느꼈다. 찬바람과 감기 탓이라고 생각하면서 콧물을 컹, 들이마신 후 현관문을 열었다.

이층집에 발을 들여놓았을 땐 눈앞이 뿌예 아무것도 보이지 않았다. 들어서자마자 후끈한 실내 기온이 물안경에 김이 서리게 한 것이다. 물안경을 들어 올려 목장갑으로 안경알을 닦았다. 닦으면서 보니 집 안은 바깥만큼 환했다. 개폐가 가능한 중정 천장으로 달빛이 유리를 뚫고 직선으로 쏟아져 내리고 있었다. 널따란 빛기둥 속엔 은빛 먼지들이 작은 요정처럼 한가로이 떠다녔다. 그 요정들을 잡는 사냥꾼이 방아쇠를 당기듯 틱, 틱, 어디선가 일정한 간격으로 소리가 들려왔다. 광남 씨는 물안경을 내려 쓰고 털모자 안에서 한쪽 귀를 꺼내 소리에 집중했다. 거실 벽난로 부근이다.

초대받지 않은 밤손님답게 발꿈치를 들고 살금살금 쫓으니, 소리는 전축에서 나고 있었다. 바늘이 판에 걸려 튀는 것이다. 이재훈은 전축도 끄지 않고 방으로 들어간 모양이다. 얼마나 피곤했으면……. 전기모기채를 벽난로 한쪽에 세워두고 판 위에 걸린 전축 바늘을 검지로 들어 올렸다. 바늘 튀는 소리가 사라진 가운데 또 다른 소리가 들려왔다. 이번엔 아주 가까웠고 움직이는 모습이 보일 정도였다. 가슴팍이 오르락내리락…….

소리는 다른 데가 아닌 광남 씨한테서 나는 거였다. 심장이 크게 펌프질을 하는 소리. 한 번씩 펌프질할 때마다 오장육부가 바이킹을 타듯 사타구니까지 내려갔다가 식도까지 올라오는 것 같았다. 펌핑 소리는 고막을 깊숙이 때렸다. 숨을 참았다. 곧바로 숨통이 조여와 손으로 앞섶을 부여잡으며 마스크를 내렸다. 그 바람에 검지에 걸쳐졌던 전축 바늘이 판 위로 내려앉자 판은 지지직거리며 바늘 밑을 빙글빙글 돌았다.

콰강쾅, 콰강쾅…….

타악기들이 귀청을 때렸다. 광남 씨는 움찔했고 나팔관에서 한 걸음 물러섰지만 소리를 줄이지 않았다. 어디서 어떻게 줄이는 줄 모를뿐더러 밀러인지 말러인지의 음악이 싫지 않았다. 정적을 깨는 연주는 차라리 평온했다. 가슴을 쿵쿵 쳐대는 울림이 오히려 숨통을 풀어주는 느낌이었다. 음악 소리에 놀란 이재훈과 엄향기가 여기로 뛰쳐나온다면……. 지금 광남 씨 꼴을 본다면……. 그것도 던져진 주사위의 다른 수겠지.

부부는 나오지 않았다. 놀이기구를 타듯 울렁거리던 기분이 서서히 사라졌다. 오장육부 중 오직 심장만 남아 펌프질을 해대는 것 같았다. 한 번씩 펌프질할 때마다 빈 몸속으로 바람이 채워지는 느낌이었다. 몸이 마법처럼 부풀어 커다란 풍선이 되고 발바닥이 마루에서 떨어져 올라 둥실거리는 느낌. 음악을 틀어놓은 채 광남 씨는 오색 기구가 공중을 날듯 가볍게 침실 앞까지 갔다.

방문에 귀를 대자 코 고는 소리가 희미하게 들렸다. 배낭에서 분무기를 꺼내 들었다. 전기모기채를 옆구리에 끼고 마스크를 올려 쓴 후 방문 손잡이를 잡아 돌렸다. 현관문 손잡이와 마찬가지로 매끄럽게 돌아갔다. 전 주인이 집은 잘 지어놨다. 삐걱 소리 하나 나지 않는 걸 보면. 건축가에 살림 연구가였으니 오죽했으랴. 광남 씨는 빙판을 미끄러져 걸어가듯 부드럽게 침실로 들었다.

커튼이 조금 쳐진 방은 거실보다 어두웠지만 라이터를 켤 정도는 아니었다. 창문 반쯤으로 스민 달빛이 부부가 누워 있는 침대를 내리비쳤다. 거실에서 들려오는 음악에 맞춰 바람에 흔들리는 나뭇가지 그림자들이 하얀 이불보 위에서 춤추듯 비틀거렸다. 침대 곁으로 온 광남 씨는 협탁 위를 물끄러미 내려다보았다. 빈 포도주병 두 병과 잔들 옆에 자명종 시계가 째깍거렸다. 형광 시계침이 두 시 오 분을 가리켰다. 한 시간도 남지 않았다는 초조함과 한 시간을 더 버텨야 한다는 불안감이 광남 씨를 땀나게 했다.

부부를 보았다. 전축이 아니라 연주가들이 직접 와서 음악을 들려줘도 둘은 깨어날 것 같지 않았다. 웃통을 벗은 이재훈은 광남 씨가 서 있는 반대쪽에 대자로 뻗어 곯아떨어져 있었고, 엄향기는 엄향기대로 가늘게 때로는 세게 코를 골아 젖혔는데 한쪽 팔은 만세를 부르듯 올리고 다른 팔은 이재훈 배 위에 척 걸쳐놓고 있었다. 그렇다면 누구부터? 당연히 엄향기. 아무리 멸치처럼 말랐다 해도 남자는 남자 아닌가. 그것도 젊은 남자. 만약을 대비해 힘을 아껴둘 겸 비교적 쉬운 상대부터 처리할 필요가 있다. 다소 비열한 것이 아닐까 싶었지만 지금 그런 걸 따질 입장은 아니다.

엄향기에게서 살포시 이불을 들어 허리선까지 걷어냈다. 슬립을 걸친 엄향기의 왼 겨드랑이 근처에 수술 자국으로 보이는 엄지 길이 흉터가 땡볕에 말라붙은 지렁이처럼 보였다. 페이스 어쩌고 하는 쇳조각은 거기 어디쯤 박혀 있을 터. 광남 씨는 허리를 약간 숙이고 수술 자국 근처에 밑 작업하듯 미지근한 분무기 물을 살살 뿌리기 시작했다. 미세한 입자들이 축축하니 옷을 적실 무렵 엄향기의 코골이가 컥, 그치더니 들썩거리던 가슴팍도 움직임을 멈췄다.

아니 뭘 어쨌다고? 물만 뿌렸는데……. 째깍거리는 시계 초침 소리를 육십 번이나 세도록 엄향기는 숨을 쉬지 않았다. 산 사람 목숨이 이토록 허망한 것인가. 광남 씨는 분무기를 내려놓고 엄향기 왼 가슴에 귀를 가까이 대보았다. 가늘고 희미하게 그르렁거리는 소리가 들리는가 싶던 그때,

"푸르르, 컥."

입술을 떨며 숨을 몰아 내쉰 엄향기가 다시 코를 골았다. 한 발 물러선 광남 씨는 눈까지 질끈 감고 잔뜩 옹송그리다 한쪽 눈만 치켜떴다. 엄향기는 그대로 자고 있었다. 몸을 뒤척인 쪽은 이재훈이었다. 한 손으로 귀를 긁적이더니 짜증 섞인 신음을 내뱉으며 배에 놓인 엄향기 팔을 밀쳐내고는 멀찍이 돌아누웠다. 팔걸이가 없어진 게 서운했는지 엄향기는 코골이를 멈추고 입맛을 다셨다. 그러고는 살며시 눈을 떴다. 게슴츠레한 그 눈빛이 광남 씨 시선과 마주쳤다. 광남 씨는 숨을 참았다. 엄향기는 도로 눈을 감았다. 광남 씨는 고개를 돌려 한숨을 내뱉었고 다시 침대를 봤을 땐 이번에야말로 비명을 지를 뻔했다. 눈을 부릅뜬 엄향기가 광남 씨를

올려다보고 있던 것이다.

전기모기채를 잡은 손에 힘이 들어갔다. 엄지로 슬쩍 전원을 켰다. 웅, 하는 소리와 동시에 엄향기 입이 벌어졌지만 전기모기채가 조금 더 빨랐다. 비명이 나올 틈도 없이 가슴팍을 힘껏 내리쳤고 슬립 앞섶이 순식간에 타들어 갔다. 연이어 스파크가 튀는 소리보다 짧게 헉, 하는 소리가 튀어나왔다. 그 헉 소리가 광남 씨 입에서였는지 엄향기 입에서였는지는 모른다. 팔로 전해지는 찌릿함에 신경이 곤두서 광남 씨는 그것만으로도 혼이 나갈 지경이었다.

그 찌릿한 기운에 맞춰 엄향기도 혼이 빠져나가는 듯 보였다. 전신을 부르르 떨면서 침대 머리 쪽으로 밀려 나가더니 상체가 활처럼 휘어들었다. 시선은 천장 어딘가를 쩨려보듯 붙박아두고선 머리를 세차게 흔들었다. 이러지 마세요, 살려주세요, 도리질 치는 것처럼. 그 모습에 광남 씨는 정말로 이러지 말고 지금이라도 끝까 말까 하면서 전원 버튼에 걸친 엄지에 힘을 뺐다 줬다 했다.

정신 차리고 똑바로 봐. 이 여자는 바퀴벌레가 아니야. 사람이라고. 안 그래도 아픈 사람한테 지금 뭐 하는 짓이야? 이 여자가 무슨 잘못을 했는데? 이건 할 짓이 아니야. 아직 늦지 않았어. 여기서 멈춰. 어서 구급차를 불러…….

물론 그러지 않았다. 엄향기의 경련이 멈추는 데는 채 오 분이 걸리지 않았다. 조심스럽게 가슴팍에서 전기모기채를 떼자 낙인이 찍힌 듯한 가슴이 석쇠무늬로 촘촘하게 그을려 있었다. 왼 겨드랑이 밑 페이스 어쩌고 하는 자리는 검디검게 타들었고 그 타들어 간 자리로부터 멀리 벗어나려는 듯 핏줄은 목을 향해 잎맥처럼 사방으로 뻗어 있었다. 광남 씨는 모기채 전원을 끄지도, 침대에서 물러나지도 않았다. 미간을 찡그리고 거실에서 울리는 음악에 귀를 쫑긋 세웠다. 소리가 쉴 새 없이 수군덕거리는 것 같았기 때문이었다.

되돌리기엔 이미 늦었어. 뭘 어째 볼 틈도 없었잖아. 원래부터 심장이 안 좋았다니 아무 때라도 무슨 일을 당할지 모를 사람이었다고. 너라고 좋아서 이러는 건 아니잖아. 안 그러면 네가 죽는데? 죽고 나면 남은 아들은 어떡하라고? 이 더러운 세상에 아이 혼자 버틸 수 있을 거 같아? 네 잘못이 아니야. 이젠 다 끝났어.

"전축 안 껐나 봐."

다 끝난 게 아니라는 듯 목소리가 들렸다. 멀찍이 돌아누웠던 이재훈이 엄향기 쪽으로 몸을 돌리며 중얼거렸다.

"가오리 상…… 왜 그래?"

이재훈은 해괴한 자세로 누워 있는 엄향기를 보고는 눈을 비비며 물었다. 엄향기 가슴에 새겨진 전기모기채 자국이나 그 전기모기채를 쥐고 있는 광남 씨를 알아차리지 못한 모양이었다. 다만 이 사람이 왜 잠도 안 자고 이러고 있나, 싶은 얼굴로 부스스 몸을 일으켰다. 눈꺼풀을 소처럼 끔벅거리던 이재훈이 그제야 광남 씨를 발견하고는 꽥 소리를 질렀다. 광남 씨는 침대로부터 한 발 뒤로 물러났다.

"누구세요? 왜 이러세요?"

광남 씨를 향해 소리치며 엄향기를 흔들던 이재훈이 마네킹처럼 뻣뻣한 아내를 어안이 벙벙한 눈으로 바라보자 엄향기는 지금

222

보는 게 시체가 맞다 하듯 몸을 가볍게 한번 들썩였다. 이재훈 입이 커튼처럼 열렸다. 그 입에서 테너 발성이 튀어나온다 싶더니 클라이맥스를 연주하는 거실 클래식과 함께 방 안을 울렸다. 사방을 때리다 튕긴 높고 날카로운 소리가 죽창처럼 광남 씨 고막이 아닌 심장에 정통으로 꽂혔다.

"가오리 상, 안 돼, 안 돼……."

한 번, 또 한 번, 비명이 꽂힐 때마다 광남 씨는 움찔거렸고 통증이 한계에 다다라 이재훈을 향해 전기모기채를 휘둘렀다. 비명이 멈췄다. 모기채 끄트머리에 이마를 빗맞은 이재훈이 침대에서 나가떨어졌다. 광남 씨는 냉큼 침대에 올라 이재훈이 떨어진 곳을 전기모기채로 다시 겨냥했지만 보이지 않았다. 분명 밑으로 떨어진 걸 봤는데 감쪽같이 사라졌다. 발치로 몸을 숙여 고개를 내밀어 침대 밑을 두리번거렸다. 없었다. 순간, 광남 씨는 괴성을 지르다 손에서 전기모기채를 놓쳤다. 왼쪽 아킬레스건이 찢어질 것처럼 아팠기 때문이었다.

몸을 뒤집어 발아래를 보았다. 이마 한쪽이 붉은 입술처럼 벌어진 이재훈이 왼쪽 발목을 사정없이 물어뜯고 있었다. 몇 달 전 도랑에서 죽였던 들쥐가 떠올랐다. 악에 받친 들쥐가 광남 씨 앞에 살아 돌아온 것만 같았다. 전에 못 물었던 발목을 이제라도 원 없이 물어보겠다는 듯. 광남 씨는 오른발로 이재훈 어깨와 상처 난 이마를 닥치는 대로 내리찍었다. 그럴수록, 발길질 당할수록 이재훈은 점점 더 세게 물고 늘어졌고 이빨은 더 깊숙이 살을 파고들었다.

광남 씨는 등에 멘 가방에서 허둥지둥 '울트라'를 꺼내 이재훈 얼굴에 마구잡이로 뿌려댔다. 특유의 오렌지 향기가 콧구멍을 자극했다. 이재훈은 발목에서 입을 떼더니 눈을 감고 콜록거렸다. 그 와중에도 두 손만은 광남 씨 바짓단을 끈질기게 붙들고 늘어졌다. 광남 씨는 등을 뒤로 밀며 버둥거렸다. 둘 가운데에 있던 엄향기 시체가 바짓단을 붙든 이재훈과 함께 질질 끌려왔다.

철퍼덕, 광남 씨 등판이 마루를 치며 방바닥에 닿았다. 침대에서 다리까지 빠져나오자 이재훈은 바짓단을 놓았지만 광남 씨는 또 한 번 괴성을 지를 수밖에 없었다. 끌려오던 엄향기 시체가 몸 위로 안기듯 떨어져 턱밑에서 두 눈을 부릅뜨고 있었다. 까맣게 변한 입술이 저승사자처럼 보였다. 그 입술로 어제 낮처럼 묻는 것 같았다. '좋았어요?' 이번에는 손등을 때리는 정도가 아니라 통째 잡아먹을 것만 같았다. 기겁한 광남 씨는 미친 듯이 엄향기를 밀어냈다.

오버랩하듯 시체가 사라진 눈앞에 이재훈이 나타났다. 침대 위에서 엎드려 번들번들한 눈으로 광남 씨를 노려보고 있었다. 이사 오던 날 느꼈던 천연덕스럽고 늑지근한 인상은 찾아볼 수 없었다. 코와 입 주위는 막 사냥감을 뜯어먹은 맹수 같았다. 그 얼굴이 입을 쩍 벌리더니 포효하듯 소리를 내지르기 시작했다. 발목이 물렸을 때보다 더 아프게, 울부짖음은 광남 씨 고막을 파고들었다. 귀를 막아도 소용없었다.

광남 씨는 진저리를 치며 한 손으로 바닥을 더듬었다. 목장갑을 뚫고 검지와 중지 끝에 찌릿함이 와 닿았다. 전원이 켜진 걸 깜박했더니 살짝 스치기만 했는데도 장갑 천이 타들어 가 구멍이 났다. 찾았다, 전기모기채. 손목까지 얼얼하고 저렸지만 그런 건 아무래도 상관없었다. 그대로 손잡이를 잡아 스윙하듯 이재훈 머리를 향해 휘둘렀다. 휘파람 소리를 내며 공중을 가른 전기모기채가 곧이어 징 하는 둔탁한 울림을 두 손으로 전했다.

고개를 옆으로 홱 꺾은 이재훈이 가냘프디가냘픈 몸을 잠자리 날개처럼 파르르 떨었다. 머리는 푸른빛을 내면서 지지직거렸다. 둥글고 긴 모기채 모서리가 왼쪽 입꼬리에서 오른쪽 정수리까지 사선으로 박혀 있었다. 현실감 떨어지는 그 모습을 지켜보면서 광남 씨 또한 몸을 떨었다. 더욱이 이재훈은 쓰러지지 않았다. 꺾인 고개를 다시 세우고 무덤에서 기어 나오는 좀비처럼 양손을 허공에 뻗어 허우적대다 바닥을 짚더니 비틀비틀 침대를 내려왔다.

그제야 깨달았다. 한 방에 어떻게 해보겠다는 계획은 진즉에 틀어졌다. 광남 씨는 자리에서 일어나지 못하고 간신히 엉덩이를 밀며 조금씩 뒤로 물러났다. 숨이 막히고 땀이 고여 마스크와 털모자와 물안경을 잡아 뜯듯 벗어 던졌다. 저건 사람이 아니야. 그 생각에 반응하듯 한쪽만 남은 이재훈의 눈이 진주알처럼 하얗게 빛났다. 그 눈은 비로소 얼굴을 드러낸 광남 씨를 똑바로 향하면서 입을 대신해 외치고 있었다. 사람이 아닌 건 너야.

헐떡거리던 광남 씨는 부아가 치밀었다. 그것이 누구를 향한 것인지 명확하진 않았지만 점점 끓어오르는 화를 참을 수 없었다. 발밑에 뒹구는 울트라 통을 주워든 광남 씨는 주머니에서 라이터를 꺼내 분사 대롱 앞에 대고 불을 켰다. 입에선 애원으로 위장한 분노가 터져 나왔다.

"제발, 그만해. 날 좀 내버려둬."

이재훈은 말을 듣지 않았다. 몸을 질질 끌며 점점 더 가까이 기어왔다. 광남 씨는 라이터 불 앞에서 분사 단추를 눌렀다. 뿜어져 나온 살충제 용액이 발화와 동시에 화염방사기처럼 전기모기채가 꽂힌 얼굴로 달려들었다. 머리 전체가 불길에 휩싸이고 탄내가 번져나갔다. 그러면서도 이재훈은 광남 씨에게 기어왔다. 여전히 팔을 버둥거리면서 불꽃 왕관을 쓴 것처럼 이글거리면서……. 왕관 밑 얼굴이 이를 드러내며 능글맞게 웃는 것 같았다. 광남 씨는 라이터와 울트라 스프레이 통을 있는 힘껏 그 타오르는 얼굴로 던져버렸다.

펑.

폭발음이 축제의 대형폭죽처럼 크게 울려 퍼졌다. 훅 끼쳐 오는 열기와 날아와 박히는 파편에 떠밀리듯 광남 씨는 나자빠졌다. 미끄덩거리고 끈적거리는 시커먼 덩어리들이 사방으로 흩뿌려져 얼굴과 온몸에 들러붙었다. 손등으로 눈만 겨우 닦아내고 고개를 들었을 때 불꽃 왕관을 벗어 던진 몸뚱어리가 바닥에 널브러져 움찔거리고 있었다. 아직도 광남 씨에게 다가오려는 듯, 뒤틀린 팔다리를 드문드문 천천히 휘저으면서. 그 몸짓이 거실에서 흘러나오는 클래식에 맞춰 서툴게 춤을 추는 것같이 보였다. 문득, 어젯밤 사라진 머리 없는 바퀴벌레가 떠올랐다.

다다닥, 다다닥…….

바닥을 때리는 어지러운 발소리들이 귓가에 들려왔다. 여기저기 숨어 있던 다른 놈들이 구경하러 몰려오는 걸까. 직접 확인해 보라는 것처럼 갑자기 방 안이 환해졌다. 흑백이던 세상이 색색들이 제 모습을 내보이자 눈앞은 귓가를 울리던 발소리들만큼 어지러웠다.

"아이고, 고생 많으셨습니다."

전축이 꺼지고 익숙한 목소리가 들렸다. 묘하게 사람을 안심시키는 그 목소리.

"근데 하마터면 불내실 뻔했습니다, 하하하."

힘이 빠진 광남 씨는 가까스로 목소리가 난 쪽을 향해 고개를 돌렸다. 방호복을 입은 안희수가 한 마리 백로처럼 문간에 서 있었다. 불빛을 받은 흰색이 눈을 시리게 했다. 광남 씨는 호탕한 웃음소리를 들으며 시선을 떨궜다.

"아니, 뭐 잘못하셨다는 게 아니라…… 이런 거 치우는 건 저희가 또 전문입니다, 하하하."

안희수는 바닥 잔해들을 피해가며 다가왔다. 광남 씨는 협탁 위에 놓인 시계를 보았다. 오차 없는 세 시.

"많이 놀라셨습니까? 처음에는 다 그렇습니다."

한쪽 무릎을 꿇고 앉은 안희수가 광남 씨 몰골을 살피더니 우비에 붙은 폭발 잔해들 몇 개를 털어주었다.

"어쨌든 결국 해내셨습니다. 솔직히 저는 기쁩니다. 생판 처음 보는 사람보다야 그래도 저랑 한 번이라도 인연을 맺으셨던 회원님께서 잘되시는 게 저로서도 낫습니다, 하하하. 이제 여기 일은 저희가 알아서 할 테니까, 회원님께서는 집에 가셔서 좀 쉬시기 바랍니다. 아 참, 그전에 거기 발목 상처부터 지혈하셔야겠습니다."

안희수가 거실에 대고 손짓하자 언제 와 있었는지 모를 사람들이 우르르 방으로 들어오기 시작했다. 안희수와 같은 복장을 한 그 사람들은 모두 여섯 명이었고 원래 한 팀인 양 움직임이 기민했다. 그중 한 명이 의료상자를 들고 와 광남 씨 앞에 앉더니 상처 난 발목을 지혈하고 연고를 발라준 후 방수용 밴드를 붙여주었다.

"자, 이거 드시고 한숨 주무시고 일어나면 한결 개운할 겁니다."

안희수가 물컵과 흰색 약 두 알을 내밀었다. 광남 씨는 선뜻 받지 않고 쳐다만 봤다.

"진통제와 항생제입니다. 덧나면 곤란하잖습니까?"

항생제……. 세균을 없애고 번식을 막는 약. 두말없이 알약들을 받아 날름 입안에 넣고 고개를 뒤로 젖혀 꿀꺽 삼킨 광남 씨는 뒤처리에 여념 없는 올 킬 직원들을 바라보다 어기적대며 방을 나갔다.

오두막으로 돌아가는 길목엔 흰색 스타렉스 외에도 포장이사할 때나 쓰는 탑차 두 대가 더 주차돼 있었다. 한 대는 5톤짜리 같았고 그보다 큰 한 대는 15톤은 되어 보였다. 둘 다 온통 하얀색이었다. 첫눈 왔던 날 젊은 부부가 이사 오던 풍경이 눈앞을 스쳤다. 당장이라도 저 5톤 트럭에서 이재훈이 뛰어 내려와 인사를 건넬 것만 같았다. 안녕하세요, 형님? 금방이라도 저 15톤 트럭 뒤에서 엄향기가 고개를 빼꼼히 내밀어 말을 건넬 것 같았다. 콘니치와.

광남 씨는 밤새도록 화장실에서 나오지 않았다. 새 비누가 닳아 없어질 때까지 샤워와 빨래를 해대다 동이 터 올 무렵에야 힘이 빠져서 그만두었다. 응급처치한 왼쪽 발목엔 붕대를 칭칭 감았다. 아파서라기보단 덜 붓지 않을까 싶어서였는데, 그러고 보니 세게 물린 것치고는 신기할 정도로 통증이 없었다. 안희수가 준 약이 효과가 좋은 것인지 아예 왼 다리 전체에 감각이 없는 것 같았다.

밖에서 차들이 움직이는 소리가 들리다 멀어졌다. 잠시 후 슈트 케이스를 들고 장비를 멘 안희수가 오렌지 향기를 풍기며 찾아왔다. 이층집 앞을 보니 트럭들은 이미 떠났고 스타렉스 한 대만 덩그러니 주차돼 있었다.

"좀 쉬셨습니까? 일은 깔끔하게 정리됐습니다. 아무 염려 안 하셔도 됩니다."

"수…… 수고하셨습니다."

"제 일입니다, 하하하. 왔으니 댁도 한번 손봐드리겠습니다."

오두막 안으로 들어선 안희수가 다시 봉 묘기를 선보였다. 안희수의 손길이 닿는 곳마다 바퀴벌레들이 사라져갔다. 남김없이 깨끗하게……. 광남 씨는 문득 그 손을 떠올렸다. 닿는 모든 것을 황금으로 만든다는 손. 미다스의 손. 온통 새하얀 복장을 한 안희수의 손은 닿는 모든 것을 순결하게 만들었다. 그 손길을 받고서 깨끗해지지 않은 건 없다. 노상용과 서영실, 이재훈과 엄향기, 자신조차. 누구도 예외일 수 없다. 그것은 저주일까 축복일까, 파멸일까 구원일까. 안희수는 악마일까 아니면…… 신일까.

광남 씨는 안희수 뒷모습을 물끄러미 바라보며 상관없다고 생각했다. 신이면 어떻고 악마면 어떤가. 그것이 무엇이건 불러낸 건 자신이다. 안희수는 다만 광남 씨의 간절하고도 오랜 바람을 들어주러 온 것뿐.

"축하합니다. 이젠 정말 다 끝났습니다. 지금부터 두 다리 쭉 뻗고 푹 주무시면 됩니다. 해충은 전부 사라졌으니까 말입니다. 하하하."

안희수는 그렇게 웃음소리를 남기고 떠났다. 광남 씨는 현관문을 잠그고 돌아서다 벽 거울을 힐끗 봤다. 쥐어뜯고 싸운 사람처럼 얼굴이 울긋불긋했다. 몸 여기저기도 산기슭에서 구른 것 모양 껍질이 벗겨지거나 쓸려 벌게져 있었다. 그제야 전신이 쓰리고 아프기 시작했다. 약 기운이 떨어졌는지 두통과 동통도 시작됐고 특히나 붕대를 감은 발목은 꼬챙이로 후벼 파듯 쑤시고 욱신거렸다.

방으로 들어갔다. 화장실로 가 다시 소독하고 씻을까 했지만 왠지 만사가 귀찮아져 이불도 펴지 않은 방바닥에 웅크려 누웠다. 보일러를 켰는데도 찬 기운이 온몸에 스며들어 삭신이 으슬으슬했다. 폐허에 드러누운 기분이었다. 사람은 없고 묘비만 그득한…… 스르르 눈을 감은 광남 씨는 겨울을 나는 짐승처럼 오래오래 잠을 잤다.

# 6

눈을 뜨니 아침이었다. 온몸이 땀으로 젖어 있었다. 광남 씨는 샤워하고 옷을 갈아입은 후 밖으로 나갔다. 하늘은 구름 한 점 없이 파랬다. 춥지도 덥지도 않은 게 밭갈이하기엔 더없이 좋은 날이었다. 맑은 공기를 들이마시며 이층집을 곁눈질하던 광남 씨는 텃밭이 아닌 그 집 현관으로 슬금슬금 다가갔다. 차마 안으로는 들어가지 못하고 일없이 문 앞에 주저앉고 보니 현관 옆 음식물쓰레기처리기가 눈에 들어왔다. 어디선가 털털거리는 차 소리가 들려왔다. 돌아보니 파랗고 낡은 포터에서 평동리 양 씨가 얼굴을 내밀었다.

"거, 젊은 양반들한테 감사하다고 좀 전해줘."

광남 씨는 양 씨 얼굴을 멀거니 쳐다보았다.

"오늘 새벽같이 돼지 사료를 가져다났더라고. 이번에도 양이 엄청 많던데. 한 드럼통은 되겠어."

양 씨는 손을 흔들더니 빨간 우체국의 새 마크처럼 날아갔다. 광남 씨는 고개를 돌려 음식물쓰레기처리기를 다시 보았다. 자세히 보니 기계 통 벽에 가루들이 점점이 묻어 있었다. 자리에서 일어난 광남 씨는 머뭇거리다 이층집 문을 열고 안으로 들어섰다. 아무것도 없었다. 덩그러니 남은 전축만이 이제는 익숙한 클래식 음악을 흘려 내보내고 있었다.

"고광남 회원님, 안녕히 주무셨습니까?"

음악이 뚝 끊기고 여자 목소리가 나지막이 울렸다. 광남 씨는 전축으로 다가가 알루미늄 나팔관에 귀를 기울였다.

"접니다, 회원님. 올 킬의 안희수."

어리둥절했다. 이 전축에 전화 기능도 있었나…….

"저희 서비스가 이번에도 만족스러우십니까?"

안희수가 물었다. 광남 씨는 우물거리다 나팔관에 대고 입을 열었다.

"예. 아주 만족합니다. 정말 깨끗해졌군요."

"다 회원님 덕분입니다."

"아니, 제가 한 게 뭐가 있다고…….'

"아주 큰일을 하셨습니다. 어쨌든 매우 만족하신다니 다행입니다, 하하하…….'

안희수는 목소리를 높여 웃었다. 웃음소리를 들으며 광남 씨는 까마귀처럼 고개를 갸웃했다. 실제로 머릿속은 까마귀 떼가 몰려올 것처럼 까매져 나팔관에 대고 마주 웃는 것 외에는 어떤 생각

이나 말도 떠오르지 않았다. 뭐가 좋은지 모른 채 그저 안희수를
따라 하하하.

"그런데 말입니다……."

웃음을 그친 안희수가 말을 이었다.

"아직 한 마리는 못 잡았습니다."

"예?"

무슨 소리인지 몰라 광남 씨가 물었다.

"바퀴벌레 말입니다."

바퀴? 올 킬이, 안희수가 못 잡는 것도 있어?

"말씀하신 그놈 있잖습니까? 머리 없는 놈. 그놈을 찾는 게 쉽
지 않습니다."

광남 씨 얼굴이 순식간에 뜨거워졌다. 그놈이 아직 살아 있다
고? 왜 하필 그놈을 잡지 못했냐고 따져 묻고 싶었지만 말은 입 밖
으로 나오지 않았다. 육지에 갓 떨어진 물고기처럼 입만 뻐끔거리
는 게 다였다.

"하지만 걱정 없습니다. 저희가 누굽니까. 올 킬 아닙니까,
올 킬. 프리미엄 서비스, 끝장 서비스, 궁극의 서비스. 하하하하
하……."

나팔관에선 웃음소리가 계속 흘러나왔다.

"앗, 찾았습니다. 머리 없는 자식."

광남 씨는 주위를 두리번거렸다. 전축과 자신 외엔 아무것도 보
이지 않았다.

"어? 근데, 머리가 생겼습니다. 뭐 어떻든, 머리가 있거나 말거

나 이제 염려하지 않으셔도 됩니다. 제 눈에 띈 이상 뒈진 거나 다름없으니까 말입니다. 올 킬 아닙니까? 하하하하하하하······."

안희수는 끝도 없이 웃어댔다. 도대체 머리가 뭐 어쨌다는 건지, 그래서 그 머리가 있거나 없거나 한 놈은 지금 어디에 있다는 건지······. 그때 나팔관 안쪽 끝 시뻘건 구멍에서부터 연기 같은 것이 뿜어져 나왔다. 콧구멍을 쉴 새 없이 벌름거리던 광남 씨는 자신도 모르게 몸을 움츠렸다. 사방이 금세 뿌예지며 희미하게 오렌지 향이 났는데, 그 때문인지 어지럽고 울렁거려 제대로 서 있기가 힘들었다. 급기야 배 속엣것을 게워내기 시작했다. 엄청나게 토해내는데도 위장은 가라앉을 기미가 없었다.

"하하하하하하하······."

웃음소리에 실려 나팔관에서는 뿌연 연기가 쉼 없이 나오고 있었다. 광남 씨는 토해놓은 오물더미 위에 그대로 쓰러져 배를 움켜잡고 데굴데굴 굴렀다. 구토는 멈추지 않았다. 신기하게도 한 번씩 구역질해댈 때마다 머릿속을 가득 채웠던 까마귀 떼가 하나둘 사라졌다. 눈물이 나고 뱃가죽이 당기고 옆구리에 쥐가 날 때마다 머릿속은 점점 하얀 방이 되어가, 마침내는 안희수 웃음소리와 오렌지 향만이 희미하게 남았다.

3부

사냥꾼의 장례식

# 1

개나리 꽃봉오리에 빗물이 아롱아롱 맺혔다. 새로 산 우비를 걸친 광남 씨는 담벼락 위를 가득 메운 개나리들을 물끄러미 바라보다가 자전거에 올랐다. 어쩐지 마음이 촉촉해지고 깨끗해지는 기분이었다. 막 은행 업무를 마쳐서일 것이다. 녹색운동연합에 후원금을 보내기 시작한 지 벌써 반년이 되었다. 이젠 아예 날짜를 못박았다. 매달 25일.

특별한 이유가 있어서 정한 것은 아니다. 마지막으로 다녔던 직장 월급날이 그날이었다. 그때가 그리워서는 물론 아니고, 단지 달 초에 이런 행사 비슷한 것을 한다는 건 너무 거창해 보였고 그렇다고 월 중간에 하자니 그것도 어정쩡해 보여 달을 마무리할 무렵인 25일로 정했는데, 되돌아볼 여유가 생기고 새록새록 보람찬 것이 썩 괜찮았다. 많은 회사나 공무원들 월급날이 25일인 건 다 이유가 있었던 거다.

은행 업무를 마치고 나면 곧장 집으로 돌아간다. 전엔 찻집에 들러 커피를 마시거나, DVD방에서 영화를 보거나, 그도 아니면 읍내 구경을 더러 했지만, 이젠 아무 데도 가지 않는다. 쌓여 있는 쓰레기들을 보거나 풍겨 나오는 불쾌한 냄새를 맡는 것을 견딜 수가 없었다. 모두 사람 흔적. 더는 가까이하고 싶지 않았다.

여느 때라면 그렇게 바로 집에 가야 맞지만 광남 씨는 읍내 반 바퀴를 더 돌았다. 볼일이 남아 있었다. 자전거를 전봇대에 묶어 두고 공중전화 부스 안으로 들어섰다. 백 원짜리 동전 열 개를 밀어 넣은 후 번호를 눌렀다. 수화기에선 신호음 대신 음성 메시지를 남기라는 안내 음성이 흘러나왔다.

아직 수업 중인가? 평상시면 하교했을 시간인데……. 전에 없이 전원은 왜 꺼놨을까. 배터리가 다 됐나? 혹시 어디 아픈 건 아니겠지……. 무슨 일인지 아들 전화기는 은행 들어가기 전부터 계속 꺼져 있었다. 수화기를 들었다 놓기를 반복하다 하는 수 없이 서울 집으로 전화를 걸어보았다. 기대와 달리 언제나처럼 아내가 받았고 광남 씨도 언제나처럼 같은 말을 툭 내뱉었다.

"애 바꿔."

아내는 대답이 없었다.

"뭐 해? 배식이 바꾸라니까."

역시 조용.

"귀먹었어?"

한숨을 푹 내쉰 아내가 입을 열었다.

"없어."

"어디 갔어?"

다시 침묵.

"어디 갔냐고?"

"나갔어."

"그러니까 어디 나갔냐고."

언성이 높아지려는 걸 막느라 광남 씨는 어금니를 앙다물며 물었다.

"몰라."

이 여자는 늘 이렇다. 자식에 대해 아는 건 뭘까? 관심은 있을까?

"전화기 꺼져 있던데 안 갖고 나갔대?"

"몰라, 모른다고. 집 나간 애가 그런 걸 일일이 보고하데?"

소리를 빽 지르는 아내 목소리에 물기가 묻어 있었다. 울었나? 이 독한 여자가 우는 건 본 적이 없는데…… 불안감이 몰려와 광남 씨는 아랫입술을 깨물다 겨우 목소리를 냈다.

"지, 집을…… 나가……?"

대꾸 없이 아내는 전화를 끊어버렸다. 입이 바싹 마르고 손이 떨리기 시작한 광남 씨는 다시 전화를 걸어볼까 어쩔까 망설이다가 수화기를 그냥 내려놓았다. 따진다고 해결될 문제도 아니거니와 건다고 받을 여자도 아니다.

공중전화 부스를 나와 자전거를 끌며 발길 닿는 대로 읍내를 걸었다. 배식이 집을 나갔다고……? 얼마나 된 거지? 이 여잔 도대체 애한테 어떻게 했기에……. 나갔으면 백방으로 찾아봐야지 집 구석에 앉아 울기만 하면 다야? 뭘 잘했다고 오히려 성을 내…….

"어이, 고 씨. 오랜만이네."

버스정류장을 지나치려는데 누군가 불러 세웠다. 걸걸한 목소리보다 먼저 퀴퀴한 농장 특유의 냄새가 평동리 양 씨임을 알렸다.

"나오는 길이야? 들어가는 길이야?"

버스 타는 곳으로 후다닥 들어선 양 씨가 우산을 접으며 물었다. 글쎄…… 나가야 하나 들어가야 하나. 아들을 찾아 나설까? 찾는다면 어디 가서 어떻게 찾는단 말인가……. 광남 씨는 대답 대신 별로 궁금치도 않은 걸 물었다.

"어디 가세요?"

"시내 치과에. 이가 다돼서 틀니 맞추러 가."

양 씨는 보란 듯이 입을 쫙 벌려 웃었다. 몇 개 안 남은 앞니들이 조율할 수 없는 건반처럼 보였다.

"그러나저러나 어째 잠잠하네?"

양 씨가 헛기침하더니 주어 없는 말을 꺼냈다. 광남 씨는 빠진 주어가 뭔지 물었다.

"거, 음식물 쓰레기."

이빨만 다된 게 아니라 기억력도 다된 모양이었다.

"그제 실어다드렸잖아요."

광남 씨는 건성건성 대답했다.

"아니, 고 씨네 것 말고."

"예?"

"옆집 말이야. 새로 이사 온 젊은 부부."

아들 생각에 정신이 없던 광남 씨는 젊은 부부라는 말에 정신이 번쩍 들었다.

"여, 옆집 저, 젊은 부부요?"

"그래. 두어 달 전 한꺼번에 한 보따리를 몽탁 보내더니 어째 이후로 통 소식이 없냔 말이지. 우리 집 돼지들이 은근 기다리는 눈치더구먼."

양 씨 말을 들으며 광남 씨는 왼쪽 발목이 욱신거리는 걸 느꼈다. 궂은날이면 이랬다. 두 달 전 다쳤던 발목은 제대로 된 치료를 안 받아서 그런지 후유증이 생긴 것 같았다. 물어뜯긴 상처는 아문 것처럼 보였지만 오늘처럼 비가 오거나 날이 흐리면 여지없이 신경통처럼 쑤시는 것이다.

"맞다. 그 옆집 여자, 어디가 아팠다고 했었는데…… 혹시 다시 병이 난 게야?"

쓸데없이 기억력 좋은 양 씨가 손뼉을 딱 치며 물었다.

"예? 예……. 그, 그랬다나 봐요."

그러지 않으려 애써도 자꾸만 말을 더듬었다. 돌연 양 씨가 광남 씨를 흘겨보았다. 그 눈빛이 콕 찌르기라도 한 듯 한 차례 더 왼 발목이 욱신거렸다.

"사람도 참, 옆집 살면서……."

양 씨는 이웃에게 너무 무관심한 것 아니냐며 나무랐다.

"에구, 나는 그것도 모르고 마냥 기다리기만 했구먼. 어쩐지 자꾸 생각이 나더라니. 음식물 가루도 수거해 올 겸 내일 한번 들러

봐야……."

"아니요."

양 씨 말을 자르면서 광남 씨는 당황하고 놀란 기색을 비치지 않으려 시선을 피하며 일부러 심드렁한 표정을 지었다.

"안 오셔도 돼요."

"아니, 왜?"

양 씨가 눈을 동그랗게 뜨며 빤하게 쳐다봤다.

"없어요."

틀린 말은 아니었다.

"여자네 친정이 일본에 있다더니 거기 가서 치료한다고 떠났어요."

광남 씨 우편물을 받아주는 읍내 부동산의 사장 말을 양 씨에게 고스란히 전했다.

"언제?"

"지난달 촌가, 지지난달 말인가……. 암튼 꽤 돼요."

날짜가 정확히 떠오르지 않았다. 애써 기억하지 않으려 한 탓이겠지.

"다시 온대? 아니면 아주, 간 거야?"

"이민……."

목이 조금 따끔거렸다. 날짜가 정확히 떠오르지 않는 그날처럼……. 이층집 프리미엄 서비스를 직접 시행하고 오두막에 들어앉았던 광남 씨는 일주일 넘게 지독한 감기몸살을 앓았다. 일주일이 더 지나, 아들 중학교 졸업사진을 받으러 읍내 부동산에 들렀을 때 사장은 양 씨처럼 젊은 부부 안부를 물으며 옆집이 매물로 나왔다고 알려줬다. 이재훈이 부동산에 전화해 부랴부랴 집을 내놨다는 것이다. 사장은 걱정을 덧붙였다. 요즘처럼 집 거래가 바닥을 치는 때 아무리 시세보다 싸게 내놓아도 그렇지, 누가 그런 촌구석에 유지하기도 버거운 으리으리한 전원주택을 덜컥 사들이겠냐면서.

실제로 이층집을 보러 오는 사람은 지금까지 단 한 명도 없었다. 광남 씨는 프리미엄 서비스가 무사히 마무리된 것 같아 안도한 가운데 의문이 들었다. 다른 게 아닌 이재훈이 직접 전화를 걸었다는 대목……. 처음엔 귀신 얘기를 들은 듯 식겁하고 소름 돋았지만 이내 그럴 수 있겠구나, 수긍이 갔다. 왜냐하면, 올 킬이니까.

"터가 안 좋나. 어째 그 집에만 들어앉으면 죄다……. 어쨌든 이번에도 좋은 일로 떠난 게 아니라니, 거참 안됐네."

사뭇 진지한 얼굴로 고개 젓는 양 씨를 따라 광남 씨도 머리를 저었다. 좋은 일로는 아니더라도 차라리 정말로 이민 가서 어딘가에 사는 거라면……. 아니, 처음부터 집터 안 좋은 그곳으로 이사를 오지 않았더라면…….

"그럼 그 집엔 지금 아무도 안 살아?"

"예."

양 씨는 못내 아쉽다는 표정을 지었다. 이민 간 젊은 부부가 아니라 실은 돼지들이 기다린다는 발효된 음식물 가루가 아쉬운 것이겠지만, 말할 수 없다. 그렇지 않아도 지대한 관심을 보이는 양 씨에게 그 사실을 알리면 내일부터 수시로 찾아와 사람 성가시게

할 게 뻔하다. 음식물쓰레기처리기. 올 킬은 무슨 이유에서인지 이번에도 물건 하나를 남겼다. 전에 전축은 그럴 만한 사정이 있었다지만 이번 기계는 왜였던 걸까. 설마 양 씨 좋아하라고는 아닐 테고.

"괜찮은 사람들이었는데……."

양 씨는 그 말을 시작으로 요즘 이들답지 않게 싹싹했는데, 젊은 나이에 어쩌다…… 같은 말들을 쉴 새 없이 늘어놓았다. 듣고 있자니 귀가 먹먹했고, 양 씨 입 냄새와 몸에 밴 돼지비린내 때문에 점점 견딜 수가 없었다. 가만있으면 타고 갈 시내버스가 도착할 때까지 광남 씨를 말벗 삼아 붙잡을 모양새였다. 때맞춰 굵어진 빗줄기가 보채듯 우비 위로 타닥타닥 소리 내며 떨어졌다.

"저기, 죄송한데요. 비도 많이 오고 제가 급한 볼일이 있어서……."

홀쩍 자전거에 올라탔다. 왼 발목이 좀 전보다 더 쑤셨다. 페달을 밟을 때마다 통증이 무릎도가니까지 점령할 기세였으나 광남 씨는 자전거를 타고 읍내를 빙빙 돌아다녔다. 찾아 나서진 못하더라도 아들에게 전화나 계속해 걸어볼 심산이었는데, 그러자니 비 오는 날 딱히 갈 데가 없고 왼 다리도 쉴 새 없이 아파서 아주 오랜만에 찻집과 DVD방에 들렀지만 커피 맛이나 영화 내용은 전혀 알 수 없었다. 정신은 온전히 아들에게 쏠려 있었다.

서울에 가볼까, 가면 아내가 있는 집으로 가야 하나 아들이 다니는 학교로 가야 하나, 아들 친구네를 돌며 수소문해야 하나, 아니면 며칠 더 기다려보다가 그때까지 연락이 닿지 않으면 실종신

고를 해야 하나. 온갖 고민을 하느라 비가 그치고 하루해가 뉘엿 뉘엿 지고 있는 줄 몰랐던 광남 씨는 점심을 거른 배 속이 꼬르륵 요동칠 때야 석양을 등지고 오두막으로 향했다.

집 근처에 다다랐을 때 누군가 대문 앞에 서 있었다. 베이지색 가방을 메고 스마트폰을 들여다보는 뒷모습이 낯설지 않았다. 누 가 왔나…… 하며 자전거에서 내리는데 그쪽에서 먼저 고개를 돌 렸다. 광남 씨는 입을 크게 벌리며 핸들을 손에서 놓았다. 자전거 가 픽 땅바닥에 자빠졌다.

"배……배……."

목이 막혀 목소리가 입 밖을 빠져나오지 못했다. 그러니까, 사 년이 넘었다. 여기로 오고 나서는 한 번을 보지 못했으니까.

"아버지."

열일곱 아들은 사진에서 봤던 것보다 훨씬 늠름해져 있었다. 앳 된 얼굴이 아직 남은 듯도, 전혀 아닌 듯도 한 아들이 광남 씨 앞 으로 의젓이 걸어왔다.

"여, 여긴 어떻게 왔어?"

"버스 타고요."

광남 씨는 아들을 멀거니 쳐다봤다.

"아니, 내 말은……."

"아버지가 우편물 보내라고 알려준 데요, 거기 주소지로 가서 물어봤어요. 부동산 사장님이 알려주더라고요."

이혼할 당시, 이제부턴 아빠와 떨어져 살게 될 거란 얘기를 듣 고도 멀뚱멀뚱 광남 씨 눈만 들여다보던 일곱 살배기 아들은 더는 뭣 모르던 그 어린애가 아니다. 맘만 먹으면 일등도 할 수 있고 혼자서 척척 제 아비를 찾아올 수도 있다. 광남 씨는 콧구멍이 싸하고 목구멍이 메어 괜한 기침을 하고는 내내 궁금하던 걸 물었다.

"근데, 가출은 왜……."

"가출까진 아니고, 그냥 거기 있기 싫어서요."

광남 씨는 배식을 다시 멍하니 바라보았다.

"왜?"

"거기는……."

배식은 적당한 말을 찾는 듯했다.

"저랑 잘 안 맞아요."

"무슨 말이야, 그게?"

"그게 무슨 말이냐면…… 이젠 저도 혼자 살 때 됐잖아요. 암튼 거긴 좀 그래요."

어련하겠나. 그 여자랑 사는 집이. 그렇더라도 의아했다. 물론 그 여자가 살림이 서툴고 지저분하기는 하다. 그래서 집을 나왔다는 말인가. 광남 씨야 그 여자 지저분함을 견딜 수 없었고, 이혼을 당했을 때는 그 더러움을 더 참지 않아도 된단 생각에 오히려 홀가분하기까지 했지만, 광남 씨는 좀…… 특별한 사람이 아닌가.

"엄마한테는 저 여기 왔다고 말하지 마세요. 제가 나중에 친구랑 지내기로 했다고 따로 전화할 거니까. 괜히 아버지랑 있을 거라고 하면……."

배식은 광남 씨 얼굴을 슬쩍 살피고는 걱정 많은 늙은이처럼 긴 한숨을 흘렸다. 마치 부모 가진 자식 마음을 아느냐는 듯.

"암튼, 걱정 마요. 아버지하고 같이 살자고는 안 할 테니까. 아버지 성격 아는데. 같이 살면 서로 불편하기만 하지 뭐."

광남 씨는 뜨끔했다. 아이는 정확히 알고 있었다. 반가운 마음이야 말로 다 할 수 없지만, 아이와 함께 산다? 그것은 또 다른 문제였다. 지금까지 겨우 지켜온 평온함과 깔끔함이 깨진다는 생각을 하면 선뜻 아이에게 "괜찮으니까 함께 살자"라고 말할 수 없었다. 그런 계산을 하고 있자니 아이에게 미안했고, 자신이 정말 이상한 사람은 아닐까 새삼스레 혼란스러웠다. 그토록 보고 싶어 하던 아이가 왔는데 한집에서 살고 싶지는 않다니. 그러나 광남 씨는 그런 사람이었다. 그나저나 함께 안 산다면……

"이 집 비었나 봐요?"

배식이 옆집을 가리켰다.

"응."

언제 누가 또 들어와 살진 모르겠지만 지금이야 그런 셈이다. 말 그대로 빈집.

"주인이 없어요?"

"응?"

아들 얼굴을 지나 이층집을 건너다보았다. 빈집이 무덤처럼 싸늘해 보였다. 아직 집이 팔린 건 아니니 주인이 있다고 말해야 하나. 웬만하면 집주인 얘기는 꺼내고 싶지 않았지만 광남 씨는 물었다.

"주인은 왜……?"

"저기서 지내려고요."

아들이 팔을 뻗어 이층집 현관을 가리켰다. 집 중앙에 달린 아치형 현관문이 광남 씨를 향해 메롱거리는 혓바닥같이 보였다.

"안 돼."

광남 씨는 그 혓바닥을 야단치듯 목소리를 낮게 깔았다.

"왜요? 주인이 왔다 갔다 해요?"

"아니."

"그럼 저기서 지낼게요."

"안 돼."

"아무도 없다면서요."

"그렇긴 한데, 주인이 있건 없건 우리 집도 아니고…… 부동산에서 집 보러 올지 모르는데……."

"누가 올 것 같으면 피하면 되죠. 밥은 아버지 집에 가서 먹어도 되죠?"

이미 결심이 선 말투였다.

"그거야 그렇지만…… 아니, 밥이 문제가 아니라 그럼 학교는?"

광남 씨는 가장 현실적인 걸 찔렀다. 그편이 무작정 안 된다고 말하는 것보단 나을 성싶었다.

"휴학했어요. 좀 쉬었다가 다음 학기에 가든지, 아니면 아예 관두려고요."

광남 씨는 배식의 얼굴을 물끄러미 쳐다봤다. 평소 기계에 관심이 많던 아들은 일찌감치 기술을 배우고 싶다며 이달 초 산업정보학교에 입학했다. 그때 애 엄마는 인문계에 진학하지 않은 건 다 광남 씨 탓이라며 역정을 쏟아냈다. 그 아비에 그 아들이라면서.

틀린 말이 아니었으므로 그 아비는 아무 말 하지 않았고 그 아들도 고집을 꺾지 않았다. 그런데 그 학교가 마음에 안 드는 것일까, 들어가 배워보니 적성에 안 맞나.

"뭐 문제라도 생겼냐?"

광남 씨가 물었다.

"그냥, 뭐…… 좀 그래요. 지저분하고 보기 싫은 새끼들만 잔뜩 있고……."

배식은 말을 흐리며 오두막으로 들어갔다.

'지저분하고 보기 싫은 새끼들만 잔뜩…….'

저 아이가 사람을 싫어하는 걸까. 자신과 비슷한 걸까. 기억을 더듬어보면 강박적인 결벽증과 반항심이 생겨난 건 저 나이쯤이었다. 매사를 몇 번에 걸쳐 확인하고 정리하고 의심하던 버릇은 학교에서도 빛을 발해 반 아이들은 그런 광남 씨를 '또라이', '싸이코'라 부르며 따돌렸다. 광남 씨 또한 하나같이 유치하고 졸렬한 데다 추접스럽기까지 한 반 애들을 통째로 따돌려버렸다.

그뿐만 아니었다. 광남 씨 어머니는 아버지만큼 깔끔진 않았어도 더러운 사람은 아니었는데 웬일인지 그 시기부터 자꾸만 엄마 살림 방식이 눈에 거슬리기 시작했다. 수시로 방을 닦지 않고 하루에 한 번 몰아 청소하는 게 못마땅했고, 행주를 매 끼니때가 아닌 저녁에만 한 번 삶는 것이 찜찜했으며, 그러니 반찬이나 밥을 할 때도 재료나 그릇을 덜 씻은 게 아닐까 의심스러워 입에 넣기 망설여질 때가 한두 번이 아니었다.

혹시 배식도 그런 것일까. 자신이 아버지처럼 되어갔듯이 아들도 그래 가는 것일까. 그렇다면 배식도 자신처럼 살게 되는 것일까. 자꾸만 그런 생각이 들어 광남 씨는 식탁에 마주 앉은 배식을 보면서 심란함을 지울 수 없었다. 빤히 쳐다보는 걸 의식했는지 슬쩍 눈치를 보던 배식이 결국엔 젓가락을 상 위에 내려놓았다. 밥은 절반 넘게 남아 있었다.

"다 먹었어?"

"예."

"왜 그렇게 안 먹어? 한창 먹을 때인데."

"내 말이요. 한창 먹을 땐데……. 이렇게 풀만 있어서, 뭐 먹을 게 있어야지."

"아……."

딴에는 정성껏 저녁을 준비했다. 정성껏이라고는 해도 다시 읍내로 나가 특별히 다른 반찬을 사서 할 시간은 없었다. 집 나온 후 제대로 먹지 못했을 아들 배를 먼저 채워주는 게 급선무였다. 그러다 보니 그냥 있는 반찬에 있는 재료 갖고 급히 만들다가 이렇게 된 것이다.

"아버지 혹시 암 걸렸어요?"

배식이 물었다.

"암?"

뭔 소린가 싶어 광남 씨가 되물었다.

"암 걸린 사람들이 이렇게 먹던데, 채식한다고."

말을 마친 배식이 밥상을 쭉 훑어봤다. 된장국에 김치, 나물과 풋고추, 마늘과 매실장아찌, 상추와 깻잎……. 대체나 채소들뿐이다. 어느 사이 광남 씨는 몇 달 전까지 이웃이었던 젊은 부부처럼 비건인지 뭔지가 된 것이다. 우유나 달걀조차 거들떠보지 않는 완전 채식주의자.

"채식이 몸에 좋대. 환경 보호도 되고……. 너 소 한 마리 키우려면 풀밭이 얼마나 필요한지 알아?"

광남 씨 말을 듣고 있던 배식이 작게 한숨을 내뱉었다.

"아버지 말대로 전 한창 자랄 때라고요. 단백질이 필요할 때라니까요."

"단백질? 된장국에 메주랑 두부 들었잖아. 콩 단백질이 얼마나 몸에 좋은데……."

"콩 단백질이 고기 단백질하고 같아요? 그리고 콩에 에스트로겐 성분 든 거 모르세요? 남자가 콩만 먹으면 고자 된다고요."

"에스트, 뭐?"

"꼭 모르는 사람들이 뭐 좋다 그러면 솔깃해서……."

투덜거리던 배식이 광남 씨 얼굴을 슬며시 보았다.

"아니, 아버지 말고 저 아는 사람이요. 그 사람이 그래요. 누가 콩 좋다 그러면 몇 달 동안 콩만 사고, 선식이 좋다 그러면 몇 달 동안 무슨 가루만 주문하고, 암튼 좋다는 건 죄다 몇 달 치씩 쟁여 놔요. 제대로 먹지도 않고 버리면서."

광남 씨는 고개를 저었다.

"배식아, 이거는 네가 아는 그 사람이 하는 거랑은 다른 거야. 내 한 몸 잘 먹고, 잘 살자고 하는 게 아니고 지구 환경을 보호하자는 것도 있고, 또 그…… 인도주의적인……."

배식이 쓴웃음을 지었다.

"그런 거 다 결국 잘 먹고 잘 살자고 하는 거 아녜요? 지금 좀 아껴서 오래 뜯어먹자는 거. 쉽게 말해서 그거잖아요."

광남 씨는 딱히 할 말이 없었다.

"저는 그런 거 싫어요. 있을 때 먹고 싶은 대로 먹고 없으면 굶으면 되지 뭘 그렇게 아등바등 살아요? 지금 잘 먹고 잘 살면 왜 안 되는데요?"

"아니 그러니까 우리만 잘 살자는 게 아니라 후손을 위해서……."

"누가 그래 달래요?"

"응?"

"내가 아버지 후손이잖아요. 난 그런 거 싫어요."

광남 씨는 배식을 쳐다보며 입을 벌렸다. 준비성이나 절약 정신과는 거리가 먼 제 엄마랑 어쩜 저리 닮았을까. 닮았으면 하는 건 안 닮고 닮지 말았으면 하는 건 닮고. 그렇다면 혹시 아들이 말한 그 아는 사람이라는 게 제 엄마를 말한 걸까?

"누가 뭐 좋다 그러면 덮어놓고 그것만 먹는다는 사람이 혹시 네 엄마……?"

"여기서 갑자기 엄마 얘기가 왜 나와요? 엄마 탓 좀 하지 마세요. 아버진 혼자 사는 엄마가 안됐고 가엾지도 않아요? 무슨 말만 하면 맨날……. 엄만 안 그래요."

배식은 광남 씨 말을 다 들어보지도 않고 목소리부터 높였다. 물 한 컵을 비우는 아들을 보며 광남 씨는 혼자 사는 건 나도 마찬가지다라는 말이 목구멍까지 찼지만 내뱉지 않았다. 말해 무엇하나. 배식은 대놓고 인상을 구기진 않았지만, 광남 씨는 아들 얼굴에 깃든 서늘한 감정을 읽을 수 있었다. 당신도 똑같으니 엄마 욕하지 마라. 어설프게 간섭하려 들지 마라.

"오늘은 그냥 먹자. 내일 장 봐 올게."

"다 먹었어요. 이불이나 좀 챙겨 갈게요."

아들은 장롱을 뒤져 마땅한 이불을 꺼내 들었다.

"옆집 건너가거든……."

망설이던 광남 씨는 결국 말을 꺼냈다.

"방엔 들어가지 마라. 그냥…… 거실에서 자. 그러니까 내 말은……."

적절한 핑계가 떠오르지 않았다. 그 방에서 무슨 일이 있었는지 말할 수는 없는 것 아닌가.

"알았어요. 내 집도 아닌데, 저도 그 정돈 알아먹어요."

배식이 오두막을 나갔다. 옆집으로 건너가는 아들을 창문 너머로 바라보니 공연한 불안이 머릿속을 맴돌았다. 어련히 알아서 뒤처리했겠냐만은 그래도……. 자신이 저지른 짓을 다른 사람도 아닌 아들이 눈치채는 건 아닐까. 설마 그럴 일은 없겠지. 광남 씨는 올 킬을 '믿기로' 했다. 그러자 자신이 올 킬과 공범이거나 그 일원인 듯한 기분이 들었다.

고개를 흔들었다. 잡생각 집어치우고 밥이나 마저 먹자 하던 광남 씨는 수저를 들려다가 그만두었다. 둘이 먹다 혼자 남아서 그런지 머릿속이 어지러워 그런지 입맛이 휑하니 달아나 있었다. 어쨌든 내일은 고기랑 우유라도 좀 사 와야겠다. 싫다는 걸 억지로 먹일 수는 없는 노릇이니까.

상을 치우려 일어서던 광남 씨는 악 소리를 터뜨렸다. 무언가 날카로운 것이 살을 뚫고 들어와 뼈를 건드리듯이 왼쪽 발목이 아팠다. 신경통과는 차원이 다른 통증이었다. 의자에 도로 주저앉아 그대로 왼 다리를 올려 바짓단을 걷어보았다. 발뒤꿈치부터 발목까지가 벌겋게 부어올라 있었다. 그리고…… 아킬레스건 근처, 이재훈에게 물린 둥그런 흉터 가운데로 바늘구멍만 한 딱지 두 개가 생겨 있었다.

고개를 쑥 빼고 내려다보았다. 얼핏 벌이나 불개미에 쏘이거나 물린 자국 같았다. 물려? 두 손으로 발목을 눈앞까지 끌어 올려 자세히 들여다보았다. 벌이나 불개미 짓은 아닌 듯싶었다. 그것들이 침이나 주둥이를 박은 것치곤 상처가 꽤 깊고 딱지도 두꺼워 보였다. 광남 씨는 눈을 떼지 못하고 고개만 갸웃거렸다.

대체 이건 뭐지?

# 2

아침 일찍 아픈 다리를 이끌고 읍내에 나간 광남 씨는 쉬엄쉬엄 장을 보고, 절룩절룩 약국에 들러 상처에 바르는 연고와 진통제를 산 후, 느릿느릿 자전거를 몰아 점심 무렵에야 집에 도착해서는, 자전거 짐받이에 묶어놓은 종이상자를 풀었다. 고기 한 근과 달걀, 우유, 기타 양념들. 배식은 라면도 사 오라고 했지만 채식은 못 시키더라도 라면을 먹일 수는 없었다.

소고기를 살까 하다가 광우병 생각이 나서 돼지고기를 샀다. 한우를 직접 잡아 판다는 집이 있긴 하지만 눈으로 보지 않은 이상 믿을 수 없었다. 그렇다고 예전 누구처럼 목장까지 찾아가 사 올 순 없는 노릇이고. 삼겹살도 한 근을 살까 한 근 반이나 두 근을 살까 고민하다가 한 근만 샀다. 지글지글 노랗게 구운 삼겹살을 생각하니 군침이 돌고 심지어는 입에도 안 대는 소주 맛이 궁금했지만 역시 자신은 먹지 않기로 했다. 아이 혼자 먹는데 이거면 충분할 것이다.

사 온 것들을 부엌에 들고 가 정리하고 있을 때 옆집에서 건너 온 배식이 식탁 의자에 앉으며 물었다.

"벌레 잡는 약 있어요?"

광남 씨는 냉장고 문을 열다가 아들을 돌아보았다.

"없어요?"

"그…… 그건 왜?"

목소리가 떨렸다.

"바퀴가 있어요."

냉장고에서 나오는 서늘한 기운이 등줄기를 오싹하게 했다.

"어…… 어디? 여기?"

"아니, 저 집이요. 냉장고 문 닫으세요. 전기세 나오는데."

광남 씨는 서둘러 문을 닫았다.

"그럴 리가 없는데……. 바퀴벌레는 없을 텐데……."

있을 리 없다. 옆집이 텅 빈 후론 보이지 않던 놈들이다.

"귀뚜라미나 땅강아지 같은 거 아냐? 여기 그런 거 많아."

배식이 도리질했다.

"바퀴하고 귀뚜라미를 구별 못 하겠어요? 자다가 간지러워서 눈떠보니까 손바닥에 엄지발가락만 한 게 붙어 있었다고요. 시커먼 게 더듬이를 꼼지락거리는 걸 분명히 봤다니까요. 때려잡을까 하다가 어휴……."

배식은 진저리쳤다.

"약이 있긴 있을 텐데……."

광남 씨는 더 묻지 않고 잡동사니들이 있는 창고 방으로 들어갔다. 해충이 전부 사라진 뒤, 집 안 곳곳에 놓아두었던 살충제들을 끌어모아 여기 어디에 처박아두었다. 정리 잘 된 창고 방에서 흰색 용기들이 담긴 상자를 찾는 일은 어렵지 않았다. 처음엔 아홉 개였지만 지금은 한 개가 비어 여덟 개인 걸 한눈에 알아보는 것도 어려운 일은 아니었다. 급하게 상자에서 시선을 뗀 광남 씨는 스프레이 약통 하나를 빼내 아들에게 건넸다. 스마트폰으로 게임을 하던 배식이 약통을 받자마자 비닐 포장을 뜯었다.

"울트라? 오, 뭔가 센 거 같은데요?"

통에 적힌 설명서를 꼼꼼하게 읽어본 배식이 분사구 대롱을 펴 공중에 대고 칙칙 뿌렸다. 뿌연 입자들이 바닥으로 내려앉으며 약 냄새를 풍겼다. 광남 씨는 갑자기 메스꺼웠다. 구역질을 참으려 침을 삼켰지만 소용없었다. 넘어갔던 침이 신물을 끌고 올라오는 통에 화장실로 뛰어가 변기에 머리를 박았다. 민망할 만큼 커다란 웩 소리를 내면서 서너 번 구역질했지만 나오는 것이라곤 누런 위액이 전부였고, 한 번씩 힘 줄 때마다 왼쪽 발목만 욱신욱신 쑤셔댔다.

"약 냄새 때문에 그래요? 좋은데 이 냄새. 오렌지 향인가?"

화장실 문턱에 서서 광남 씨를 내려다보던 배식이 부엌 쪽을 향해 코를 쿵쿵거렸다. 구역질을 멈춘 광남 씨는 허리와 팔을 쭉 뻗어 화장실 문을 닫았다. 그러곤 변기 물을 내리다가 짧게 탄식했다. 왼쪽 발목 통증이 예고도 없이 발과 종아리를 엄습해 쥐가 내린 것이다. 바짓단을 무릎까지 걷어 올려보자 발바닥은 꽈배기처럼 뒤틀리는 중이었고 종아리 알통은 청소기에 빨려가듯 꿈틀거리며 경련하는 중이었다.

광남 씨는 흰 발을 펴고 발바닥 중간을 엄지로 꾹꾹 누르고 벌게진 발목을 피해 종아리를 세게 주물렀다. 경련이 조금씩 가라앉는 걸 보며 무릎을 살살 오므렸다 폈다 하니 서서히 발과 종아리 모양이 돌아왔다. 쥐가 완전히 풀리길 기다렸다 괜찮아진 걸 확인하곤 수돗물을 틀어 입을 헹구고 눈가를 손바닥으로 훔치며 몸을 부르르 떨었다.

잘못 봤을 것이다. 땅강아지겠지. 귀뚜라미는 안다고 해도 땅강아지는 모를 것이다. 서울에서만 산 아이가 언제 땅강아지 같은 걸 본 적 있겠나. 마른 수건에 물기를 닦은 광남 씨는 화장실을 나와 부엌으로 갔다.

"고기 사 왔다. 더 안 잘 거면 지금 점심이나 먹자."

"라면은요?"

아이 물음을 한 귀로 흘려버린 광남 씨가 "손 씻고 와라" 하는 말만 툭 내뱉고는 바로 상을 차리기 시작했다.

삼겹살 한 근을 너끈히 해치운 배식이 울트라를 들고 옆집으로 건너간 뒤, 광남 씨는 안방에 들어가 자리를 깔고 누웠다. 머리가 아팠다. 아무래도 살충제 때문인 듯했다. 오후 내내 자다 깨다 반복하며 눈을 떴을 때, 두통은 가셨지만 머리가 무거웠다. 뭔가가 머릿속에 들어가 있는 기분이라고나 할까. 눈을 뜨고서도 한참 동안 자리에 누워 있었다. 꿈에서 바퀴벌레를 본 것도 같고 아닌 것도 같았으며, 그 바퀴벌레 머리가 없었던 것도 있었던 것도 같았다. 꿈을 되살려보려고 애썼지만 아무것도 확실하게 생각나지 않았다.

이불을 걷고 상체를 일으켰다. 혼자 있을 때야 좀 더 누워 있어도 되고 저녁을 걸러도 상관없다. 소식이 몸에 좋다 하지 않는가. 예전에 텔레비전에서 본 어떤 사람은 하루 세끼를 다 먹는 것은 몸 학대라고까지 했지만 자라는 아이한테 하루 한 끼만 먹으라고 할 수는 없었다.

이불을 개려 자리에서 일어서던 광남 씨는 두통 대신 찾아온 또 다른 통증 때문에 요 위로 철퍼덕 주저앉았다. 오전에 사 온 연고를 바르고 진통제를 먹는다는 걸 깜박한 것이다. 왼쪽 발목을 내려다봤다. 벌겋던 피부는 퍼렇게 멍들어 있었다. 발등까지 부어오른 발은 코끼리 발을 연상케 했고 발목 상처에서는 딱지 두 개가 언제 떨어진 건지 그 구멍으로 진물이 나와 이슬처럼 맺혀 있었다. 왜 이러지?

진물을 닦으려 휴지를 찾던 광남 씨는 일어서려다 말고 요 위를 노려보았다. 팥알처럼 보이는 게 앉은 자리에 놓여 있었다. 발목에서 떨어진 딱지인가? 그렇다고 하기엔 원통 모양으로 더 컸고, 팥이라고 하기에도 색깔이 더 진하고 뭔가 네모졌다. 설마……. 바퀴벌레 똥? 가슴이 덜컥 내려앉은 광남 씨는 얼굴을 요 위에 바짝 갖다 댔다. 아니다. 바퀴벌레 똥이라면 전에도 본 적 있지 않은가? 확실히 다르다. 그럼 뭐지? 그냥 흙덩이인가?

요 홑청을 엄지와 검지로 잡고 슬쩍 위로 튕겨보았다. 그러자실로 믿기 힘든 광경이 눈앞에 펼쳐졌다. 의문의 그것 속에서 허연 깨알만 한 벌레들이 빠져나오더니 순식간에 사방으로 흩어지기 시작한 것이다. 기겁한 광남 씨는 요에서 물러서려다 방바닥에 엉덩방아를 찧고 말았다. 통증이 허벅지와 종아리를 거쳐 발목 상처를 찍고 고압 전류처럼 온몸으로 전해졌지만 비명을 지를 수 없었다. 두 눈을 굴려 벌레들을 쫓느라 그럴 여유조차 없었다.

'새끼 밴 암놈을 탁, 쳐서 죽이면 배가 터지는 순간에도 팥알만 한 난협을 밖으로 딱 내보낸다는 겁니다. 피신. 그러면 거기서 뽀얀 유충들이 또 우글우글 기어 나옵니다. 하하하.'

안희수 웃음소리가 오랜만에 머릿속을 쩌렁쩌렁 울렸다. 그렇다면 저것들은……. 열댓 마리 정도나 됐을까……. 요 위를 다시 내려다보았다. 껍질만 남은 이것은 팥도 상처 딱지도 흙덩이도 아니다. 난협. 알집이다. 여기서 나온 저것들이야 말할 필요도 없고. 고개를 획획 돌려가며 방 안을 살폈다. 놀라운 속도를 뽐내며 흩어진 새끼들은 감쪽같이 어디론가 숨어 들어가 한 마리도 보이지 않았다.

'벌레 잡는 약 있어요?'

불현듯 살충제를 찾던 배식 말이 머릿속을 스쳤다. 광남 씨는 고개를 저었다. 자리에서 일어나 아픈 다리를 쩔뚝거리며 부엌으로 가 일회용 장갑을 찾아 끼고 집을 나서 옆집으로 향했다.

현관에 들어서 중정 앞에 서보니 오른편 거실에선 배식이 어젯밤 가져간 이불을 덮은 채 곤히 자고 있었다. 베이지색 가방과 만화책 몇 권과 이어폰 끼워진 스마트폰, 그리고 울트라 살충제가 머리맡에 가지런히 놓여 있었고, 어느새 광남 씨 오두막에서 가져온 쓰레기통과 두루마리 휴지가 멀찍이 놓여 있었다. 아무래도 저기다 살림을 차린 모양이다. 광남 씨는 주인 없는 안방과 전축을 힐끔거리다 왼편 부엌으로 가서는 수채통을 꺼내보고, 싱크대 문들을 열어 확인한 다음 중정을 지나 곧장 거실로 와 쓰레기통을 거꾸로 뒤집었다.

"뭐 해요?"

잠에서 깬 배식이 뒤에서 물었다. 바닥에 쓰레기를 쏟아붓던 광남 씨는 배식을 향해 고개를 돌렸다.

"너 점심에 바퀴벌레 잡았어?"

"예. 왜요?"

자리에서 일어나 앉은 배식이 눈을 비비며 대답했다.

"그거 어디다 버렸어?"

"거기 버렸는데, 휴지에 싸서."

광남 씨는 다시 쓰레기를 뒤지기 시작했다.

"왜 그러는데요?"

배식이 물었으나 대답하지 않고 바닥에 쏟아진 휴지들을 하나하나 살피던 광남 씨는 이윽고 휴지 뭉치 하나에 눈길을 멈췄다. 익숙한 사각 뭉치. 낮에 잡았다는 바퀴벌레는 분명 저기에 싸여 있을 터. 자신도 저렇게 겹쳐버리기 때문이다.

휴지를 터무니없이 길게 둘둘 말아 뜯어내 대여섯 번 귀를 맞춰 반듯하게 접으면 솜이불까진 아니어도 상당히 두툼해져 그걸로 무엇을 싸든 간에 겉에서 만졌을 땐 안에 든 것 감촉 따윈 느껴지지 않으니 약에 절어 뒤집힌 바퀴벌레를 감싼 후 양 손바닥으로 꾹 눌러 터뜨리고 오물이 모서리에 비어 나오지 않도록 조심하면서 두세 번 더 접는 것이다. 여기서 다가 아니다. 휴지를 여러 번 겹친 덕분에 바퀴벌레 내장이나 몸 조각이 밖으로 튀어나와 발바닥에 묻을 염려는 하지 않아도 되므로 바닥에 내려놓고 몇 번을 연속해 발꿈치로 힘껏 내리찍고는 변기에 버려야 처리 끝. 애석하게도 이 집엔 전기와 수도가 끊겨 변기 물을 내릴 수 없으니 아들은 어쩔 수 없이 휴지통에 버렸을 것이다. 번거롭더라도 오두막까지 들고 와 변기에 버려야 하거늘.

광남 씨는 위생 장갑을 낀 손으로 휴지를 천천히 펼치기 시작했다. 한 번 펼쳐보고, 두 번 세 번…… 과연 광남 씨 아들다웠다. 일곱 번을 펼친 이후에야 뭔가가 보이기 시작했는데, 그것은 몸통에서 떨어져 나온 다리들과 내장이 터져 말라붙은 누런 흔적이었다. 휴지 안쪽을 더 들어보았다. 더듬이 하나와 바스러진 날개 조각들……. 맨 끝에선 짓이겨진 몸뚱이가 완전히 모습을 드러냈다. 다리 세 개와 날개 한쪽이 붙어 있었으며, 나머지 더듬이까지 모두 뽑힌 머리는 간신히 가슴에 이어져 있었으나 거의 떨어져 나간 것과 진배없었다.

살해당한 시체를 관찰하는 부검의처럼 광남 씨는 휴지 속을 들여다보았다. 이놈은 왜 또 나타났을까? 그러나 생각해보면 짐작 못 할 바가 아니다. 처음에는 노상용과 서영실을 따라 출현했고 그 부부가 사라지자 없어졌다가 이재훈 엄향기와 함께 돌아왔다. 젊은 부부가 없어진 후로는 지금껏 보이지 않다가 배식이 오자 이렇듯 모습을 드러낸 것이다.

바퀴벌레는 언제나 인간들과 함께 나타난다. 인간이 바퀴벌레고 바퀴벌레가 인간이기라도 한 것처럼. 하지만 배식은? 아들이 그런 인간들과 같을 리 없다. 광남 씨 아들 아닌가. 게다가 이 집에서 무슨 음식을 해 먹는 것도 아니고 청결로만 따져도 두말하면 입만 아프다. 그런데 왜?

가방. 배식이 들고 온 그 베이지색 가방. 속에 있는 옷가지들과 잡동사니들. 보나마나였다. 바퀴벌레는 거기에서 나왔다. 아내 집에 바퀴벌레가 없을 리 없다. 그놈들이 옷장이나 서랍을 비롯해 집 구석구석에 숨어 있다가 옷가지와 짐들에 묻어 이리로 온 것이다. 그중 배식 눈에 걸린 놈은 여기서 죽고 안 걸린 놈은 오두막으로 건너와 요에 알집을 떨어뜨린 것이다. 광남 씨는 얼굴이 화끈거리는 걸 느끼며 배식을 향해 고개를 휙 돌렸다. 아들이 움찔했다.

"왜 그래요? 아버지……."

왼 다리를 질질 끌며 광남 씨는 아들에게로 다가갔다. 놀란 눈으로 광남 씨 얼굴과 불편한 다리를 번갈아 보던 배식이 몸을 웅크리며 이불 속으로 들어가려 했으나 광남 씨가 더 빨랐다. 잽싸게 아들 팔을 붙들고 자리에서 끌어내 팽개친 후 요와 이불을 살살이 뒤지기 시작했다. 이리저리 뒤집고 손으로 쓸어보고 탈탈 털던 광남 씨가 배식을 향해 다시 고개를 돌렸다. 아이도 눈을 동그랗게 뜨고 마주 보았다.

광남 씨는 배식이 입고 있던 반소매 셔츠를 가슴께까지 휙 걷어 올려 몸 여기저기를 살피고는 셔츠를 뒤집어보았다. 급기야 아들

바지를 잡아내려 사타구니부터 허벅지, 무릎과 종아리를 거쳐 발목 발바닥까지 들어 살폈고 바지 속과 겉도 꼼꼼하게 뒤졌다. 팬티마저 끌어 내리려고 했을 때, 멀거니 서서 아비가 하는 대로 몸을 맡기던 배식이 광남 씨 손을 세게 붙들며 짜증을 냈다.

"뭐 하는 거예요, 지금."

비로소 정신을 차린 광남 씨가 아들 팬티를 부여잡은 채 올려다보았다. 배식은 미간을 찌푸리며 노려보고 있었는데 얼굴뿐만 아니라 귀까지 벌겋게 상기돼 있었다. 광남 씨는 슬그머니 팬티에서 손을 뗐다. 그러면서도 여전히 눈알을 굴려 발가벗기다시피 한 아이 몸 구석구석을 빠르게 훑었다.

"뭐 하는 거냐고요?"

바지를 신경질적으로 올리며 배식이 물었다.

"너 어디 간지럽고 그런 데 없어?"

"예?"

"뭐에 물린 자국 같은 거 없냐고."

"없어요. 그런 거."

배식이 야멸차게 셔츠를 내리며 대답했다.

"팬티 속 한번 봐봐."

"예?"

"네가 한번 보라고. 팬티 속에 어디 물린 데나 간지러운 데 없는지."

"아버지."

배식이 소리를 빽 질렀다. 광남 씨도 지지 않고 소리쳤다.

"인마, 보라면 봐."

입을 쩍 벌린 아들 얼굴은 놀라고 당황한 기색이 역력했다. 그도 그럴 것이 광남 씨가 아들에게 소리를 지른 것은 처음 있는 일이었다. 아이 엄마하고야 때때로 소리를 지르고 싸웠지만 아들하고는 결코 그런 적이 없었다. 아이 엄마가 아이를 욕하거나 때릴 때도 늘 아들 편을 들었고, 손찌검이나 하는 무식한 여자라며 불같이 화를 냈으며, 심지어 아이 뺨을 때린 그 여자 따귀를 광남 씨가 때린 적도 있었다. 네가 맞아보니 기분이 어떠냐면서. 그런 광남 씨가 부릅뜬 눈으로 아들에게 고함을 지른 것이다.

"봐봐."

광남 씨는 목소리를 조금 누그러뜨렸다. 배식은 시키는 대로 바지와 팬티를 한꺼번에 들춰 안을 들여다보았다.

"없어요. 물린 데도 없고…… 간지럽지도 않다고요."

배식은 건성건성 보고 답했다. 팬티 안은 안중에 없고 자다 일어나 왜 이 짓을 해야 하나 신경이 곤두선 말투였다. 광남 씨는 팬티 속을 살펴보고 싶은 충동을 이기지 못하고 바지춤을 잡은 아들 손목을 잡아챘다. 배식은 광남 씨에게서 빠져나가려 손목을 비틀며 한 걸음 뒤로 물러났다. 광남 씨를 바라보는 아이 눈이 무수한 감정을 쏟아내고 있었다.

그 표정이 과거를 떠돌다 온 유령처럼 광남 씨 멱살을 움켜쥐었다. 오래전 기억을 한번 더듬어보라는 듯. 광남 씨는 입을 벌리며 눈을 동그랗게 떴다. 기억 속엔 지금 배식과 같은 표정을 한 어린 자신이 아버지에게 맞서 성난 수탉처럼 소리치고 있었다.

'날 좀 내버려둬요!'

어깨를 축 늘어뜨린 광남 씨는 손아귀에 가둔 아이 손목을 풀어주었다.

"건너가 씻고 저녁 먹어라."

배식은 대답하지 않았다. 광남 씨는 끙 소리를 내며 일어나 바닥에 흩어져 있는 쓰레기를 쓰레기통에 도로 주워 담기 시작했다. 등 뒤에서 배식이 현관문을 쾅 닫으며 나가는 소리가 들렸다. 광남 씨는 바퀴벌레가 싸여 있는 휴지 뭉치를 집어 쓰레기통에 넣으려다 멈칫했다. 현관문 소리에 놀라서가 아니었다.

없었다. 들고 있던 휴지에 분명히 들러붙어 있어야 할 죽은 바퀴벌레가 보이지 않았다. 휴지 속을 뚫어지게 들여다보았다. 뜯어진 다리 세 개와 부서진 한쪽 날개 조각 외 말라붙은 누런 흔적만 있을 뿐이다. 광남 씨는 바닥에 흩어져 있는 쓰레기들을 샅샅이 살폈다. 주워 담은 쓰레기까지 쏟아놓고 뒤져봤지만 너덜너덜하던 바퀴벌레 몸통은 보이지 않았다. 안희수 목소리가 다시 들려왔다.

'얘들은 웬만해선 안 죽습니다. 생명력이 얼마나 강한지 모릅니다. 배가 터져도 튀어나온 창자를 질질 끌고 돌아다니는 애들이란 말입니다. 아무리 지구를 살리자 어쩌자 해봐야 이 지구의 주인은 인간이 아니라 바퀴벌레입니다. 하하하……."

한 개뿐인 날개를 파닥거리면서 남은 다리 세 개로 비틀비틀 기어가는 바퀴벌레 모습이 머릿속에 그려졌다. 간신히 몸통에 붙어 있던 대가리가 덜렁거리다 얼마 못 가 톡 떨어져 나가 바닥에서 굴렀다. 광남 씨 쪽으로 얼굴을 보인 그 머리는 더듬이가 없어서인지 사람처럼 보였다. 배식 얼굴을 한 바퀴벌레가 광남 씨를 노려보며 소리쳤다. 날 좀 내버려둬.

그날 밤 광남 씨는 자리에 눕기 전, 종기처럼 부어오른 발목 상처에서 진물과 피고름을 짜냈다. 상태가 점점 안 좋아지는 건지 진통제가 아니면 버티기 힘들었고 이제는 발등인지 발목인지 종아리인지 아픈 곳도 불분명했다. 보라색으로 변한 발가락 중 끄트머리 두 개에서는 발톱이 빠져 피가 맺혀 있었다.

불을 끄고 자리에 누웠다. 제대로 잠을 이룰 수 없었다. 왼 다리 전체가 다른 사람 것인 듯 얼얼해서이기도 했지만, 정작 잠을 못 이루는 데는 더 큰 이유가 있었다. 머릿속을 어지럽히는 생각. 반은 바퀴벌레에 관한 것이었고 반은 배식에 관한 것이었다. 바퀴벌레에 대해 생각하다 보면 어느새 배식에 관한 생각으로 바뀌어 있었고, 배식에 대해 생각하다 보면 어느새 바퀴벌레에 관한 생각으로 넘어가 있었다. 배식과 바퀴벌레를 합치면? 배식 얼굴을 한 바퀴벌레. 광남 씨 자신이 만들어낸 환영이라는 것을 알면서도 떨칠 수가 없었다.

"그것은 강박증 환자 특징이기도 해요"라고, 예전에 우울해 보이는 정신과 의사가 말한 적 있다. 어떤 생각이나 이미지에 사로잡히게 되면 좀처럼 벗어나지 못하는 것. 그것이 만약 수학 문제였다면 광남 씨는 벌써 세계적인 수학자가 됐을 것이고, 아름다운 선율이었다면 천재적인 작곡가가 됐을 것이다. 불행히 광남 씨가 집착하고 있는 것은 그런 것이 아니었다. '바퀴벌레 그리고 아들'이라는 아무런 상관관계가 없는 조합. 뜬금없고 쓸모없는 집착이었다. 광남 씨 또한 알고 있었지만 그만둘 수가 없었다.

순간, 몸에 소름이 돋기 시작했다. 손과 발이 저절로 오그라들면서 귀 끝이 파르르 떨리는 것 같았다. 생각을 방해하는 소리를 들었기 때문이었다. 무슨 소리?

사각사각, 사각사각…….

너무나 익숙한 소리에 이어지는 역시 익숙한 소리.

다다닥다다닥…….

소리는 벽을 타고 오르다가 멈춘 듯했다.

다다닥다다닥…….

이번엔 천장. 광남 씨는 어둠 속에서 눈알을 굴렸다. 놈은 천장에 붙어서 자신을 내려다보고 있을 것이다. 바퀴벌레들에게 시달리는 그 몇 달 동안 광남 씨 감각은 바퀴벌레 못지않게 벼려져 있었다.

파드득…… 휙휙.

응? 이건 뭐지? 처음 듣는 소리 같은데…….

탁.

척추가 허리서부터 목까지 차례로 일어서는 듯했다. 소리를 종합해보면 놈은…… 날았다. '파드득'은 날개를 펴는 소리고 '휙휙'은 날아가는 소리며 '탁'은 천장 아래 벽 어딘가로 착지하는 소리인 거다. 안 그래도 깜깜하던 눈앞이 아득해졌다. 지금껏 기어 다니는 놈들을 상대하는 것만으로도 사는 게 엉망이 될 지경이었는데 이제는 날아다니는 바퀴벌레라니. 그것은 뭐랄까, 보이지 않는 곳에 숨어 테러를 일삼던 무장단체가 F-15나 미그기를 타고 날아

268

드는 것을 보는 기분이랄까.

어쨌거나 이대로 누워서 당할 수만은 없었다. 일단 불부터 켜야했다. 슬그머니 상체를 일으켜 앉았다. 놈은 이제 맞은편 벽에 붙어 있을 것이다. 광남 씨가 어떻게 나오나 보고 있겠지. 오른쪽 무릎을 슬그머니 세웠다. 두 가지 생각이 교차했다. 재빨리 불을 켜서 놈을 보고 싶은 마음, 불을 켰을 때 놈이 사라져 보이지 않기를 바라는 마음. 보이든 안 보이든 어둠 속에서 소리만 듣는 것보다는 나을 것이다. 양손으로 아픈 다리 무릎을 마저 세우고 엉덩이를 들 준비를 하던 그때,

파드득…….

날개 펴는 소리가 광남 씨 귀를 치듯 들려왔다. 날아오를 준비를 하고 있다. 관자놀이로 땀 한 방울이 흘러내렸다. 마음이 급했다. 날기 전에 불을 켜야 한다. 왼쪽 다리 통증을 견디며 무릎에 힘을 주어 엉덩이를 뗐다. 그 순간,

휘익.

놈이 날았다. 그것도 직선으로 날아오고 있다. 광남 씨는 바닥에서 손을 떼고 부리나케 일어섰다. 왼 발목 통증이 고속도로를 달리듯 허리까지 쭉 뻗어 나갔다. 그 바람에 그만 중심을 잃고 비틀거렸고 힘을 다해 오른 다리로 균형을 잡으려 했지만 버티지 말라는 듯 미간에 딱, 소리와 함께 강한 충격이 가해져 뒤로 발라당 자빠졌다. 쭉 뻗으며 장롱에 뒤통수를 박은 건 덤이었다.

희미한 획 소리가 광남 씨 머리 위를 맴돌았다. 폭격을 마친 스텔스 폭격기가 폐허가 된 마을을 내려다보는 것처럼 놈이 광남 씨

를 내려다보며 선회비행을 하는 듯했다. 소리는 점점 얼굴 가까이 내려오더니 왼쪽 광대뼈 위로 착륙했다. 광남 씨는 경기하며 그나마 있던 정신을 거의 다 놓고 말았다.

여섯 개 다리가 광남 씨 얼굴 위를…… 아니다, 여섯 개가 아니다. 꼼지락거리는 놈의 다리가 세 개뿐이다. 그렇다면 이놈은……. 저녁에 휴지 뭉치에서 사라진 그놈인가? 그럴 리가……. 광남 씨 얼굴을 짓밟듯 돌아다니던 다리 세 개가 오른쪽 눈 위에서 멈췄다. 눈꺼풀 위로 차가우면서도 끈적거리는 느낌이 전해졌다. 놈이 입 같은 걸 대보고 있는 모양이다. 그럼 이 차가우면서도 끈적거리는 느낌은…….

'바퀴벌레들은 뭘 먹을 때 전에 먹었던 반쯤 소화된 걸 토해놓습니다.'

놈이 광남 씨 눈꺼풀 위에다 토하는 것이다. 완전히 전의를 상실한 광남 씨는 이따금 발작적으로 손가락 끝을 떨며 정신을 잃어갔다. 벌어진 입가에서 한 줄기 침이 흘러내렸다. 광남 씨가 마지막으로 감지한 것은 그 침을 핥기 시작하는 바퀴벌레 주둥이 내지는 만약 그런 게 있다면, 혓바닥이었다.

# 3

배식과 함께 식탁 앞에 앉았다. 꼬박 나흘 만이다. 바퀴벌레한
테 이마를 맞고 쓰러진 후 그저 기절했다고만 생각했는데 나중에
아들한테서 들은 말로는, 첫날엔 한 번도 깨지 않은 채 알아들을
수 없는 잠꼬대를 섞어 주위가 떠나가도록 코를 골길래 피곤한 나
머지 종일 숙면하는 줄 알았지 이렇게 몇 날 며칠씩 몸져누울 줄
자기도 몰랐다며, 지독한 감기몸살을 앓은 거라 했다.

기절한 첫날은 숙면 탓인지 기억에 없었지만 이튿날부터의 기
억은 조금 남아 있었다. 눈꺼풀을 뚫고 들어오는 햇빛에 정신이
희미하게 들어 간신히 자리에서 몸을 일으켰더랬다. 일어나자마
자 기다시피 하며 바퀴벌레 흔적을 여기저기 찾아 헤맸고 어디에
도 놈 흔적이 보이지 않는 걸 확인하고 나서야 다시 요 위로 돌아
와 끙, 소리를 내며 누워버렸던 것도 어렴풋이나마 기억했다. 그

때 왼쪽 다리는 말할 것도 없고 장롱에 부딪힌 뒷골이 망치로 맞은 듯 아팠던 것도 밤새 누군가 밟아댄 것같이 삭신이 찌뿌드드했던 것도 기억에 있었다.

몸져눕기 시작해 셋째 날까지 열병처럼 끙끙 앓는 동안 아이는 광남 씨 자전거를 타고 읍내에 나가 죽과 약을 사 나르며 병난 아비를 돌보기에 여념이 없었고, 그런 아이 정성 때문인지 오늘에야 드디어 자리를 털고 일어날 수 있게 되었다. 광남 씨는 그간 수고한 아들을 위해 새벽부터 아침상을 준비했다.

식탁 위 반찬들을 쭉 훑은 배식이 제일 먼저 고등어자반 구이에 젓가락을 꽂았다. 컵에 물을 따르며 광남 씨는 사 일 전 밤을 되짚었다. 생각하면 할수록 그 일이 실제로 일어난 건지 꿈인지 확실치가 않았다. 어쩌면 꿈을 꾼 것인지 모른다. 상처 난 왼 다리를 제대로 치료하지 않고 무리하는 바람에 심한 몸살이 나서 악몽을 꾼 것일지…… . 뒤통수가 아직 욱신거리는 건 잠꼬대하다 어디 부딪친 것일 수 있겠고.

맹물을 벌컥벌컥 들이켰다. 한 컵을 다 비우고 두 번째로 물을 따랐다. 수저는 들지도 못했다. 앓고 난 끝이라 그런지 속이 텁텁하고 입안이 까끌까끌해 도저히 밥을 뜰 엄두가 나지 않았다. 입맛이 없기는 배식도 마찬가지인 모양이었다. 고등어 살을 몇 번 입에 가져가더니 젓가락 끝으로 밥알을 쑤셔대며 깨작거렸다. 가만 보니 피부가 푸석하고 눈이 충혈돼 있었다.

"어디 아프냐?"

광남 씨가 물었다.

"머리가 좀…… 잠을 못 잤거든요."

한창 밥 살이 포동포동 올라야 할 나이에 풍선 꺼지듯 푹 꺼져 버린 아들 볼을 보니 가슴이 쓰렸다. 걱정이나 안겨줄 뿐 뭐 하나 제대로 보살펴주지 못하는 건 곁에 있든 멀리 떨어져 있든 매한가 지다. 그래도 아비라고 제 발로 먼 길 찾아온 아들인데.

"난 이제 괜찮다. 밥 먹고 나면 가서 푹 쉬어라."

"그게 아니라요."

배식은 한쪽 눈을 손바닥으로 비비며 말을 이었다.

"아버지 때문이 아니라 밤새 소리가 들려서……."

"소리? 무슨?"

"바퀴벌레가 아직 있나 봐요. 제가 원래 그런 데 예민하잖아 요. 거실이랑 부엌에 돌아다니는 것 같더라고요. 약을 뿌렸는데 도……."

광남 씨는 배식 얼굴을 멍하니 보았다.

"모르셨어요?"

몰랐다. 함께 살 때는 아이가 특별히 예민하거나 그런 것 같지 는 않았다. 자신을 닮아 제법 꼼꼼하거나 깔끔한 정도라고만 생각 했다.

"언제부터 그랬냐?"

"여기 온 이후로 계속요. 자려고만 하면 부스럭대는 소리 가……."

"아니, 언제부터 그렇게 예민해졌냐고."

"예? 그런 게 어딨어요. 원래부터 그렇죠."

자신을 닮았단 소린가. 속이 탄 광남 씨는 두 번째로 물컵을 비웠고 세 번째로 컵에 물을 따르니 물병은 바닥을 보였다.

"밥은 안 드세요?"

"응…… 좀 있다가……."

입맛이 있을 리 없다. 광남 씨는 식탁 위에 놓인 음식들을 내려다보았다. 현미밥과 청국장, 열무김치와 배추김치, 취나물과 도라지무침, 늘 나오는 마늘과 매실장아찌, 연근, 아들을 위한 고등어자반. 나름 정갈하고 푸짐한 차림이었다. 사실 광남 씨 음식 솜씨는 아내보다 나았다. 어렸을 때 배식은 광남 씨가 음식을 해놓으면 아내가 음식을 했을 때보다 밥을 반 그릇은 더 먹곤 했다. 광남 씨도 그런 아들을 따라 두 그릇을 너끈히 해치웠다. 그런데 지금은 밥 한 숟가락 뜰 엄두가 안 난다. 입맛도 입맛이지만 음식 냄새마저 역해 속이 울렁거렸다.

"밥 먹고 병원에 가요."

밥을 뜨는 둥 마는 둥 하던 배식이 관자놀이를 비비며 말했다.

"병원에 갈 정도로 머리가 아프냐?"

"저 말고 아버지요. 발목 보니까 장난 아니게 붓고 피고름까지 나던데 그동안 병원 안 가고 뭐 했어요? 오늘까지 못 일어나면 일일구에 전화하려고 했다고요."

광남 씨는 아이에게서 눈을 떼고 고개를 숙였다. 할 말이 없었다. 억지로 숟가락을 들어 청국장 국물만 약간 떠 입에 넣었다. 뜨듯한 국물이 목구멍을 타고 위로 넘어가는가 싶더니 생목이 올라왔다. 다행히 건더기가 없어 구토는 안 했지만 손으로 가릴 틈도 없이 헛구역질을 해대다 트림 소리를 크게 입 밖으로 흘렸다. 배식이 광남 씨 얼굴을 쳐다보며 숟가락을 놓았다. 안 그래도 별로 없던 입맛이 싹 달아난 것 같았다.

"미안하다…… 마저 먹어."

"다 먹었어요."

일어선 배식이 빈 물병을 보더니 컵을 들고 부엌으로 갔다. 냉장고 문을 여는 순간, 광남 씨는 또 한 번 구역질이 났다. 반찬 냄새를 비롯해 중고 냉장고에 밴 온갖 내가 코를 찌르는 통에 냉큼 일어나 화장실로 튀었다. 가까스로 변기 안에다 머리를 조준했을 땐 조금 전에 들이켰던 맹물 세 잔이 고스란히 입과 코로 수돗물처럼 쏟아져 나왔다. 웩, 웩, 거릴 때마다 위액 섞인 누런 오물이 목과 얼굴에 사정없이 튀었고, 힘이 들어간 왼 다리가 찌릿찌릿하면서 허기진 등허리에 쥐가 내렸다. 한 손으로 허리를 감싸 쥔 광남 씨는 속을 어느 정도 비워낸 뒤 고개를 들어 등을 쭉 폈다.

"괜찮아요?"

배식이 두 손으로 스마트폰을 꼭 움켜쥔 채 물었다. 광남 씨는 대답 대신 벽에 등을 기대며 황급히 화장실 문을 닫았다.

"정말 괜찮아요? 일일구 부를까요?"

문밖에서 배식이 다시 물었지만 기운이 빠진 광남 씨는 고개만 저을 뿐 대답할 수 없었다.

"아버지?"

아이가 문을 두드리기 시작했다. 광남 씨는 아직도 메슥거리는 속을 진정시키려 손바닥으로 가슴을 쓸어내린 후 겨우 입을 열었다.

"괜찮아…… 좀 쉬면……."

"그래도요."

물러설 기미가 보이지 않자 광남 씨는 한 번 더 목소리를 쥐어 짰다.

"내일…… 봐서, 병원…… 갈 거니까……."

아이는 더 묻지 않았다. 밥상을 치우는 것인지 부엌 쪽에서 덜 거덕거리는 소리가 났다. 설거지가 끝날 때까지 광남 씨는 벽에 기댄 채로 앉아 있다가 "방에 있을게요" 하는 아들 목소리를 듣고 서야 일어나 샤워기를 틀고 오물 묻은 옷들을 하나씩 벗어젖히기 시작했다.

샤워기에서 쏟아져 나오는 따뜻하고 깨끗한 물에 얼굴을 갖다 댔다. 쉰내가 사라지자 울렁거림도 약간 가시는 듯했다. 입에 들 어간 물을 뱉어내자 하얀 바닥에 뭔가가 떨어졌다. 검은 조각. 마 치 날개 조각 같은……. 그것은 곧 쏟아지는 물에 쓸려 배수구 안 으로 들어가고 말았다. 물을 잠그고 입에 손가락 두 개를 집어넣 어 이리저리 훑었다. 어금니에서 뭔가가 잡혔다. 빼내보니 뭔가 는…… 바퀴벌레 다리였다. 이제는 놀랄 힘도 없었다. 딱히 기대 를 한 건 아니었지만 나흘 전 일은 꿈이 아니었다.

광남 씨는 세면 거울에 얼굴을 바짝 들이대고 입을 쫙 벌렸다. 목구멍으로 넘어갈 듯 말 듯 시커먼 다리가 목젖 가까이에 하나 더 붙어 있었다. 이번엔 손가락 대신 가래를 올리듯 바닥으로 뱉 어냈다. 거울에 입안을 다시 비췄다. 더는 아무것도 보이지 않았 다. 나흘 전 자신을 공격했던 바퀴벌레는 다리가 세 개뿐이었다.

옆집 휴지 뭉치에서 사라져버렸던 그놈. 그럼 마지막 다리 하나는 어디 갔나?

식도에 뭔가 걸린 듯한 기분이 들었다. 방금 가래를 올렸을 때 위 속에 있던 내용물이 따라 올라온 모양이다. 목에 힘을 주었다. 칵칵거리며 입안으로 끌어 올렸으나 걸린 것은 좀처럼 빠지지 않고 오히려 올라오지도 내려가지도 못한 채 목구멍을 막아버렸다. 하는 수 없이 손가락 두 개를 목젖까지 닿게 쑤셔 넣어 또다시 눈물이 쏙 빠질 정도로 구역질을 여러 번 하고 나서야, 내용물은 목구멍에서 폭 빠져나와 입안으로 넘어왔다.

혀에 닿은 그 짧은 순간 광남 씨는 넘어온 것이 위장에 있던 음식 내용물이 아니란 걸 직감했다. 물론 나머지 다리 하나도 아니다. 상당히 큰 덩어리. 뭔가 매끈거리고 울퉁불퉁하면서 찝찔한 맛이 나는 거였다. 바닥에 뱉었다. 위액과 침이 잔뜩 묻은 그것은 몸통이었다. 마지막 남은 다리 하나가 그 몸통에 붙어 있었다. 더듬이 없는 머리도…….

안 그래도 힘없던 광남 씨 다리가 확 풀렸다. 주저앉지 않으려고 어떻게든 힘을 주었으나 통증이 심한 왼발이 바닥에서 미끄러지며 몸이 균형을 잃고 비틀거려 양팔을 버둥대다 겨우 한 손으로 벽을 잡고 버텼다. 이번에 자빠졌으면 뇌진탕으로 아예 죽었을지 모른다. 숨을 돌리고 아래를 보았다. 바닥을 확인한 광남 씨는 벽을 짚고 버티던 손에 힘이 빠지며 쭉 미끄러져 그대로 엉덩방아를 찧고 말았다.

놈이…… 하나뿐인 다리를 질질 끌며 배수구 쪽으로 가려 하고 있었다. 물에 쓸려 움직이는 것이 아니다. 샤워기는 잠겨 있다. 스스로 움직이는 것이다. 조금만 더 움직이면 배수구 속으로 사라질 참이다. 막 배수구 안으로 덜렁거리는 머리를 쑤셔 넣고 있는 놈을 향해 광남 씨는 오른발을 높이 치켜들고 있는 힘껏 내리찍었다. 뭔가를 터뜨릴 때 느껴지는 본능적인 쾌감이 발뒤꿈치에 전해졌다. 터질 게 아직 남았었다니. 궁금증이 생겨났다. 이놈은 내 몸에 들어가 저 몸으로 무슨 짓을 하고 나온 것일까.

'새끼 밴 암놈을 탁, 치면 배가 터지는 그 순간에도 난협을 밖으로 내보냅니다. 죽기 전에 새끼들을 피신시키는 겁니다. 그러면 거기서 또 유충들이 우글우글 기어 나오고……'

몸이 근지러웠다. 이번에는 피부가 아니었다. 배 속이 간지럽기 시작하면서 부글부글 끓어오르는 느낌이었다. 애먼 뱃가죽을 북북 긁어대며 일어선 광남 씨는 샤워기를 틀어 쏟아져 내리는 물줄기에 온몸을 씻어냈다. 물에 쓸려 하수구 쪽으로 사라지는 시커먼 바퀴벌레 잔해를 보다가 문득 그처럼 꺼멓게 변한 자신의 왼 발목에 흠칫했다.

아킬레스건 근처에 난 상처 구멍에서 딱지와 피고름을 뚫고 무언가가 삐져나와 꿈틀거리고 있었다. 까맣고 굵고 뻣뻣한. 그것은 광남 씨 눈앞으로 하나의 기억을 몰고 왔다. 벌써 십팔 년이 지났지만 여전히 남아 있는 기억. 그 겨울 2월의 오전.

스물다섯 총각 광남 씨는 출근하자마자 자신을 찾는 전화 한 통에 머리가 하얘졌다. 병원이었고 부모에 관한 소식이었다. 두 양반이 응급실로 실려 왔다는 것이다. 전화를 끊자마자 지갑만 챙겨 사무실을 나섰지만 출근길 승강기가 더디게 움직여 비상계단으로 십팔 층을 내려와 택시를 잡아탔다. 심장은 터져버릴 것만 같았다. 재난, 질병, 사고, 사망…… 이런 것들은 먼 나라 이웃 나라 얘기라고만 생각한 데다, 내내 건강하던 양반들이 정초부터 병원에 누웠다는 게 듣고도 믿기지 않았다.

새벽 네 시 반만 해도 두 노인네는 멀쩡한 모습으로 집을 나섰다. 세상은 더러운 것 천지다, 나라도 나서 더러운 것을 치워야 한다는 아버지의 청소 신념 덕분에 엄마 역시 아버지 도시락을 칠십이 넘도록 꾸준히 싸야만 했고 그날 아침도 마찬가지였다. 입맛이 까다로워 바깥 음식엔 전혀 입을 대지 않는 아버지를 위해 결혼한 순간부터 엄마는 날마다 남편 청소구역을 찾아 도시락을 전달하고 그 밥을 다 먹을 때까지 기다렸다 빈 도시락을 챙겨 집으로 돌아왔다.

병원에 도착해 물어물어 찾아간 응급실 한쪽 구석, 커튼이 반쯤 쳐진 침대 위에는 두 양반이 각자 따로 나란히 누워 있었다. 머리끝까지 이불을 덮어쓴 채로. 차트를 든 의사와 간호사 두어 명이 침대 곁에서 광남 씨를 무표정하게 쳐다보고 있었다. 그 표정이 어찌나 냉정하기 짝이 없던지 하마터면 우리 부모 숨도 못 쉬게 어째서 이불을 얼굴까지 덮어놓았느냐고 따질 뻔했다.

"피해자 가족 되십니까?"

경찰이라고 밝힌 남자가 광남 씨 곁으로 다가와 신원을 확인한 후, 착잡한 표정을 짓더니 자초지종을 설명했다.

"목격자이자 가해인 덤프트럭 기사님 진술에 따르면, 두 분이

도로 한복판에서 실랑이하고 있더랍니다. 할아버지는 빗자루를 휘두르면서 고래고래 소리 질러대고, 할머니는 또 거기 대고 몸싸움을 벌이고 있었다는데, 기사님이 전조등을 켜고 경적을 아무리 세게 눌러도 두 분이 계속해 싸우시는 통에……. 급브레이크를 밟긴 했지만……."

믿을 수 없었다. 싸울 양반들이 아니었다. 엄마는 평생 아버지에게 토씨 비슷한 것도 단 적 없었고 그것은 광남 씨도 사춘기 시절 반항을 빼고는 마찬가지였다. 그런데 둘이 싸웠다고? 그것도 몸싸움을? 차가 쌩쌩 지나다니는 도로 한복판에서?

침대로 다가가자 의사가 이불을 걷어냈다. 광남 씨는 비명이 튀어나오려는 입을 간신히 손바닥으로 틀어막고는 온몸을 부들부들 떨었다. 엄마 얼굴은 얼굴이라고 하니까 그런가 보다 할 정도로 납작해져 있었는데 눈코입이 있었을 자리에는 그 흔적만이 남아 흉측한 가면을 보는 듯했다. 그나마 상태가 낫다고 할 수 있는 아버지 얼굴도 처참하기는 마찬가지였다. 엄마처럼 얼굴이 납작해지진 않았으나 온통 피멍이었고, 이불 아래 몸은 푹 꺼져 있는 것이 굳이 보지 않아도 온전한 모습은 아닐 것 같았다. 기가 찼다. 불과 몇 시간 만에 사람 모습이 어떻게 저 지경이 될 수 있는가. 이 꼴을 아버지 스스로가 봤다면 뭐라고 했을까.

그 깔끔하던 아버지도 죽을 때는 이런 몰골이 되고 말았으니, 그럴듯한 겉모습을 한 꺼풀만 벗겨내면 사람은 다 똑같이 더러운 게 아닐까, 하는 생각에 왠지 서글퍼졌다. 그 서글픔은 죄스럽게도 부모 죽음 때문이 아니라, 자신 역시 깔끔 좀 떨어봐야 종국엔 쓰레기에 지나지 않겠지, 하는 허무함 때문이었다.

"짐작은 하시겠지만, 병원에 도착했을 때 이미 두 분 다 사망하셨습니다. 장례절차는 담당 직원과 상담하신 후 결정하시고 진행하시면 됩니다. 그리고…… 저기…….'

의사가 입고 있던 가운 주머니를 뒤적이더니 뭔가를 꺼내 조심스럽게 내밀었다.

"유족분께 전해드려야 할 것 같아서…….'

작은 비닐에 금가락지 한 쌍이 담겨 있었다. 아버지와 엄마의 결혼반지……. 평생에 걸쳐 싸움 한번 안 했던 부부는 그렇다고 특별히 금실이 좋았던 건 아니었다. 살갑게 보듬지도 남들 앞에서 애정을 과시하지도 않던, 결혼했으니 서로에게 배우자였고 같이 사니 남편과 아내인 사이였다. 그 부부가 끝내 손가락에서 빼지 않던 결혼반지를 죽음에 이르러서야 뺏던 것이다. 금가락지는 다행인 것인지 어쩐 것인지 덤프트럭 바퀴가 두 양반 손가락 위를 모두 비껴갔던 탓에 제 형태를 유지하고 있었다.

그 유품을 받아든 광남 씨는 그제야 눈물을 흘렸다. 누군가가 보는 앞에서 그처럼 감정을 드러낸 것은 그때가 처음이었는데, 이상하게 흐느낌은 소리가 되어 입 밖에서 흩어지는 것이 아니라 자꾸만 자꾸만 자신 안에 깊숙이 접혀 들어가 그 모서리 끝으로 심장을 찌르는 듯했다. 풍경이 멈춰버린 것 같은 응급실 안에서 광남 씨는 한참 동안 서서 울었지만 생전 처음 마주친 그 감정이 슬픔인지 뭔지는 끝내 알 수 없었다.

"유족분 상심이 크시겠지만, 확인 끝나셨으면 이제 영안실로 이송해야 하니까 확인서에 사인 좀 부탁드릴게요."

　간호사가 휴지와 함께 들이민 서류를 받아드는 광남 씨는 콧물과 눈물로 범벅된 얼굴을 대충 휴지에 문질러 닦은 후, 뿌예진 눈을 끔벅거리며 마지막으로 한 번 더 부모 모습을 보려고 침대에 다가섰다. 막상 그 처참한 몰골을 다시 보고 있자니 진저리가 쳐져 고개를 돌리려다 문득 아버지 얼굴에서 이상한 걸 발견했다. 처음엔 긴가민가했다. 그저 인중에 뭐가 묻은 줄만 알았는데 눈을 가느다랗게 뜨고 들여다보니 한쪽 콧구멍으로 시커먼 무언가가 손가락 한 마디만큼 삐죽 튀어나와 있었다.

　저게 뭐지? 광남 씨는 고개를 쑥 내밀었다. 가까이서 내려다보니 그것은 뻣뻣하고 굵은 코털 같기도 했고, 까맣게 말라붙은 핏줄기 같기도 했으며, 무엇보다 곤충 뒷다리 같기도 했다. 뭐가 됐거나 고인 콧구멍에 그딴 게 붙어 있는 모습이 심히 불경스러운지라 떼어내려 조심스럽게 손을 뻗던 광남 씨는 그만 기겁을 하고 말았다.

　까딱.

　그것이 움직인 것이다. 잘못 본 것이겠거니 싶어 다시 한번 손을 뻗은 순간,

　파르르.

　그것은 흔들렸다. 광남 씨는 눈가에 고여 있는 눈물을 벅벅 문질러 닦은 후 눈알에 힘을 주어 아버지 얼굴을 들여다보았다. 그러고 보니 콧구멍뿐만이 아니라 코 전체가 이상했다. 부었다고 보기엔 기이할 정도로 지나치게 콧방울과 콧대가 불룩했다. 뭔가가

한쪽 콧구멍 안에 가득 들어차 있는 것처럼. 궁금증을 참지 못한 광남 씨는 아버지 콧구멍 쪽으로 손을 뻗어 아직도 미세하게 떨리는 그것을 엄지와 검지로 꺼내려 했다. 손끝에 닿을 듯 말듯 잡으려는 그때,

쏘옥.

콧구멍 안으로 들어가고 말았다. 광남 씨는 펄쩍 뛰다시피 뒤로 물러났다. 아버지가 도로 살아나 숨을 들이마신 것이 아닌 이상 콧구멍 속 그것은 살아 있는 게 분명했다. 광남 씨는 아버지 가슴에 고개를 비스듬히 대고 콧구멍을 정면으로 응시했다. 암막한 그곳에서 뭔가가 노려보는 것 같은 기분이 들었다. 콧구멍을 들춰보려 검지를 쭉 뻗었다. 손끝이 구멍 끝에 닿으려는 순간,

"좀 비켜주시겠어요?"

광남 씨를 다소 신경질적으로 밀어낸 병원직원이 아버지 얼굴 위로 흰 이불을 도로 덮어버렸다. 무색해진 광남 씨는 역시나 무색해진 손가락을 어쩌지 못하다가 애꿎은 자신의 콧구멍을 쑤셔 댔다. 영안실로 옮겨지는 두 침대를 바라보는 광남 씨 머릿속엔 슬픔인지 뭔지 헛갈리던 감정은 온데간데없이 사라지고 아버지의 커다랗고 컴컴한 콧구멍만 남았으니 그 동굴 같은 구멍 속에 뭔가가 숨어서 노려보는 듯한 기분은 이후로도 좀체 사라지지 않았다.


목구멍에서 바퀴벌레를 뱉어낸 광남 씨는 방으로 와 쓰러지듯 자리에 누웠다. 배식이 구급차를 불러 병원부터 가보자고 했지만

병난 끝에 먹은 것 없이 난리를 피워서인지 죽을 것처럼 졸려 잠부터 자야겠다고 고집을 피웠다. 아들이 옆집으로 건너가는 소리를 들으며 잠에 빠져드던 광남 씨는 그길로 꿈을 헤매고 다니다 왕십리2동 도로 한 구역에 도착했다.

아침을 싸 들고 온 엄마는 가져온 도시락과 물병을 펼쳐놓다가, 인도 아래서 비질하던 아버지 다리를 흘끔 건너다보며 미간을 찌푸렸다. 도로 옆 하수구 구멍 사이에서 나온 시커먼 벌레 한 마리가 아버지 발목을 타고 기어오르고 있던 것이다. 놈은 이내 펄럭대는 바짓자락 속으로 자취를 감추었다. 곧 두 번째 놈이 하수구에서 나와 반대편 다리로 올라갔고 이어 세 번째 놈이 뒤를 따르는가 싶더니 잠시 후엔 네댓 마리씩 열을 지어 동시에 움직였으며 순식간에 떼거리로 몰려나와 바짓단으로 들어갔다.

아버지 몸통을 타고 올라간 놈들은 셔츠 목깃 사이로 기어 나와 몸 곳곳을 종횡무진 누비기 시작했는데 어떤 놈은 귓구멍으로, 어떤 놈은 목구멍으로, 어떤 놈은 눈구멍으로, 어떤 놈은 콧구멍으로 쉴 새 없이 드나들고 있었다. 순식간에 살아 있는 벌레집이 된 아버지는 들고 있던 기다란 빗자루로 몸을 털어내다가 나중엔 공중에 대고 마구잡이로 휘젓기에 이르렀다.

덜덜 떨던 엄마는 쨰지는 비명을 내지르며 아버지를 도우러 도로로 튀어 나가, 팔을 파리채처럼 휘둘러 아버지 귀뺨을 내갈기고, 등짝을 후려치고, 엉덩이를 털어댔다. 아버지는 성난 사람처럼 욕인지 뭔지 알 수 없는 고함을 질러댔고, 벌레를 떨쳐버리려는 것인지 엄마를 밀쳐내려는 것인지 빗자루를 공중에 대고 점점 더 세게 휘둘렀다. 엄마는 엄마대로 아버지 옷자락을 붙들고 늘어지면서 양팔을 휘둘러댔다.

저 멀리서 경적을 울리고 상향등을 번쩍거리며 덤프트럭이 달려왔다. 두 양반은 실랑이에 몰두하느라 길을 비키지도 트럭을 쳐다보지도 않았다. 급기야는 서로 밀치고 붙들고 휘두르다 사지가 뒤엉킨 채 찻길 한복판을 점령하고 나뒹굴었다. 그사이 다가온 트럭은 방향을 틀면서 급브레이크를 밟았으나 피하기엔 공간이 부족하고 멈추기엔 거리가 가까워 두 양반 몸을 그대로 치고 내달렸다.

뭔가가 부러지고 터지고 뭉개지는 소리가 귀청을 때렸다. 아버지는 텔레비전 프로 〈세상에 이런 일이〉에서나 본 적 있는, 벌떼에 온몸이 뒤덮인 사람처럼 바퀴벌레에 뒤덮인 채 바닥에 쓰러져 있었고 엄마 역시 피투성이가 된 채로 옆에 널브러져 있었다. 바퀴벌레들은 그제야 두 양반 몸을 벗어나 일사불란하게 하수구로 철수하기 시작했다. 아버지 콧구멍에서 기어 나온 마지막 바퀴벌레가 사라지는 순간, 광남 씨는 도로 복판에 누운 아버지 얼굴을 똑똑히 보았다. 젊게 변한 그 얼굴은 다름 아닌 열일곱 배식이었다.

# 4

버스에서 내리자 눈앞으로 벚꽃 잎들이 날리다 떨어졌다. 어지러이 흩뿌려진 그 꽃잎들을 뒤뚱뒤뚱 지르밟으며 광남 씨는 대로변을 걸었다. 따라오겠다는 배식을 두고 혼자서 일찌감치 오두막을 나와 시내로 나온 참이었다. 내려온 지 삼 년여 동안 제천에 나온 것은 오늘이 처음이었다. 이처럼 많은 사람과 차를 보는 건 참으로 오랜만이다. 손으로 입을 가리고 싶었다. 자동차 매연, 사람 체취…… 예전엔 어떻게 서울에서 살았는지 의문이었다.

젊은 군인이 옆을 스쳐 갔다. 헤드폰을 쓰고 노래를 흥얼거리는 그 군인을 돌아보았다. 베레모도 안 쓰고 왜 저리 건들거릴까, 해서가 아니었다. 풍겨 나오는 냄새 때문이었다. 햄버거, 샐러드, 커피…… 아마 점심에 그런 것들을 잔뜩 먹은 모양이다. 최근 광남 씨는 지나치는 모든 냄새들을 일일이 맡고 거의 다 분간할 수 있었다. 사람 없는 곳에서 살다 보니 후각이 예민해진 것이리라.

아니면…… 몸에 어떤 변화가 일어난 것이든지. 가령 동물적인, 혹은 곤충 같은 감각을 갖게 되었다 할지. 지금만 해도 그렇다. 잠깐 스쳤는데도 어떤 음식인지 파악할 수 있었고 그 음식 내가 역해 구역질까지 할 뻔했다. 무슨 입덧을 하는 것도 아니고. 입덧? 문득 광남 씨는 궁금했다. 사람 말고 다른 것도 입덧을 하나? 그러니까, 곤충 같은…… 예를 들면 바퀴벌레 같은 것 말이다.

두 동으로 이루어진 6층 건물이 눈앞에 나타났다. '다나은 종합병원'이라고 쓰인 건물 앞 주차장에는 평일 낮인데도 차가 많았고 사람들이 바글바글 오갔다. 그냥 매포읍이나 단양군에 있는 조용한 개인병원에 갈 수 있었지만 병원만큼은 기왕 가는 것 시설 좋은 큰 데 가자는 주의였고 그래서 큰맘 먹고 제천 시내까지 나온 것이었는데, 번듯하고 깨끗한 건물을 보니 잘했다는 생각이 들었다. 광남 씨는 왼쪽 허벅지를 두 손으로 들다시피 부여잡고 절룩절룩 병원 입구로 향했다.

건물 안으로 들어섰다. 훅 끼쳐 오는 소독약 냄새에 가려 각종 지저분한 사람 냄새가 모조리 사라지자 숨통이 트이는 기분이었다. 이렇게 좋은 걸 진즉에 올걸……. 광남 씨는 사실 병원 마니아였다. 서울에 살 때는 분기별 한 번씩 정기검진은 물론이고 몸에 좀 이상 있다 싶으면 내로라하는 큰 병원들로 직행했다.

머리가 아프면 뇌종양을, 속이 안 좋으면 위암을, 눈이 침침하면 녹내장을, 기침이 좀 나면 폐암이나 결핵을, 오줌이 좀 불편하게 나오면 전립선암을 의심했다. 갈 때마다 특진비를 내고 유명하다는 교수나 박사들에게 진료를 받았고 수십만 원, 때로는 백여만 원에 달하는 금액을 내고 최신 기술 검사를 청했다.

물론 그때마다 의사들은 건강하다, 괜찮다, 말하곤 했지만 광남 씨는 믿지 않았다. 특진상담이라고 해봐야 오 분이면 끝내는 의사들 태도가 성의 없어 보여 이 자들이 바쁘다는 핑계로 대충 보고 뭔가 빼먹지 않았을까, 검사 결과가 혹시 다른 사람들 것과 바뀐 게 아닐까 의심스러워 확인을 거듭했다. 광남 씨가 그런 식으로 나오면 의사들은 결국, 그렇게 정 의심스러우면 두 달이나 석 달 후에 다시 와서 진찰을 받으라 했는데 두세 달이면 병이 걷잡을 수 없이 나빠질지도 모르는 판에 그럴 수는 없었다. 다른 병원으로 가 같은 검사와 진료를 되풀이하고 똑같은 말을 들었다.

"아무 이상 없으니 맘 편히 가지시고 집에 가서 푹 쉬세요."

이런 과정을 서너 번 반복한 다음에야 비로소 안심할 수 있었다. 그렇다고 늘 괜한 검사만 받았던 것은 아니다. 진짜로 이상이 생긴 적도 있다. 치질. 밖에서는 배변이 안 돼 무조건 참는 습관 때문에 상시적 변비가 생겼고 변기에 앉으면 보통 사십 분이나 오십 분, 때로는 한 시간 가까이 힘을 주어 피까지 봐야 하는 걸 장기적으로 반복하다 보니 결국엔 의사 앞에서 엉덩이를 까고 수술대에 엎드려야 했다. 동료들이나 아내는 온갖 깔끔한 척은 혼자서 다 하더니만 뭐냐, 식으로 비웃으며 혀를 찼다. 특히 아내는 매번 병원비 영수증을 보고는 경기를 일으키며 악을 쓰곤 했다.

"쥐꼬리만 한 월급 받아서 병원비로 다 쓰면 우린 뭐 먹고 살아? 어디 아픈 것도 아니라면서, 이 미친 인간아."

그럴 때마다 광남 씨는 어느 날 덜컥 암에 걸려서 수술하고 항암치료 받느라 집안 거덜 나는 것보다는 낫다고 말했다. 아내는 차라리 생명보험을 드는 것이 낫겠다고 대꾸했다. 물론 사망 시 수령자는 아내 앞으로.

병은 예방이 최선이다. 의심과 염려는 최선의 예방책이다. 병원에 갈 때마다 광남 씨는 세상에 그렇게 많은 환자와 그렇게 많은 질병이 있다는 사실에 놀라곤 했다. 인간 몸 구석구석, 머리에서부터 발가락 끝에 이르기까지 병으로부터 자유로운 곳은 없었다. 인간은 참으로 허약한 동물이었다. 그러나 그 생각은 금수산 아래 살기 시작하면서 조금 달라졌다.

인간은 허약한 것이 아니라 더러운 동물이다. 인간이 가진 대부분 병은 잘못된 생활방식과 탐욕 때문에 생기는 것이다. 소화도 못 시킬 만큼 많은 음식을 먹고, 쓸 데도 없는 열량을 섭취하기 위해 끼니마다 고기를 먹고, 그 때문에 필요 이상으로 짐승을 잡고, 쓸모없는 것들을 더 많이 만들어내기 위해 각종 공장을 지어 매연을 내뿜고, 그저 과시하기 위해 터무니없이 큰 자동차를 타고, 쾌락을 채우려 아무하고 들러붙어 섹스하고…… 실제로 광남 씨는 금수산 아래로 이사 온 이후로는 병원에 가본 적이 없었고 병을 의심해본 적도 없었다. 바로 어제까지는.

병원 벽에 붙은 '최첨단 CT와 MRI 도입' 같은 문구를 보자 새삼 마음이 훈훈해졌다. 접수대 번호판에 호출 번호가 뜨자 벌써 속이 뻥 뚫리는 기분이 들면서 조금 전 병원 문을 들어서기까지 무거웠던 발걸음이 조금은 가벼워진 것도 같았다. 이번에는 의사들도 반드시 자기 몸에 이상이 생겼다는 걸 찾아낼 수 있을 것이다. 그동안은 염려가 단지 예방으로 끝났지만 이번엔 치료로 이어질 것이다. 아니, 그래야만 한다.

"산부인과요?"

접수하던 직원이 광남 씨를 올려다보며 물었다. 딴 데 정신이 팔렸던 광남 씨는 눈을 한번 깜박이고는 직원 얼굴을 들여다보았다.

"산부인과 진료받으실 거예요?"

"예?"

"방금 그러셨잖아요. 산부인과라고."

"아……."

엉겁결에 말이 잘못 나온 모양이다. 그러면 무슨 과로 가야 하지? 속이 안 좋아 왔으니까…….

"내과요."

아차, 싶었다. 다리가 아파서 온 것을 까먹었다.

"아, 아뇨. 외과요."

컴퓨터 자판을 두드리던 직원이 손가락을 멈추고 광남 씨를 빤히 올려다보았다. 결국 내과와 외과 둘 다 진료를 잡았다. 정형외과 진료부터 받기로 하고 삼십 분을 기다려 진료실에 들어갔을 때 특진비를 내고 만난 교수라는 의사는 발목을 살피고는, "아니, 이렇게 될 때까지 그동안 병원에 안 오시고 뭐 하셨어요?"라며 미간을 찌푸렸다. 의사는 곧바로 처치에 들어갔고 끝난 후엔 채혈실, 방사선실, 심전도실 등을 다녀오게 했으며 군말 없이 시키는 대로 하고 돌아온 광남 씨에게 처음보다 조금 더 미간을 찌푸린 표정으로 서류 한 장을 내밀었다.

"아까 보셨겠지만 뼈가 썩었어요. 골수 감염이라 무릎 아래 절
단이 시급합니다. 더 놔두면 패혈증도 올 수 있어요. 그땐 정말 손
쓸 수 없게 됩니다. 바로 수술 스케줄 잡을 테니 확인하시고 동의
서 작성해서 다음 수술날짜에 맞춰 가져오세요."

얼결에 수술동의서를 받아든 광남 씨는 입을 떡 벌리며 혀를 빼
물고는 콧구멍을 벌름거렸다. 턱으로 침이 흘러내리는 걸 느꼈지
만 닦을 엄두조차 나지 않았고 자신이 방금 뭔 소리를 들은 건지
특진 의사에게 무엇을 물어봐야 하는 건지 머리가 멍했다. 의사는
광남 씨 얼굴을 빤히 쳐다보다 휴지 두 장을 뽑아 광남 씨에게 건
넸다.

"자, 침 닦으시고 진정하세요. 환자분 마음은 알겠지만 그렇다
고 너무 걱정하실 필욘 없습니다. 요샌 좋은 의족도 많이 나와 있
고, 또 꾸준히 재활하시면 걷는 데는 크게 지장 없을 거예요. 그러
나저러나 발목 다쳤을 때 뼈까지 건드려진 거라 통증이 상당했을
텐데 어디서 어떻게 난 상처인지 전혀 모르시겠다니, 거참 이상하
군요."

광남 씨는 대답 없이 고개를 숙였다. 그저 의사가 건넨 휴지를
주먹으로 꼭 쥔 채 발목부터 발등까지 붕대로 칭칭 감긴 왼 다리
만을 내려다볼 뿐이었다. 다물어지지 않는 입에서 흘러내리는 침
이 눈물처럼 뚝뚝 바닥으로 떨어졌다. 아무리 명의라 해도 믿기
힘들었다. 두 달 전 물린 상처가 겉은 아물어가면서 속은 썩고 있
었다니……. 게다가 그 물린 흉터에 새롭게 생겨난 상처 두 개에

대해선 언급조차 안 했다. 두 개 구멍에서 코 터럭처럼 들락날락 꿈틀대는 건 뭐라 설명할 것인가.

설핏, 두어 달 전 사라졌던 머리 없는 바퀴벌레가 떠올랐다. 프리미엄 서비스를 마치고도 끝내 나타나지 않아 모르는 새 다 같이 없앤 거라 믿었지만 눈으로 확인한 것은 아니었다. 세상에 그냥 사라지는 건 없다. 사라진 게 아니라면 살아 있을 터. 어디에? 광남 씨 몸속에. 물려서 벌어진 상처 틈으로 파고 들어가 일찌감치 보금자리를 만들어 두 달 동안 야금야금 뼈를 갉아먹다가……. 그놈이 얼마 전 옆집에서 사라졌던 놈을 불러들인 걸까. 죽기 전에 등 따시고 배부른 이곳에다 새끼들을 피신시키라고?

'한 마리가 보이면 백 마리가 숨어 있는 겁니다, 고객님.'

'암놈 한 마리가 석 달 정도 살면서 새끼를 얼마나 퍼뜨리는지 아십니까? 삼백 마리입니다. 하하하.'

잠시 후 간호사가 가져다준 휠체어에 앉아 멍하니 정형외과 진료실을 나온 광남 씨는 휠체어 바퀴를 밀며 하염없이 직진하다 내과 병동을 지나쳤고, 다시 돌아 정처 없이 직진하다 외과 병동으로 되돌아왔으며, 왔다 갔다 몇 번이나 반복하며 헤매고 난 끝에야 병원 안내원 도움을 받아 예약한 내과 외래에 도착할 수 있었다. 외과 진료가 끝나고 내과 진료까지는 한 시간이 비어 있어, 원래대로라면 영양주사를 맞으며 느긋하게 기다릴 예정이었으나 광남 씨는 내과 대기실 복도 끝에서 진료 차례가 올 때까지 수술 동의서만 내려다보았다.

"고광남 님."

진료실 문을 연 간호사가 이름을 불렀다. 정신이 든 광남 씨는 깊이 숨을 들이마셨다가 길게 내뱉었다. 기다리는 한 시간이 숨을 참았던 것처럼 답답했기 때문이었다.

"어디가 안 좋아서 오셨어요?"

내과 전문의가 물었다. 교수면서 지역방송에도 자주 출연한다는 의사에게 '바퀴벌레가 내 몸속에 잔뜩 살고 있어요'라고 대답할 수는 없었다. 광남 씨는 그냥 있는 것 없는 것 다 끌어다 붙였다.

"속이…… 안 좋고, 메슥거리고…… 아프고, 밥맛도 없고, 먹으면 토하고, 안 먹어도 토하고……."

오 분 안 되는 상담을 끝내고 광남 씨는 최신 CT와 MRI를 찍었다. 통 속에 들어가 누워 천장을 멀뚱히 바라보면서 기계 돌아가는 소리를 듣고 있자니 그 소리만으로도 몸속 바퀴벌레들이 혼비백산해 배를 뒤집고 죽는 것 같은 느낌이 들었다. 피식 웃음이 났다. 그래, 이것들만 없어진다면 다리 없애는 게 뭐 큰 대수랴. 병균에 오염된 다리로 평생 구질구질하게 사느니 이깟 다리 반쪽 자르는 게 차라리 낫다. 어찌 보면 그만큼 몸이 더 깨끗해지는 것 아니겠는가. 그래, 바퀴벌레만 없앨 수 있다면……. 썩은 다리 따위 너 가져라.

기계 속에서 마음이 한결 편안해진 광남 씨는 막판엔 거의 잠들 뻔했다. 결과는 이틀 후에 나온다고 했다. 발목 수술날짜도 같은 날로 잡았고 다음 진료비까지 결제했다. 진통제와 소염제와 항생제 등 이틀 치 처방전을 들고 병원을 나서 병원에서 알려준 대로 병원 옆에 붙은 국민건강보험공단 지사에 들러 목발을 무료로 대여받았다. 그 목발을 짚고 가벼워진 발걸음으로 버스정류장에 늘어선 약국들을 보며 걸었다. 이왕 나온 김에 뭐, 영양제 먹는 기분으로…… 한 약국으로 들어가 처방전을 내밀고 밝은 목소리로 외쳤다.

"구충제도 주세요. 이 인분이요."

저녁 늦게야 집에 돌아온 광남 씨는 식탁에 마주 앉은 아들 손바닥 위로 알약을 놓았다. 구충제를 먹는 광남 씨를 마땅찮은 눈으로 보던 아이는 제 손에 든 약을 내려다보며 물었다.

"아버지 회충 있어요?"

"회충이 있어서 먹는 게 아니라 예방 차원에서 먹는 거야. 계절마다 한 번씩은 먹어야 한다고."

"꼭 나까지 먹어야 하나?"

"식구들이 다 같이 먹어야 해. 안 그럼 회충도 옮으니까."

인상을 잔뜩 쓰며 약을 입에 집어넣는 배식을 광남 씨는 흐뭇한 표정으로 바라보았다. 주고받는 회충약 속에 부자간 정이 오가는 것만 같았다.

며칠 만에 밥 한 공기를 다 비웠다. 아침엔 손도 못 댔던 것을 생각하면 벌써 몸이 좋아진 듯했다. 물론 그럴 리는 없다. 구충제 정도로 놈들이 죽을 리는 없다. 머리가 떨어져도 돌아다니는 종자들 아닌가. 놈들은 아직 광남 씨 몸속에 있다. 아무도 모르게 숨어 있다가 오장육부를 오염시키고 어느 날 갑자기 피부 여기저기를 뚫고 몸속에서 쏟아져 나올 계획이었겠지.

어림없다. 광남 씨는 그러한 놈들 계획을 다 알아내고야 말았다. 딱 걸린 것이다. 더욱이 최첨단 CT와 MRI의 예리한 눈길을 피하지는 못할 것이다. 그럼 게임은 끝난 거나 마찬가지. 이틀 후면 놈들 위치가 발견될 것이고, 그럼 약물이나 어쩌면 방사선을 통해서라도 놈들을 제거하게 될 것이고, 마지막으로 오염된 다리까지 수술하면 모든 것이 예전으로 돌아가게 된다. 그런 생각을 하다 보니 몸이 어느새 좋아진 것 같아 밥맛이 절로 생긴 것이다.

"저 집에 있는 전축이요."

물잔을 탁자에 놓으며 배식이 말했다.

"그거 되는 거예요?"

"응?"

"전축이요. 벽난로 앞에 있는."

"아……. 그건 왜?"

"신기해서 틀어보려고 했는데 저 집은 전기가 끊겨서 안 되더라고요. 여기서 한번 틀어보려고요."

뭐라 할 말을 찾던 광남 씨는 가슴을 픽픽 쳤다. 저녁을 너무 많이 먹은 건지 속이 더부룩했다.

"다른 사람 물건에 손대는 거 아니다. 그리고 그건 붙박이라 갖고 나올 수도 없어."

"어차피 주인도 없는 건데 뭐……."

입을 살짝 삐쭉거리며 중얼거리던 배식이 다시 물었다.

"참, 아버지 올 킬이라는 데 가입한 적 있어요?"

소화 안 되는 속을 달래느라 매실장아찌 하나를 입에 넣던 광남 씨는 채 씹지도 않은 장아찌를 그대로 삼키고 말았다.

"올…… 킬?"

장아찌가 목에 걸려 껙껙거리며 광남 씨가 말했다.

"네, 해충 구제 업체라면서요."

광남 씨가 병원에 간 사이 전축을 만지작거리다 턴테이블에 꽂힌 명함 한 장을 발견했단다. 반으로 찢어진 것을 스카치테이프로 붙인……. 그 명함에 적인 번호로 전화를 걸어봤고, 전화를 받은 이가 명함 뒤에 써놓은 회원 번호를 물었으며, 그리하여 배식이 광남 씨 아들이라는 사실이 밝혀졌다.

"뭐, 뭐라 그러디?"

"아버지가 거기 가입했다면서요? 브이아이피 회원이라던데?"

"그…… 근데?"

"혹시 바퀴 때문에 그러냐고 물어보던데요?"

"그래서 뭐라 그랬는데?"

"맞다 했죠. 그러니까 무슨 서비스를 받으라고 그러던데요. 브이아이피 회원들한테만 하는 게 있다고. 뭐라더라? 프, 뭐라던데. 아, 프리미엄."

광남 씨는 입을 떡 벌렸다. 속이 느글거리기 시작했다.

'이 서비스는 말입니다, 한번 신청하시면 취소 불가능합니다. 무슨 일이 있어도 절대. 하하하…….'

광남 씨는 고개를 흔들어 안희수 웃음소리를 떨쳐내고는 배식에게 물었다.

"그래서 한다고 그랬어?"

"아뇨. 아버지한테 물어본다고 했어요."

광남 씨는 안도의 한숨을 내쉬었다.

"그러니까, 그러라고 하디?"

"뭐, 직계 가족은 자동으로 브이아이피 대상이라면서 본인이 아니어도 서비스 신청할 수 있다고 그러던데요. 그래도 그냥 아버지 오면 물어본다고 하고 끊었어요."

"잘했다."

물 잔에 물을 따른 광남 씨는 한 컵을 단숨에 비웠다.

"여긴 바퀴 없어요? 한번 불러요. 저 집은 바퀴 땜에 잠도 못 자겠고……."

"안 돼."

광남 씨는 소리를 꽥 질렀다. 깜짝 놀란 배식이 눈을 크게 떴다. 이 집에 바퀴벌레가 있냐고? 있지. 이 집에만 있는 게 아니라 네 아비 배 속에서도 우글우글 자라고 있단다.

"거…… 거기 저번에 불러봤는데 별로야. 도로 생겨 바퀴가……. 그러니까 혹시 귀찮게 전화 오면 안 한다고……."

광남 씨는 자리에서 벌떡 일어섰다.

"스마트폰 이리 내."

"왜요?"

"글쎄 주라면 줘봐."

배식은 바지 주머니에 손을 넣은 채 머뭇댔다. 광남 씨는 아들 주머니를 뒤져 스마트폰을 뺏다시피 해 그대로 바닥에 던져버렸다. 화면에 금이 쩍 간 스마트폰을 향해 아주 박살 낼 각오로 식탁 옆에 세워둔 목발을 들어 올렸다. 목발이 공중을 가르는 순간 헐레벌떡 자리에서 일어난 배식이 스마트폰을 잽싸게 주워드는 바람에 광남 씨는 애꿎은 아들 엉덩이만 세게 후려치고 말았다. 배식은 비명을 지르며 나동그라졌고 광남 씨는 목발을 든 채 얼어붙었다.

"배…… 배식아……."

목소리가 떨렸다. 잠시 죽은 듯이 엎어져 있던 아이는 천천히 몸을 일으켜 현관문을 향해 돌아섰다.

"그 서비슨지 뭔지…… 안 받으면 되잖아요."

# 5

해가 중천에 떴다. 아홉 시는 넘은 것 같았다. 배식은 벌써 일어
났을 것이다. 그 나이 아이들답지 않게 잠이 없다. 아니, 잠이 없는
것이 아니라 잠을 못 자는 것 같다. 이유는 하나다. 바퀴벌레. 일단
일어나서 아침밥이라도 챙겨 먹여야겠다. 그렇지만 일어날 수가
없다. 몸이 천근만근 무거운 데다 바닥을 짚고 일어나려 해도 팔
꿈치나 손이 방바닥에 닿지를 않는다. 고개를 오른팔 쪽으로 돌려
본 광남 씨는 깜짝 놀랐다.

팔이 없었다. 정확히는 아예 없다기보다 팔이 있어야 할 자리
에 다른 것이 붙어 있었다. 뾰족한 잔털이 톱니처럼 잔뜩 난 시커
먼 다리. 그 아래로도 똑같은 다리 두 개가 더 붙어 움찔거리고 있
었다. 왼쪽으로 고개를 돌렸다. 오른쪽과 마찬가지. 그뿐만이 아
니다. 고개를 돌릴 때마다 눈앞엔 낚싯대처럼 완만한 곡선을 그린

두 줄이 배 위로 닿을 듯 말 듯 낭창거렸다. 고개를 세차게 흔들자 풍물놀이 상모처럼 두 줄도 따라 움직였다. 눈알을 치켜떠보니 눈두덩이 위 머리 양쪽에서 뻗어 나온 거였다.

광남 씨는 머리를 들썩이며 필사적으로 일어서려 애썼다. 럭비공처럼 둥글어진 등이 바이킹처럼 좌우로 왔다 갔다만 반복했다. 팔다리를 버둥거려도 몸은 누운 자리에서 빙그르르 돌 뿐이다. 바닥에 닿아 회전하는 등의 통증을 딛고 머리를 들어 올려 가까스로 회전을 멈추고 아래를 보았다. 머리 아래는 상체 하체 따질 것 없이 누런 가슴과 배뿐이었다. 그 가슴과 배가 어쩐지 무겁더라니, 밭고랑 같은 주름들 사이사이에 옹기종기 모인 주먹만 한 팥죽색 덩어리들이 빼곡히 차 있었다.

뭐지? 확인할 겨를도 없이 덩어리들에서 모서리 한쪽이 툭툭 터져 주머니처럼 쩍 벌어지더니 하얀 조랭이떡 같은 것들 열댓 개가 반쯤 쏙 빠져나왔다. 그 한 다스쯤의 조랭이떡에 각각 까맣게 박힌 눈알과 투명하게 붙어 있는 더듬이와 다리가 방금 맞이한 바깥세상이 신기하고 낯설기라도 한 듯 꼼지락거리기 시작했다. 그것들은 색깔만 다를 뿐 지금의 자신과 똑 닮은 모습이었다.

껍질만 남은 팥죽색 덩어리들이 배 밑으로 낙엽처럼 우수수 떨어져 내렸다. 무지막지하게 쏟아져 나온 수백 개 조랭이떡, 아니 새끼들이 일제히 꿈틀거렸다. 먹이를 찾아 울거나 보채듯 광남 씨의 배와 가슴 위를 기어 다니거나 여섯 개 다리를 타고 오르내리며 시커먼 몸을 하얗게 덮어버리더니 머리를 향해 몰려와 마침내는 입안까지 파고들었다. 광남 씨는 털어내거나 뱉지 않고 속수

무책 흐느끼기만 했다. 어찌 된 일인지 징그럽기보다는 애처로운 기분이 들어서였다. 마치 그 새끼들의 어미가 되기라도 한 것처럼…….

"이러니까 아무리 해도 바퀴벌레가 없어지질 않는 겁니다."

흐릿한 시야 저편으로 방문이 열리더니 안희수가 들어섰다. 하얀 방호복에 고글과 마스크를 쓰고 등에 연장통을 멘 채였다. 안희수 뒤에는 배식이 서 있었다.

"이 어미를 잡아야 게임 끝이란 말입니다."

연장통에서 봉을 빼든 안희수가 고글 너머로 광남 씨를 내려다보며 말했다.

"그럼, 시작해보겠습니다."

안희수가 광남 씨 곁으로 바짝 다가섰다. 방호복 왼 가슴팍에 새겨진 올 킬 로고가 서슬 붉게 빛났다. 광남 씨는 눈을 가느다랗게 떴다. 붉은 원과 사선 속에 갇힌 박멸대상은 파리도 모기도 바퀴벌레도 아닌 사람이었는데, 그 얼굴이 광남 씨를 닮아 있었다.

"이번엔 확실히 좀 없애주세요."

팔짱을 끼고 선 배식이 광남 씨를 노려보며 말했다.

"물론입니다."

안희수가 봉 스위치를 올렸다. 봉 끝 후드가 광남 씨 배 위에 닿자 살이 찢겨 나가는 듯한 고통과 함께 몸이 후드 속으로 빨려 들어갔다. 광남 씨는 여섯 개 다리를 버둥거리며 아들을 향해 꺽꺽 울었다.

"아버지, 아버지."

눈을 뜬 광남 씨는 코앞에 다가와 있는 아들 얼굴을 보고 비명을 질렀다.

"많이 아파요?"

한 걸음 물러난 배식이 광남 씨 다리를 내려다보며 물었다. 광남 씨는 급히 자신을 둘러보았다. 새끼들이 사라진 몸통에 팔다리가 원래대로 붙어 있었다. 개수도 세 쌍 대신 각각 한 쌍씩. 다만 사지는 공중을 향해 엉거주춤 들려 있었다. 뒤집혀 버둥거리는 한 마리 바퀴벌레처럼. 다리에 힘을 풀고 팔을 내려 슬그머니 머리를 만져보았다. 더듬이까지 없는 걸 확인한 광남 씨는 눈가에서 말라가는 눈물을 닦아내며 크게 숨을 몰아쉬었다.

"밥 먹어요."

"응?"

"밥 차렸어요."

"네가?"

"밥만 했어요. 반찬은 냉장고에 있는 거 그냥 먹으면 되지 뭐."

광남 씨는 아들 얼굴을 물끄러미 올려다보았다. 눈이 마주치자 배식은 시선을 피했다. 붕대로 칭칭 감은 광남 씨 왼 다리를 보는 아들 눈동자가 조금 흔들렸다. 광남 씨는 이마를 손등으로 문질러 닦으며 엉거주춤 상체를 일으켰다.

"토했어요?"

배식이 광남 씨가 누웠던 자리를 건너다보며 물었다.

"응?"

광남 씨는 고개를 돌렸다. 머리를 댔던 요 위에 손바닥 넓이로 허옇고 누런 토사물이 걸쭉하게 퍼져 있었다. 손등으로 입을 문질러보니 같은 색깔 오물이 묻어났다. 자신의 입에서 나온 것이 맞는 듯했다.

"어우, 냄새."

배식이 고개를 돌리며 코를 막았다.

"내…… 냄새?"

광남 씨는 토사물에 코를 슬쩍 갖다 대보았다. 아무런 냄새가 나지 않았다.

"난, 안 나는데……."

배식이 코를 막은 채 광남 씨를 걱정스러운 듯 의심스러운 듯 바라보았다. 정말이었다. 광남 씨는 토사물 특유의 구리거나 시큼한 내를 맡지 못했다. 오히려 뭔가 좋은, 식욕을 자극하는 냄새가 나는 것 같았고 공연히 변도 마려웠다. 회충약을 먹은 탓인가? 자리에서 일어나 화장실로 향했다.

화장실에 들어온 지 한 시간이 넘었지만 광남 씨는 나가지 않았다. 볼일은 벌써 마친 상태였으나 뒤를 닦는 것도 잊은 채 쭈그려 앉아 머리를 박다시피 하고 변기 안을 관찰했다. 그러니까, 방금 자신이 싼 변을 조사하는 것이다. 모두 합해 일곱 덩어리. 항문을 빠져나오며 자연스럽게 끊어져서 일곱 덩어리가 된 것이 아니라, 마치 긴 원통을 손으로 뚝뚝 뜯어놓은 것처럼 나온 것이다. 괄약근을 사용하여 일부러 일곱 번을 끊어낸 것도 아니다. 평소 보던 대로 했는데 저렇게 끊어져 나왔다.

모양만 이상한 게 아니다. 색깔도 모두 짙은 회색. 크기와 양으로 봐서는 분명히 사람 것이었으나 그 모양과 색깔을 말하자면…… 바퀴벌레 똥을 그대로 확대해놓은 듯한 것이랄까. 요컨대 사람만 한 바퀴벌레가 변을 보면 이렇지 않을까 싶은. 무엇보다 구린 냄새가 전혀 나지 않았다. 아무리 자기 것이라고는 해도 변 본연의 구린 냄새는 어디 가지 않는 법이다. 그런데 그 냄새가 전혀 나지 않았다. 그렇다고 향기가 나는 것도 아니었다. 무취. 전혀 냄새가 없다.

코가 막혔나? 그렇지 않았다. 화장실 안에 돌아다니는 방향제 냄새는 너무나 뚜렷하게 맡을 수가 있었다. 오히려 너무 진해 역겨울 지경이었다. 그렇다면 내가 싸질러 놓은 이것은 도대체 무엇이란 말인가? 내 것은 맞다. 문제는 이것이 사람 것인가, 아니면 다른 어떤 것? 휴지로 뒤를 닦아보았다. 보송한 회색 가루만 조금 묻어 났다. 광남 씨는 변기 물을 내리지 않은 채 화장실을 나가 부엌 찬장에서 나무젓가락 하나를 꺼내 들고 다시 변기 앞에 앉았다.

덩어리 하나를 쿡 쑤셔보았다. 단단한 것이 굳은 시멘트 덩어리를 쑤시는 느낌이었다. 변기 벽 한쪽에 밀어붙이고 힘을 주자 덩어리가 벽돌 깨지듯 조각조각 바스러졌다. 사람 변이 이렇게 단단할 수는 없다. 더군다나 광남 씨 항문은 치질 수술로 인해 다른 사람들보다 예민하다. 이 정도 단단함이라면 고통 없이는 변을 보지 못했을 것이나, 광남 씨는 아무런 아픔도 느끼지 못했다. 몸에 뭔가 변화가 있지 않고서야 그럴 수는 없다.

덩어리를 마저 잘게 부쉈다. 소화된 음식물이라고 할 만한 것은 전혀 보이지 않았다. 아니 완벽하게 소화된 상태라고 할까…….

그러나 광남 씨가 찾는 것은 음식물 말고 따로 있었다. 나머지 덩어리들도 죄다 쑤셔 부쉈다. 없었다. 큰 기대를 한 것은 아니었지만 힘이 쭉 빠졌다. 어차피 회충약을 하나가 아니라 한 주먹 먹는다고 해도 변에서 바퀴벌레 알집이나 유충을 발견할 수는 없을 것이다. 그것까지 죽이는 약이면 애초에 이름이 회충약이 아니라 바퀴약이겠지. 병원에 가서 치료를 받는 수밖에 없다.

"밥 안 먹어요?"

배식이 화장실 문을 두드렸다.

"곧 나가."

변기 물을 내린 광남 씨는 십 분 정도 손을 닦고 사십 분 정도 왼 다리에 물이 닿지 않도록 조심조심 샤워를 끝내고 나서야 화장실을 나왔다. 아들이 기다릴 것을 고려해 평소보다 일찍 끝내고 나왔지만, 배식은 한숨을 내쉬며 식은 국을 다시 데워 광남 씨 앞에 내려놓았다. 광남 씨는 수저를 들다가 아들 밥그릇 옆에 놓인 스마트폰을 발견하고는 멍하니 쳐다보았다 액정화면에 거미줄 모양으로 금이 가 있었다. 아들 엉덩이는 괜찮으려나……. 뒤쪽이라 제 손으로 약 바르기가 힘들었을 텐데…….

"밥 먹어요."

제가 먹을 국까지 마저 퍼 온 배식이 후다닥 스마트폰을 바지 주머니에 넣으며 궁둥이 한쪽을 살짝 의자 밖으로 내놓은 채 조심스럽게 앉았다.

"약 먹어야 하니까, 그거 남기지 말고 국에 말아 다 드세요."

배식은 밥과 국을 손으로 가리키며 말했다. 광남 씨는 배식이 끓인 양파된장국을 내려다보았다. 말 그대로 된장에다 양파만 넣은 국이지만 된장만 좋다면 꽤 맛이 있어서 광남 씨가 즐겨 먹는 국이다. 이런 걸 다……. 마냥 철없어 보이던 아이가 언제 이렇게 자라나 아비가 아파서 늦게 일어났다고 제 손으로 밥상을 다 차렸을까? 그 기특하고 고마운 마음도 잠시, 광남 씨는 식탁 앞에 앉은 지 오 분이 다 되도록 숟가락만 들고 있었다. 도무지 먹을 기분이 들지 않았다. 물론 밥이나 음식이 마음에 안 들어서가 아니다. 음식과는 상관없다. 자신이 문제인 것이다.

"안 먹어요?"

배식이 재촉했다.

"응…… 먹어야지."

어쩔 수 없이 된장국 한 숟갈을 떠 입에 넣었다. 국물이 목구멍을 타고 위장으로 넘어갔다. 기다렸다. 역시 어제 아침 먹었을 때와 같은 반응이 왔다. 국물은 위벽에 닿자마자 수영선수가 레인 끝에서 터닝 하듯 곧바로 식도를 향해 솟구쳐 올랐다. 이번에는 입을 막고 화장실로 튀어갈 시간도 없이 밥그릇 위에 그대로 구역질을 하고 말았다. 헛구역질이길 바랐으나 허옇고 누런 액체, 그러니까 오늘 아침 일어났을 때 머리맡에 토해놓았던 그 걸쭉한 오물이 함께 넘어왔다. 얼굴이 화끈거려 차마 고개 들어 배식을 볼 수가 없었다.

"아버지…… 뭐 해요?"

광남 씨는 눈만 슬쩍 치켜떠 배식을 보았다. 아이는 괴물이라도 본 것처럼 경악스러운 표정을 짓고 있었다. 그때야 광남 씨는 자신이 혓바닥을 날름 내밀어 토사물에 담그고 있다는 것을 깨달았다.

'얘들은 뭘 먹을 때 말입니다, 전에 먹었던 거 있잖습니까? 반쯤 소화된 거. 그걸 토하면서 같이 먹습니다. 정말 더럽지 않습니까?'

안희수는 그렇게 말했었다.

"저기…… 예약시간을 변경했으면 하는데요."

떨리는 목소리로 광남 씨가 말했다. 스마트폰 안에서 직원이 신원을 확인하더니 기다리라고 했다. 광남 씨는 목발로 자갈밭을 툭툭 내리치며 오른발을 떨었다. 서운하고 놀란 기색으로 밥상을 물리던 아들에게 겨우 스마트폰을 빌려 나와 병원에 전화하는 중이었다. 혹시라도 아들이 들을세라 오두막에서 멀찍이 떨어져 섰다. 차려준 밥을 맛있고 고맙게 먹지는 못할망정 배식에게 그런 추한 모습을 보이다니……. 자신을 바라보던 아이 눈빛이 머릿속에서 떠나지 않아 얼굴이 뜨거웠다.

확실히 정상이 아니다. CT와 MRI 검사 결과는 내일이 되어야 나온다. 치료는 당연히 그 이후다. 점심과 저녁은 건너뛰거나 아이와 따로 먹는다 해도 그사이에 배 속에 들어찬 알집에서 새끼들이 부화하기라도 한다면? 그놈들이 입과 코와 귀와 항문으로 쏟아져 나오기라도 한다면? 그런 생각을 하니 미칠 지경이 되어 마냥 기다리고만 있을 수가 없었다.

"담당 선생님과 내일 예약이 돼 있네요."

직원이 말했다.

"예. 그렇기는 한데…… 예약을 오늘로 당겼으면 해서요."

광남 씨는 오른 다리를 조금 더 심하게 떨었다.

"담당 교수님 진료가 오늘은 없습니다. 내일 오세요."

"그럼 검사 결과라도 오늘 알 순 없습니까? 좀 빨리……."

직원이 한숨을 쉬었다.

"말씀드렸잖아요. 오늘은 교수님이 안 계시다니까요."

"예, 알겠는데요, 그래도 어떻게 결과만이라도 빨리 아는 방법이 없을까요?"

"그렇게는 안 돼요. 그리고 우리 병원이 다른 데랑 비교하면 결과가 아주 빨리 나오는 편이에요. 다른 병원은 보통 일주일씩 걸려요."

"예…… 미안합니다. 그런데……."

"저희가 일부러 안 해드리는 게 아니에요."

떼쓴다고 될 일이 아니었다. 병원직원 말이 틀린 말도 아니었다. 어쩔 수 없다는 걸 알면서도 배 속을 생각하면 식은땀이 나는 것이다. 광남 씨는 더는 보채지 않고 전화를 끊었다. 어두워져가는 스마트폰 화면을 내려다보면서 문득 머리털이 쭈뼛 서는 걸 느꼈다. 까만 화면에 자신의 지문과 얼굴 기름이 고스란히 묻어 있었다.

생각이 이리 짧다니……. 피해 있어도 불안한 판국에 갖다 묻히기까지 했다. 아들에게 뭘 얼마나 더 갖다 묻혔던 걸까? 자신의 몸에서 나온 뭔가가, 예를 들어 병균이라거나 토해낸 알이라거나 그런 것들이 이미 아들한테 들러붙었다 몸속으로 들어가기라도 한 건 아닐까?

스마트폰을 쥔 손이 부들부들 떨렸다. 헐레벌떡 오두막을 향하던 광남 씨는 목발 끝이 자갈 사이로 걸리는 통에 앞으로 자빠지면서 손바닥과 얼굴이 바닥에 쏠렸지만 개의치 않고 벌떡 일어서서 뒤뚱뒤뚱 뛰다시피 해 목발로 현관문을 세게 박차며 집 안으로 들어섰다. 안방에 엎드려 만화책을 보던 배식이 놀라 몸을 벌떡 일으켰다.

"아, 아버지…… 얼굴은 또 왜……?"

광남 씨 얼굴을 살피며 배식이 물었다. 다짜고짜 안방으로 들어가 아들 어깨를 붙들고 물었다.

"너 어디 이상한 데 없어?"

"예?"

"몸에 이상 있는 데 없냐고. 아프거나."

"없는데…….."

"몸에 뭐가 났다거나 간지럽다거나 배 속이 이상하다거나 아니면 토하고 싶다든가 또 막…….."

되는대로 말하면서 쉬지 않고 눈동자를 이리저리 굴려 배식 몸 이곳저곳을 훑어보고 손으로 만져봤다.

"아버지."

배식이 소리쳤다.

"이상한 건 아버지잖아요……. 난 아무렇지도 않아요."

"정말이냐? 괜찮아?"

"가서 피나 좀 씻어요."

배식이 광남 씨 얼굴을 쳐다보며 말했다. 피? 광남 씨는 자신의 얼굴을 손바닥으로 쓸어보았다. 피가 묻어나왔다. 손바닥에서 난 피와 얼굴에서 묻은 피, 흙 등이 마구 섞여 손이 엉망이었다. 땅바닥에 넘어지면서 생긴 것들이다. 더러운 것. 이 더러운 것에 더러운 것들이 섞여 있을 것이다. 바퀴벌레가 옮겨놓은 병균, 오물, 기생충, 뭐든지. 거기에 오염된 피. 병균을 마구 옮기는 피. 자신이 붙들고 있던 배식의 어깨에도 피가 묻어 있었다.

"배식아…… 옷…… 옷 갈아입어. 피 묻었다."

"알았어요."

배식은 성의 없이 대답하고 만화책을 다시 펴며 자리에 벌렁 드러누웠다.

"지금 갈아입으라니까."

광남 씨가 소리를 빽 지르자 놀란 배식이 후다닥 몸을 일으켰다.

"피가 묻었잖아. 더럽게……. 지금 갈아입어."

"아, 알았어요. 아버지도 가서 씻어요."

배식은 베이지색 가방을 놓아둔 부엌으로 터덜터덜 걸어갔다. 광남 씨는 방바닥을 내려다보았다. 피 몇 방울이 바닥에 떨어져 있었다. 두루마리 휴지를 찾아 휴지 심에 피가 묻지 않도록 조심스럽게 뜯어낸 후 바닥에 묻은 걸 싹싹 닦았다. 굳기 전에 닦아야 한다. 이 더러운 피가 아들까지 오염시키게 할 수는 없다. 일부는 이미 굳기 시작했는지 잘 닦이지 않았다. 굳은 핏자국 위에 침을 탁 뱉어 문지르려다 동작을 멈췄다.

침? 내 침……. 여기에도 더러운 것들이 섞여 있을 텐데. 보나마

310

나 병균들이 득실득실하겠지. 어쩌면 바퀴벌레 유충이 섞여 나왔을지도 모른다. 그게 공기 중에 섞여 돌아다니다가 배식이 들이마신다거나…… 생각은 끝을 모르고 폭주하기 시작해 마침내 아들 몸에서 바퀴벌레 새끼들이 물결을 이루며 쏟아져 나오는 장면까지 이르렀다. 광남 씨는 고개를 좌우로 마구 흔들며 벌떡 일어섰다. 물, 물이 있어야 하는데. 아니 물 정도론 안 돼. 소독을……. 안방에 우뚝 서서 사방을 두리번거리며 광남 씨는 어쩔 줄을 몰랐다.

배식이 샤워하고 옷을 갈아입고 나올 동안 방 구석구석에 세제를 뿌려가며 걸레질을 한 광남 씨는 화장실로 들어가 왼 다리 붕대 안에 물이 들어가거나 말거나 세 시간에 걸쳐 몸을 씻었다. 보통은 한 시간이 걸리니까 평소보다 딱 세 배가 걸린 셈이었다. 그러고도 샤워기 물을 잠그지 않은 채 여전히 물줄기를 맞고 서 있었다. 배식이 문을 두드렸다.

"밥 먹어요."

점심도 아이가 차린 모양이다. 어쩌다 이렇게 됐나. 밥을 차려주지는 못할망정 어쩌다 아이한테 밥 공양을 받는 지경이 됐나. 물을 잠그고 서둘러 수건으로 몸을 닦았다. 머리까지 털고 걸려는데 수건에 뻘건 게 묻어 있었다. 피. 거울을 들여다보았다. 그친 줄 알았던 피가 아직 왼쪽 뺨에서 배어나고 있었다. 손바닥을 보았다. 마찬가지. 피가 묻은 수건으로 온몸을 닦은 것이다. 그렇다면 그 피가 도로 온몸에 묻었다는 것. 그 더러운 몸으로 아들 앞에 앉아 함께 밥을 먹는다면 자신의 몸에 묻은 뭔가가 음식에 떨어지고 아들이 그걸 먹고……. 세 시간 넘게 샤워한 것이 말짱 꽝이 되었다. 광남 씨는 밖에 대고 말했다.

"먼저 먹어라. 난 나중에 알아서 먹을 테니까."

대답이 없었다. 광남 씨는 변기에 걸터앉았다. 밴드나 붕대 따위를 붙이는 것은 소용이 없다. 그건 결국 피를 몸에 붙이고 있는 것이나 마찬가지니까. 완전히 지혈될 때까지 기다려서 비누로 씻어내야만 안심할 수 있다. 손바닥에서 흐른 피 한 방울이 바닥에 툭 떨어져 고인 물에 번졌다. 휴지를 잔뜩 떼어내 왼쪽 뺨과 손바닥에 붙였다. 휴지에 배어드는 피를 보았다. 왜 이렇게 안 멈추는 거지? 왼쪽 다리 붕대에서도 피고름이 차오르기 시작했다. 확실히 몸이 변했다.

이른 저녁을 먹을 시간이 되어서야 광남 씨는 욕실에서 나왔다. 피 묻은 수건을 엄지와 검지로 조심스럽게 들고 가 세탁기에 넣고 그 위에 세제를 잔뜩 퍼부었다. 죄책감이 들었다. 세제를 너무 많이 사용하면 토양과 수질을 오염시킨다는데. 그렇지만 어쩔 수 없다. 자신의 몸은 이미 흙과 물보다도 더 오염되었고 아들도 그렇게 될지 모른다. 세탁기 버튼을 누르고 부엌으로 간 광남 씨는 움찔했다. 식탁 의자 옆에 옆집 전축이 덩그러니 놓여 있는 것이다. 이게 왜 여기…… 번쩍이는 황금색 나팔관에 붙은 포스트잇 한 장이 보였다.


'밥이랑 국만 데워서 드세요. 전축은 제가 분리 좀 해봤어요. 대충 봐도 고물이네요. 여기 갖다놓을게요. 아버지 들으세요. 스트레스 많이 받았을 땐 클래식이 좋대요.'


312

턴테이블 위엔 밀러, 아니 말러 판이 얹혀 있었다. 식탁을 보았다. 아들이 차려놓은 음식들이 그대로 놓여 있었다. 식은 밥과 국, 반찬들을 물끄러미 내려다보았다. 눈물이 날 것 같았다. 사실 밥을 먹고 싶은 생각은 눈곱만큼도 없었다. 오히려 음식 냄새를 맡으니 또다시 속이 느글거리기 시작했다. 그러나 광남 씨는 의자에 앉아 숟가락을 들었다. 식은 쑥국을 한 숟갈 떠서 입으로 가져갔다. 구역질했다. 눈에 익은 그 누렇고 허연 토사물을 밥그릇 위에 게워놓았고, 자기도 모르게 혀를 날름 내밀어 그 토사물을 핥아먹으려다 흠칫해서 손으로 입을 틀어막았다. 눈물 한 방울이 눈꼬리로 찔끔 새 나왔다.

눈을 떴을 땐 어둠뿐이었다. 차분히 기다리자 어느 순간 사물들이 점차 희미하게 모습을 드러냈다. 몸을 옆으로 뉘던 광남 씨는 화들짝 놀랐다. 누군가 옆에 누워 있었다. 몸을 벌떡 일으켰다. 배식이었다. 작은 숨소리를 내며 곤히 잠들어 있었다. 광남 씨는 아들에게서 살짝 떨어져 주변을 손바닥으로 더듬으며 귀를 기울였다. 혹시 돌아다니는 건 없는지, 무슨 소리가 들리지는 않는지. 다행히 아무것도 없었고, 아이 숨소리 말고는 아무 소리도 들리지 않았다.

불을 켰다. 잠든 아들 얼굴을 한참 더 지켜보던 광남 씨는 때린 엉덩이를 살펴보고 약 발라주고 싶은 걸 꾹 참았다. 상처 난 아이 엉덩이를 광남 씨 손으로 만질 수는 없었다. 나지막이 아들 이름을 불렀다. 아이는 뒤척였을 뿐 일어나지 않았다. 좀 더 크게 부르자 인상을 쓰며 눈을 떴다.

"왜요?"

"일어나봐."

"예?"

"좀 일어나보라고."

배식은 얼굴을 한층 더 구겨 뭉그적거리며 일어나 앉았다.

"왜요?"

"왜 여기 와서 자고 있어?"

"여기서 자면 안 돼요?"

"안 된다는 게 아니라, 왜 갑자기 여기서 자냐고."

배식은 머리를 북북 긁었다.

"말했잖아요. 저 집에 바퀴가 있다고. 신경이 쓰여서 잠을 잘 수가……."

"여긴 괜찮고?"

"그런 거 같은데요? 여긴 바퀴 없는 거 같은데……."

없는 거 같다고? 광남 씨는 자신의 몸을 훑으며 헛웃음 쳤다.

"배식아……."

도로 누우려는 아이를 불렀다.

"아, 왜요?"

아이는 짜증을 내며 다시 몸을 일으켰다.

"너 집에 가면 안 되겠냐?"

"어디? 엄마한테요?"

광남 씨는 고개를 끄덕했다.

314

"왜요? 내가 여기 있는 게 그렇게 싫어요?"

"아니 싫다는 게 아니라……."

"걱정하지 마요. 아버지 귀찮게 안 할 테니까. 그래서 일부러 한 집에 안 있고 저 집에 있는 거 아녜요."

"그게 아니라니까……."

"그러니까 그 바퀴 잡는 회사 부르자니까요? 그러면 거기서 그냥 자도 되잖아요. 브이아이피 회원이라고 그냥 해준다는데 왜 안 불러요? 에이……."

벌러덩 누운 아이는 이불을 뒤집어썼다. 하기야 제 엄마 집으로 간다고 놈들을 피할 수는 없겠지. 애초에 거기서 옮겨 온 바퀴벌레가 아니던가. 광남 씨는 조용히 일어나 점퍼와 이불을 들고 부엌으로 나왔다. 배식이 옆에 있을 수가 없었다. 잠이 든 다음 무슨 일이 벌어질지 두려웠다.

바닥에 이불을 폈지만 잠은 다시 오지 않았다. 눕는 대신 앉아서 날이 밝기만 기다렸다. 해가 뜨면 모든 일이 잘될 것이다. 병원에 가서 검사 결과를 확인하고 놈들이 정확히 어디 있는지 파악한 다음 치료를 한다. 그런데 이런 사례가 있나? 회충이 아니라 바퀴벌레나 알집을 발견하면 치료를 어떻게 하지? 약? 주사? 어쩌면 레이저나 방사선, 뭐 신약 내지는 새로운 최첨단 치료 방법이 나와 있을지 모른다. 그렇더라도 머리 없는 바퀴가 점령해 이미 썩은 왼 다리는 잘라내야겠지.

이제는 한 개밖에 남지 않은 검푸른 엄지발톱을 내려다보던 광남 씨는 점퍼 안주머니를 뒤져 외과 의사에게서 받은 수술동의서와 볼펜을 꺼냈다. 고이 접었던 종이를 마룻바닥에 대고 편 다음 동의서에 이름을 또박또박 써넣었다. 오늘 날짜를 적고 사인했다. 수술하고 나면 아이도 병원에 데려가 진찰을 받게 할 것이다. 아직 별 이상은 없는 것 같지만 만에 하나 모르는 일이니까.

모든 것이 원래대로 돌아온다면, 그땐 어쩌면 아들과 함께 살 수도 있겠지.

# 6

"예?"

광남 씨가 되물었다.

"아무 이상 없습니다. 깨끗해요."

내과 교수가 말했다.

"외려 나이에 비해 너무 깨끗하신데요. 내장지방 같은 것도 별로 없고. 허허허⋯⋯."

웃는 의사를 쳐다보면서 광남 씨는 잔뜩 움츠려 올렸던 어깨를 털썩 내려뜨렸다. 머릿속이 하얘지고 온몸에서 진이 다 빠져나가는 것만 같았다. 배 속에서 무언가 툭, 하고 터지는 소리가 들린 건 그때였다. 위장 어디쯤에서 툭, 소장 어디쯤에서 툭 툭, 연이어 대장 어디쯤에서도 툭 툭 툭⋯⋯. 정신이 번쩍 들면서 몸서리가 쳐졌다.

"안 돼."

광남 씨는 두 손으로 배를 부여잡으며 소리를 질렀다. 깜짝 놀란 의사는 눈을 동그랗게 뜨고 쳐다봤다.

"이 검사 결과가…… 정말로 제 것 맞습니까?"

다소 민망해진 광남 씨가 목소리를 낮춰 물었다. 의사는 기분이 상한 듯 미간을 약간 찌푸렸다.

"네."

짧고 단호한 한마디. 광남 씨는 고개를 저었다.

"그, 그럴 리가 없는데……."

만삭 임산부들 모양 두 손으로 자신의 배를 감싼 광남 씨가 한기 든 사람처럼 입술을 덜덜 떨며 중얼거렸다.

"방금 뭐라고 하셨어요?"

의사가 귀를 쫑긋 세우며 물었다.

"그러면 왜 자꾸 속이 안 좋고 구역질도 나고 그러는 거죠?"

광남 씨가 따지듯이 질문했다. 아무리 생각해봐도 검사 결과에 이상이 없다는 건 말이 안 된다. 깨끗하다니, 뭔가 잘못된 것이 분명하다.

"지금도 계속 배 속이 이상하다고요."

광남 씨는 호소하듯 목소리에 힘을 주었다. 의사는 고개를 삐딱하게 기울이고 팔짱을 끼더니 의자에 등을 기댄 채 컴퓨터 화면으로 눈을 돌렸다.

"선생님, 제 배에서 지금 소리가 들린다니까요."

고개를 돌린 의사가 광남 씨 얼굴과 배를 훑어보다 길게 한숨을 내뱉었다.

"평소에도 자주 배가 울리고 그럽니까?"

"예?"

무슨 말인지 몰라 광남 씨가 다시 물었다.

"아 왜, 우리가 보통 배가 크게 울리는 기분이 든다, 그러잖아요. 평소에도 자주 그러시냐고요?"

의사가 재차 물었다. 광남 씨는 잠시 의사 말을 곱씹어보았다. 울리는 것인지 어쩐 것인지는 모르겠지만 배 속 소리를 들은 건 지금이 처음이다. 진료실에 들어서기 전까진 배뿐 아니라 몸 어디에서도 무언가 울리는 소리가 났던 적은 없었다. 아무리 작은 소리라도 절대로 놓치는 법이 없는 예민한 귀가 아니던가.

"아니요."

"그럼 괜찮은 겁니다. 아무튼, 검사 결과가 깨끗하니까 너무 걱정하지 마시고 맘을 편히……."

"다시 검사해보면 안 될까요?"

광남 씨가 말을 끊었다. 울리는 소리고 나발이고 재검사만이 최선이다. 의사가 이번에는 노골적으로 불쾌한 표정을 지었다. 목소리가 커져 있었다.

"아니…… 여기 이렇게 엊그제 검사받았던 거 있잖아요? 뭘 또 다시 해요? 이 사진이 고광남 환자분 것이 맞다니까요."

컴퓨터 화면을 광남 씨 쪽으로 홱 돌린 의사가 들고 있던 볼펜으로 흑백 사진을 툭툭 치며 말했다. 광남 씨 배 속이라는 그 사진은 의사 말대로 이상한 점을 찾을 수 없었다. 아니, 찾을 수 없는 게 아니라 아무것도 보이지 않았다. 어쩌면 당연한 일인지 모른다. 저렇게 색감이 없어서야……. 뭐가 있어도 보일 턱이 있나. 서울 어디 병원에서는 요즘 색깔 있는 CT도 나오고 그러는 모양이던데.

"여긴 컬러 사진은 없나요? 그러니까, 그 뭐냐, 채널이 더 많은 최첨단 CT로 찍는다거나 하면……. 맞다, 내시경은 색깔이 나오죠? 이 병원이 도내에서 제일 큰 데니까 색깔이 선명하게 보이는 최신식 내시경도 있을 거 아녜요? 그걸로 다시 한번 찍으면……."

"여기가 무슨 사진관입니까? 흑백, 컬러 찾게? 이걸로 안 나오면 다른 걸로 찍어도 안 나옵니다. 이상 없다니까 왜 자꾸 그러세요? 혹시 지금 내 말을 안 믿는 겁니까? 나 텔레비전 프로에도 나가는 사람이에요. 돌팔이가 얼굴 들고 방송 나가겠어요?"

의사는 언성을 더 높였다. 광남 씨는 무언가를 더 말하려다 입만 뻐끔거렸다. 몇 초 정적이 흘렀다. 의사는 헛기침을 두어 차례 하더니 멀쩡한 옷매무시를 쓸데없이 가다듬었다.

"차트 보니까, 오늘 정형외과에 수술예약 잡아놓으셨던데……. 그래서 환자분이 좀 예민해지신 것 같네요. 제가 이해는 합니다만, 그렇다고 이러시면 수술과 회복에 별 도움이 안 됩니다. 배 속에서 소리 나는 거야, 우리도 평소에 자주 꾸루룩꾸루룩 하면서 속이 아프기도 하고 그래요. 암튼 그쪽 정형외과 교수님도 훌륭한 분이시니까 걱정하지 마시고 맘을 편히 잡수세요. 다 괜찮을 겁니다."

제천 시외버스 터미널에서 수술동의서만 바라보길 삼십 분째, 정형외과에 가지도 수술을 받지도 않고 그냥 병원을 빠져나온 광남 씨는 대합실 의자에 앉아 내과 의사 말을 떠올리고 있었다.

'혹시 다른 병원에 가서 검사하면 결과가 다르게 나오지 않을까, 생각하실지 모르겠는데……. 우리 병원이 도내에서는 장비나 시설이 젤 좋습니다. 의사 선생님들도 웬만하면 다 교수급들이고요. 서울에 가도 우리 병원보다 나은 데 별로 없어요. 그러니까 다른 데 가셔도 결과는 마찬가집니다. 괜히 비싼 검사비만 버리는 거니까 그 돈으로 어디 여행이나 다니시고 맛있는 거나 사 잡수세요. 진심으로 드리는 말씀입니다. 안타까워서……'

다른 병원에 가볼까 생각 중이었던 광남 씨는 찔끔했다.

'그래도 정 이상하다 싶으시면 한두 달 있다가 다시 오시든지. 지금은 저로서도 뭐 해드릴 게 없습니다. 아니, 이상이 없는데 막 치료할 수는 없잖아요. 뭐 그런 병원이 더러 있기는 한데. 양심 없는 사람들이죠. 우리 병원은, 적어도 저는 안 그렇습니다. 그리고 너무 걱정하는 것도 오히려 건강에 안 좋아요. 그거 때문에 스트레스를 받아서 없던 병도 생긴다니까요. 요즘 사람들은 정작 병보다 염려 때문에 더……'

전에 많이 들어본 이야기. 그리고 불행하게도 그 이야기들은 대부분 맞았다. 지금 다른 병원에 간다 해도 십중팔구 같은 얘기를 듣게 될 것이고, 어쩌면 세상천지 어디에도 자신이 갈 만한 병원 같은 건 없을지 모른다. 그러니 오염된 왼 다리만 잘라낸다고 해결될 문제가 아니다. 부화한 새끼 바퀴벌레들이 무슨 일이든 벌일 것이고 그렇게 되면 아들한테까지 해가 갈 것은 정해진 수순이다. 당장, 지금 당장 어떻게든, 무엇이든 해야 한다.

타야 할 버스가 승강장으로 들어오고 있었다. 목발을 짚고 힘없이 대합실을 빠져나와 버스 쪽으로 걷던 광남 씨는 문득 옆으로 고개를 돌렸다. 얼핏 승강장 벽 끝에 붙어 있는 선반이 스쳤기 때문인데 그 선반에는 요즘에도 저런 게 남았었나 싶게 오래된 다이얼식 공중전화기가 유혹하듯 촌스러운 주홍빛을 발하며 놓여 있었다.

"안 타요?"

대기 중인 버스 안에서 운전기사가 물었지만 광남 씨는 대답하지 않았다.

"아저씨, 버스 안 타냐고요?"

운전기사가 소리쳤지만 전화기에 시선을 붙박은 광남 씨는 들고 있던 수술동의서를 갈기갈기 찢어 옆에 있던 휴지통에 버리고는, 공중전화로 몸을 틀었다. 등 뒤에서 버스가 출발하는 소리가 났다. 광남 씨는 할인행사 마지막 날 마트에 남은 마지막 물건을 차지하려는 사람처럼 발걸음을 빨리했다. 목발도 팽개치고 절룩거리며 공중전화 앞에 도착해 바지 주머니에서 동전 한 움큼을 꺼냈다.

색이 드문드문 벗겨진 주황색 수화기를 들어 귀에 대보고는 투입구에 동전을 쑤셔 넣었다. 뚜, 하는 신호음이 잡혔다. 떠올리고 어쩌고 할 틈 없이 전화번호는 너무나 쉽게 기억이 났다. 번호를 돌리기 위해 검지를 다이얼 구멍에 끼워 넣자 웬일인지 안정감 같은 게 생겨나 예전과 다르게 전혀 떨리지 않았다. 통화 연결음이 들렸다. 이번에는 개구리까지 안 가고 '앗, 뱀이다~' 소절에서 전화를 받았다.

"네, 올 킬 대리 안희숩니다."

"칠, 구, 사, 이. 고광남입니다."

광남 씨가 듣기에도 자신의 목소리는 차분했다.

"안녕하십니까, 회원님. 안 그래도 요전에 아드님께서 전화 한 번 주셨던데, 오늘은 어쩐 일로 본인이⋯⋯?"

"서비스 신청하려고요."

광남 씨가 용건을 말했다.

"네?"

"서비스요. 브이아이피용⋯⋯ 프리미엄 서비스."

잠시 침묵이 흐른 뒤, 수화기에서 깊은 한숨 소리가 났다.

"그⋯⋯ 아드님이 옆집에 사시지 않습니까? 전에 전화했을 때⋯⋯."

"맞아요."

다시 들리는 한숨 소리.

"근데 프리미엄 서비스를 받으시면⋯⋯."

"내가 받겠다는 게 아니라, 내 아들이 있는 집을 해달라는 겁니다."

안희수는 대답이 없었다. 무슨 말인지 잘 이해를 못 하는 모양이었다.

"여보세요?"

광남 씨가 불렀다.

"저기 그러지 마시고⋯⋯."

입을 연 안희수가 세 번째 한숨을 내뱉더니 말을 이었다.

"그냥, 사시는 건 어떻습니까?"

"예?"

"프리미엄 서비스는 한번 신청하면 취소 안 되는 거 아시지 않습니까?"

"예, 알아요."

"그러니까 그냥 사시라는 말씀입니다. 제가 프로페셔널로서 이런 말씀 드리기는 좀 뭐합니다만 솔직히 말씀드리면 이 바퀴벌레라는 거는 완전히 박멸하겠다, 이런 식으로 접근하면 안 된단 말입니다."

짧은 탄식을 내뱉으며 광남 씨는 고개를 젖혔다. 머리 위에선 청명한 하늘이 싱그러운 봄기운을 내리붓고 있었다. 차라리 먹구름을 잔뜩 몰고 와 폭우라도 쏟아부었더라면⋯⋯.

"된다고 했잖아요. 당신네는 완전히 다 없앨 수 있다면서요."

광남 씨는 언성을 높였다.

"아, 물론 되기는 됩니다."

안희수는 황급히 덧붙였다.

"저희는 가능합니다. 안 된다는 게 아니라⋯⋯ 근데 아시다시피 거기에는 부작용⋯⋯ 아니 부작용이라기보다는 대가가 따릅니다. 대가. 세상일이라는 게 다 그런 거 아닙니까? 모든 일에는 대가가 따르기 마련입니다. 근데 바퀴벌레를 박멸하는 데 치러야 할 대가는 너무 크다 이겁니다. 과연 그런 대가를 치르면서까지 박멸을 해야 하느냐, 아니면 적당한 선에서 타협하고 바퀴벌레는 인간의 친구다, 생각하면서 함께 산다는 그런 마음가짐으로 공존공영의 길을 가느냐. 이렇게 봤을 때 현명한 선택이 필요하다는 겁니다, 제 말은."

공존? 함께 살아? 그 더러운 놈들을 몸속에다 품고서? 당신네가 그리 한번 살아봐라. 광남 씨는 뭔가 억울한 심정이 들었지만 말할 수 없었다. 자신이 어떤 상황에 놓였는지 얼마나 오염됐는지, 그것만은 입 밖으로 꺼내고 싶지 않았다.

"고광남 회원님, 제 말 듣고 계십니까?"

"왜 지금 와서 말리는 겁니까? 전에는 그런 말 안 했잖아요. 그냥 신청하면 다 해줬잖습니까? 아들은 직계니까 신청해도 약관에 어긋나는 건 아니잖아요."

"네, 맞습니다. 물론 저야 브이아이피 회원님들께서 말씀하시면 그냥 하면 되죠. 굳이 이런 말씀을 드릴 필요 없어요. 그런데 회원님처럼 옆집을 중심으로 구제해달라고 신청하시는 분은 저도 처음이고, 해서 특별히 말씀을 드리는 거예요. 회원님이 각별하게 깔끔하고 청결한 분이신 건 저도 아는데…… 그게 오히려 독이 될 수도 있다, 이런 차원에서……."

안희수는 특유의 군대식 말투를 쓰지 않았다. 목소리는 솜털처럼 나긋나긋했다.

"그럼 내가 말한 대로 해주세요."

광남 씨는 가슴을 쭉 펴며 당당하게 말했다.

"난 브이아이피 회원이니까."

올 킬 말고 사실 어디 가서 브이아이피 대접 받아본 적이라곤 없어서인지 난데없는 자신감과 자부심마저 들었다.

"혹시 아드님 때문입니까? 고집을 피우시는 이유 말입니다."

차분해진 광남 씨 말투와 달리 안희수 말투는 원래대로 딱딱하게 돌아왔다. 아들 때문이냐고? 물론. 아니, 어쩌면 자신을 위해서인지도 모르고.

"깨끗하게……."

광남 씨가 말했다.

"네?"

안희수가 물었다.

"나는 그저…… 순결하게 살고 싶을 뿐이에요."

광남 씨가 중얼대듯 말했다. 수화기 안은 전화가 끊긴 것처럼 조용했다. 조용한 가운데 어쩐지 몸이 가벼워지는 기분이었다. 그 지긋지긋한 놈들이 몸속에서 죄다 사라지기라도 한 것처럼. 광남 씨는 문득 안희수야말로 이 세상에서 자신을 이해하고 치료해줄 유일한 사람이 아닐까, 하는 생각이 들었다. 그리하여 안희수의 침묵은 오히려 광남 씨를 한없이 편안하게 만들었으며, 어쩐지 눈물마저 찔끔 나게 하는 것 같았다.

"여보세요?"

광남 씨가 안희수를 불렀다.

"네, 고광남 회원님."

안희수 목소리에는 억양이 없었다.

"그렇게 해주세요."

수화기 너머에서 자판을 두드리는 소리가 짧고 크게 울렸다.

"접수됐습니다. 작업은 바로 시작하겠습니다."

뚝 하고 전화는 끊겼다.


집으로 돌아온 광남 씨는 설거지하는 아들 뒷모습을 바라보았다. 물론 자신은 저녁을 한 술도 뜨지 않았다. 먹을 수 없었다. 그저 배식이 먹는 모습만 바라보았는데 돌도 씹어먹을 나이에 많이 먹지 못하는 아이가 안쓰러웠다. 잠을 제대로 못 잔 탓일 것이다. 바퀴벌레가 없어지고 편안히 자게 되면 식욕도 다시 살아나겠지.

아들 가방 안으로 슬그머니 두툼한 봉투 하나를 밀어 넣었다. 오후에 인출한 현금이었다. 시외버스 터미널에서 안희수와 통화를 끝내고 곧장 은행으로 갔다. 원래는 녹색운동연합에 후원금을 보내고 매달 자동이체를 해놓을 참에 간 거였지만 은행 문을 연 순간 생각이 바뀌었다. 어쩐지 다 부질없다는 생각이 들었다. 얼마 안 남은 현금을 몽땅 찾아 봉투에 넣었다. 그다음엔 제천 밭뙈기 임차인을 찾아가 이번 달부터는 아들 계좌로 임대료를 보내달라고 부탁했다. 그래 봐야 몇 푼 안 되지만 당장 집을 나온 아이에게 얼마간은 아니 어쩌면 앞으로도 쭉 그 몇 푼이 필요할지 모른다.

"배식아."

설거지를 마친 아이를 불렀다. 아들은 광남 씨를 향해 "왜요?" 하며 젖은 손을 수건에 닦았다. 저 수건에는 뭐 더러운 게 안 묻어 있으려나?

"이리 와봐."

다가와 앉은 아이가 바지 주머니에서 스마트폰부터 꺼내 들었다. 금이 간 화면을 검지로 휙휙 스치며 무언가를 들여다보느라 아비를 쳐다보지도 않았다. 광남 씨는 아들 얼굴을 찬찬히 뜯어보다 입을 열었다.

"지금부터 내가 하는 말 잘 들어라."

스마트폰을 들여다보던 배식이 고개를 들었다.

"저기…… 오늘 밤에는 절대 집 밖으로 나오거나 내다보거나 하면 안 된다."

"예?"

"무슨 소리가 들리거나 누가 왔다 갔다 하는 거 같아도 절대 집에서 나오면 안 된다고."

"누구 오기로 했어요?"

"응? 응."

"누구? 친구?"

광남 씨는 머뭇거렸다.

'바퀴벌레는 인간의 친구다, 생각하고…….'

안희수는 그렇게 말했다. 그래, 친구다. 오랜 친구 사이. 광남 씨가 고개를 끄덕였다. 배식이 미소 지었다.

"아버지도 친구가 있어요? 별일이네……."

광남 씨는 매가리 없이 웃었다.

"아무튼, 절대 밖으로 나오면 안 돼. 알았지?"

"알았어요. 아버지 친구 찾아오는 거 생전 처음 보는데, 방해 안할게요."

광남 씨는 베이지색 가방을 챙겨 일어서는 배식을 올려다보았다. 자신보다 한 뼘 이상 큰 키, 구둣솔처럼 빽빽한 머리숱, 말랐지만 다부진 어깨. 조막만 하던 발은 제 아비 슬리퍼를 신어도 이제 꼭 들어맞는다. 아들은 소년에서 청년으로 여물어간다. 자신이 지금보다 깨끗했더라면 저 모습을 오래오래 지켜볼 수 있었을까. 현관문을 연 아이는 언제나 그렇듯 뒤돌아보지 않고 나갔다.

멀리서 차 소리가 들려오기 시작한 것은 새벽 두 시가 좀 지나서였다. 보통 사람이라면 한참 귀를 기울여야 겨우 들을 수 있는 소리였지만, 광남 씨 귀는 그 소리를 하나하나 구분할 수 있었다. 안희수 스타렉스와 5톤짜리 탑차 한 대. 다가오는 차 소리를 들으며 방에 앉아 있던 광남 씨는 배식이 가져다놓은 전축을 부엌에서 끌고 와 전원을 연결하고 판 위에 바늘을 올린 후 볼륨을 끝까지 키웠다.

말러 음악이 황금빛 나팔관을 타고 방 안에 울려 퍼지기 시작했다. 눈을 감았다. 음악 소리는 아직 단조로웠으나 곧 웅장하게 바뀌어 배식이 자고 있을 옆집까지 도달할 것이다. 오두막에서 나올 시끄럽거나 이상한 소음에 혹여 아이가 놀라 깨더라도 이 음악이 자장가처럼 푸근하게 감싸 안아줄 것이다. 그러면…… 그걸로 됐다.

마침내 광남 씨 오두막 가까이에 차들이 멈췄다. 차 문들이 열리고 자갈을 밟으며 다가오는 발소리들이 이어졌다. 광남 씨는 감았던 눈을 번쩍 떴다. 문득, 어깻죽지가 슬금슬금 간지러웠다. 마치 살갗을 뚫고 날개 한 쌍이 돋아나기라도 할 것처럼. 윤기 흐르는 시커먼 날개가.

에필로그

# 1

배식은 자다 말고 귀에서 이어폰을 확 뽑았다. 혹시 바퀴벌레들이 부스럭거렸나 싶어서였는데 주위에 귀를 기울였지만 그런 소리 같은 건 들리지 않았다. 이어폰을 다시 귀에 꽂으려다 스마트폰 음악을 끄고 번쩍 상체를 세웠다. 바깥에서 자갈 밟는 소리가 났다. 자동차 소리. 여기 온 이후로 아침부터 차 소리가 난 적은 한 번도 없었다. 고개를 갸웃했다. 누군가 초인종이 아닌 현관문을 쿵쿵 두드렸다. 그 손길이 문이 아닌 등을 치는 것 같아 배식은 화들짝 놀랐다.

부동산에서 집 보러 왔나? 스마트폰으로 시간을 확인했다. 다섯 시 삼십삼 분. 이렇게나 일찍, 예의도 없이…… 살짝 짜증이 났다. 밤새도록 오두막에서 흘러나오는 음악 소리 때문에 시끄러워 잠도 제대로 못 잤는데……. 서둘러 자리에서 일어났다. 이불 안으로 배낭을 둘둘 말아 들고 현관으로 향했다. 문을 연 배식은 엄마야, 외치며 뒤로 물러섰다. 설인 같은 사람이 떡하니 서 있었다.

"고배식 회원님 되십니까?"

여자 목소리였다.

"예, 그런데요?"

배식은 여자를 쭉 훑어보았다. 위아래 하나로 된 옷에 후드를 뒤집어쓰고 고글과 마스크까지 착용하고 플라스틱 백 팩 같은 걸 등에 메고 있었다. 전부 하얀색으로.

"안녕하십니까, 회원님? 저는 주식회사 올 킬 대리 안희숩니다. 회원님 집을 해충 구제해드리려고 왔습니다."

안희수? 전에 찢어진 명함에 적혀 있던 이름이다. 통화도 했었고. 그렇지만 신청한 적 없다. 그리고,

"회원은 제가 아니고 저희 아버진데요."

배식이 심드렁하게 말했다.

"브이아이피 회원분들의 직계 가족은 모두 자동으로 회원 가입이 되니까 아드님도 회원님이십니다, 하하하. 뭐 추가로 들어가는 비용 같은 건 전혀 없으니까 걱정하지 않으셔도 됩니다."

배식은 오두막을 건너다봤다. 아버지가 알면 지난번처럼 난리를 피울 텐데…….

"아니요, 뭐가 됐든 저는 서비스 신청한 적 없어요."

배식은 거실로 배낭과 이불을 도로 던진 후 문을 닫으려 했다.

"아버지께서 신청하신 겁니다."

"예?"

배식이 뭐라 더 묻기 전에 여자는 문을 밀고 안으로 들어섰다. 그러고는 밑도 끝도 없이 집 안 곳곳을 돌아다니며 구석구석에 주사기로 약을 치고 백 팩과 연결된 굵은 봉을 휘둘러 쏟아져 나오는 바퀴벌레들을 빨아들이기 시작했다. 그 모습이 봉술을 하는 소림사 무술승을 연상케 했다. 한 시간 가까이 시간 가는 줄 모르고 멀뚱히 현관에 서서 지켜보던 배식은 입을 다물 줄 몰랐다. 저렇게나 많이……. 그동안 바퀴벌레 소굴에서 잤다는 사실에 새삼 소름이 끼쳐 현관을 나왔다.

집 앞엔 흰색 승합차 한 대가 주차돼 있었다. 멀리, 먼지를 풀풀 일으키며 비포장 길을 달려나가는 이삿짐 트럭 한 대가 보였다. 그 흰색 트럭은 이내 모퉁이를 돌아 사라졌다. 근처에 누가 이사 왔나? 아버지 집을 돌아보았다. 아직 주무시나? 밤새 친구랑 노는 것 같던데. 요즘 아버지는 이상하다. 시끄러운 거라면 질색하던 양반이 생전 안 하던 짓을 떡 하고, 그렇게나 안 된다고 성을 내더니 몸소 해충 구제를 신청하고. 몰골도 말이 아니다. 다리며 말라가는 몸이 무슨 병에 걸린 사람 같다.

현관 앞 계단에 걸터앉자 모퉁이에서 묵직한 기계 소리가 들려왔다. 음식물쓰레기처리기가 돌아가고 있었다. 그러고 보니 진작부터 작동했던 것 같다. 잠에서 깼을 때 소리를 들었던 듯도 하다. 아버지가 기계를 돌린 건 아닐 것이다. 워낙 남의 물건에 손대는 걸 싫어해 한 번도 사용하지 않았으니까. 아니다. 어쩌면 아버지일 수 있겠다. 어젯밤 친구 접대하고 남은 음식 찌꺼기를 저기에 버렸을 수 있겠다. 요즘의 아버지라면 충분히 그러고도 남는다.

에필로그

"고배식 회원님, 모두 끝났습니다."

집 안에서 여자가 나왔다. 엉거주춤 일어서려는데 여자가 그대로 앉아 있으라 손짓했다. 계단에 도로 궁둥이를 걸치자 여자는 옆으로 와 앉아 고글과 마스크를 벗었다. 갸름한 얼굴이 입고 있는 옷과 다르게 까무잡잡했다. 눈동자는 피부색보다 백배는 더 까맸다. 그 까맣게 반짝이는 눈이 자신의 얼굴을 빤하게 쳐다보자 어쩐지 볼이 뜨거워지는 것 같았다.

"근데, 저희 아버지가 언제 서비스를 신청하셨어요?"

여자에게서 고개를 돌리고 배식이 물었다.

"어제."

할 말이 없어진 배식은 고개만 끄덕였다.

"네 아버지는…… 철저한 사람이었단다."

뭔 뜬금없는 소리야? 갑자기 반말은 뭐고. 배식은 여자를 돌아보았다. 멀리 금수산을 바라보는 여자 얼굴이 좀 피곤해 보였다.

"철저하고, 부끄러움을 아는 사람이었지. 철저한 사람은 어쩔 수 없이 부끄러워질 수밖에 없거든."

계속되는 영문 모를 소리에 기분이 이상해진 배식은 궁둥이를 살짝 들어 여자 곁에서 조금 떨어져 앉았다.

"어? 다 됐네?"

여자가 일어섰다. 소리를 내며 돌던 음식물쓰레기처리기가 멈췄다. 기계는 아버지가 아니라 이 여자가 돌린 모양이었다. 바퀴 잡으러 와서 음식물 쓰레기 돌릴 일이 뭐가 있지? 설마 집 밖에서 잡은 벌레들을 통 안에 넣고 갈아버린 건 아니겠지. 아무리 쓰레

기이긴 해도 음식물만 넣는 기곈데……. 통 안을 상상하자 비위가
상했다.

"근데 이렇게 공기 좋은 시골에도 바퀴가 살아요?"

배식이 물었다. 여자는 배식을 지그시 바라보다 피식 웃었다.

"바퀴벌레는 말입니다, 어디에나 있고 어디에도 없는 놈들입니
다."

"예?"

아까부터 이상한 말만 내뱉는 여자가 다시 존대하는 통에 조금
당황스러웠다.

"이렇게 큰놈들은 주로 야생에서 서식하다 집 안까지 유입된 놈
들이라 볼 수 있습니다. 저 숲속에 가보시면 알 겁니다. 밤이면 나
무마다 시커멓게 들러붙어 있을 겁니다. 잡식성인 놈들은 나무껍
질이나 나뭇잎, 진액도 아주 좋아합니다. 게다가 산엔 몸에 좋고
맛 좋은 약초며 과일이 좀 많습니까? 하하하."

여자는 뭐가 좋은지 큰 소리를 내 웃고는 음식물처리기로 다가
가 배출구를 열어 안에 든 것을 옆에 놓인 원형 철통에 부었다. 고
운 가루가 20리터쯤 돼 보이는 통을 가득 채우고도 남아 다른 철
통 하나를 마저 채웠다. 가루 색이 희미한 분홍빛을 띤 것이 바퀴
벌레를 간 건 아닌 듯했다.

"뭘 간 거예요?"

배식이 물었다. 허리를 굽혀 통 안을 뒤적이던 여자가 돌아보
았다.

"뭐든 알려고 하는 것보다 모른 채 놔두는 게 때론 좋을 때도 있

습니다. 그래도 알고 싶으시다면 해충이라는 정도만 말씀드리겠습니다. 더 궁금하십니까?"

다가온 여자는 얼굴을 배식 눈앞에 바짝 대고 물었다. 까만 눈동자가 배식을 빨아들일 듯했다.

"아니, 됐어요."

배식은 한 걸음 물러서며 미간을 찌푸렸다.

"자, 이거."

여자가 손바닥을 펴 내밀었다. 손에 놓인 것이 아침 햇살에 반짝 빛났다. 눈에 익은 거였다. 이게 왜 저기서 나오지? 아버지의 결혼반지. 손가락에서 진즉에 빼버린 엄마와 달리 아버지는 내내 그 금반지를 끼고 있었다. 이혼하고도 왜 여태 갖고 있느냐고 물으려다 관둔 적이 있다. 그걸 이제야 빼서 쓰레기 처리하듯 음식물 통 안에 버린 걸까? 누구 아무나 가져가라고? 배식은 금반지를 집어 약지에 끼어보았다. 헐렁했다. 기계에 긁혀서인지 표면엔 자잘한 흠이 생긴 데다 모양이 살짝 우그러져 있었다.

여자가 철통 두 개를 스타렉스 승합차에 실었다. 배식이 마당으로 내려오자 운전석에 탄 여자가 손을 들어 보였다. 배식도 엉겁결에 손을 들었다. 좀 전 트럭이 갔던 길을 따라 떠나는 승합차를 안 보일 때까지 바라보다가 손가락에서 반지를 빼 주머니에 넣었다. 문득 또 다른 반지의 주인이 궁금했다. 뭘 하고 있을까, 엄마는. 다이어트 한답시고 매일같이 또 끼니를 거르는 건 아니겠지. 아침 먹고 전화나 한 통 해봐야겠다.

# 2

평동리 양 씨는 틀니를 빼 사료통 위에 놓인 바가지 안에 담았다. 급하게 끼웠더니 잇몸이 조이면서 아팠다. 맞춘 지 며칠 안 돼 그런지 영 익숙지가 않았다.

원형 철통에 든 가루를 구유에 붓자 아까부터 눈치채고 몰려 서 있던 돼지들이 앞다투어 머리를 밀어 넣었다. 서로 먼저 먹겠다고 밀치며 꽥꽥거리는 돼지들을 양 씨는 흐뭇한 표정으로 내려다보았다. 오늘 아침엔 꼼짝없이 이놈들을 굶기는 줄 알았다. 어제 나가서 사료를 사 왔어야 했는데 대낮부터 술판을 벌이느라 깜박하고 만 것이다.

그런데 식전에 불쑥 웬 여자가 찾아왔다. 타고 온 자동차랑 맞춤한 듯 위아래 흰색 정장을 쫙 빼입은 데다 머리칼까지 하얀 그 여자는 금수산 아래 사는 고 씨 친구라고 자기를 소개했다. 여자는 돼지 사료가 그득 담긴 철통 두 개를 축사에 놓고는 수고하라는 말을 남기고 돌아갔다. 사료는 고 씨가 보낸 거라고 했다. 어젯밤 내려와 아침 일찍 서울로 올라가는 여자 편에 심부름시킨 거라고.

급하게 떠나는 흰색 차를 보면서 양 씨는 입꼬리를 실룩거렸다. 굼벵이도 구르는 재주가 있다더니만 그 볼품없는 고 씨한테 저런 멀쩡한 여자 친구라니…… 낯 뜨거운 상상을 하며 양 씨는 낄낄댔다. 뭐가 됐든 고 씨한텐 고마울 따름이었다. 한참 뜸하더니 한꺼번에 이렇게나 많이, 그것도 급할 때 딱 맞춰서 보내주다니 자식 같은 돼지 새끼들 배곯지 않게 해준 것만으로도 감사할 일이었다.

나머지 한 통도 마저 부으려 고개를 옆으로 돌리던 양 씨는 흠칫 놀라 동작을 멈췄다. 엄지손가락만 한 바퀴벌레가 틀니에 붙어 있다가 쏜살같이 흙바닥 위로 달아나는 것이다. 팍. 양 씨는 바퀴벌레를 때려 밟았다. 발을 들어보니 장화 바닥에 들러붙은 바퀴벌레가 납작하니 터져 있었다.

곧 장마가 시작되겠군. 이즈음이면 저놈들은 금수산에서 어김없이 내려와 축사 곳곳을 후비고 다닌다. 저놈들 잡으라고 고양이 좀 몇 마리 데려다놔야겠군. 양 씨는 장화 밑창을 흙바닥에 대충 문지른 다음 철통에 든 가루를 구유에 쏟아부으며 굶주린 돼지들이 달려드는 모습을 지켜보았다. 그래, 실컷 먹어라. 뭘 갈아 말렸는진 몰라도 환장을 하네. 고 씨한테 밥이라도 한 끼 사야겠구먼.

양 씨는 함박웃음 짓듯 입을 활짝 벌렸다. 그러고는 이빨이 듬성듬성한 입안에 새 틀니를 끼워 넣었다.

# 작가의 말

흔한 질문 하나. 당신이 가장 못 견뎌하는 동물(짐승이든 곤충이든 미생물이든 뭐든)은 무엇인가? 누구에게나 그런 동물 하나쯤은 있을 것이다. 운이 나쁜 사람이라면 끔찍하게 싫어하거나 무서워하는 바로 그것과 딱 마주친 경험이 있을지도.

1988년. 많은 사람이 올림픽을 떠올릴 그해, 나는 축제가 벌어지기 한참 전인 2월 22일을 먼저 기억한다. 날짜를 여태 외우는 건 친오빠의 중학교 졸업식 날이어서가 아니다. 같은 숫자가 세 개나 겹친 데다 벤 존슨과 칼 루이스의 육상 결승전만큼 생생했던 장면 하나 때문이다. 그날 나에겐 벤 존슨의 금메달 같은 짧은 행운이 찾아왔었다. 감기에 걸린 덕분에 식구가 총출동하는 행사에 따라나서지 않아도 된 것이다. 전업주부를 엄마로 둔 열다섯 살

소녀에게 그런 행운은 흔치 않은 법. 식구들이 집을 나서자마자 별러왔던 일들을 차례로 해치워 나갔다. 배달음식을 시키고, 군것질거리를 잔뜩 사고, 만화책과 비디오를 빌려 와 뜨끈한 이불 속에서 감상하고……

몇 시간을 뒹굴었을까. 깜박 잠들었다 부스럭대는 소리에 눈을 번쩍 떠 맞닥뜨린 건, 코앞에 놓인 과자 봉지 안에서 장수풍뎅이만 한 덩치를 자랑하며 긴 더듬이를 내 쪽으로 곧추세우던 바퀴벌레 한 마리. 차라리 기절하고 싶었다. 정말 기절 직전인 와중에도 비명을 틀어막고 나무늘보처럼 천천히 일어나 살충제를 찾아들고 돌아섰을 땐, 봉지 안에 과자부스러기뿐 놈은 없었다. 그때까지 날 죽여줍쇼, 기다릴 놈이 아니란 것쯤은 다들 알지 않는가? 이후 시간을 어찌 보냈는가에 대해선 말을 말자. 다만, 달아난 놈을 끝내 없애지 못했고 언제 어디서 다시 마주칠지 몰라 며칠간은 도무지 사는 게 사는 것 같지 않았다는 말만 해두겠다.

그날 바퀴벌레는 도대체 어디로 사라진 것일까? 살면서 문득문득 궁금해지곤 했는데, 그 아이는 사라진 게 아니었다. 무려 삼십여 년 동안 내 기억 속에 숨어 있었을 뿐 아니라 무럭무럭 자라나기까지 하다, 어느 날 갑자기 하나의 이야기로 빼꼼 모습을 드러내기 시작한 것이다. 그런데 아무리 바퀴벌레 이야기라고 해도 그 아이들을 주인공으로 할 수는 없었다. 어디까지나 악당인 거다. 주인공이 필요했다. 바퀴벌레와는 정반대 인물. 병적일 정도로 깔끔을 떠는 사람. 지구를 좀먹는 바퀴벌레 일당과 일생일대의 대결을 펼칠 영웅.

소설을 쓰기 시작할 때 주인공 광남 씨는 그저 까탈스러운 아저씨에 지나지 않았다. 내 주인공이라도 실제 생활에서라면 되도록 피하고 싶은 사람이었으나, 소설을 마쳐갈 무렵에는 동정을 넘어 한 줌 존경스러움마저 느꼈다는 사실을 고백해야겠다. 그는 단지 강박과 결벽을 가진 인물만은 아니었다. 순결한 삶. 광남 씨가 원한 것은 그것이었던 것 같다. 그 삶의 방식에 동의하든 동의하지 않든, 타협하지 않는 정직성과 끝까지 밀어붙이는 용기는 존중받을 만하다고 생각한다. 그럴싸한 말은 많으나 그 말을 증명하는 삶이 적은 시절엔 더욱. 이 소설은 바퀴벌레에 관한 이야기이면서, 순결하게 살고 싶었던 사람에 관한 이야기다. 그리고 무엇보다 무서운 이야기다. 적어도 나에게는. 독자 여러분에게도 그렇기를 바란다.

버팀목이 되어준 가족과 두 번째 장편을 낼 수 있도록 애써주신 출판사 관계자분들께 진심으로 감사드린다. 태초부터 지금까지 지구를 지켜온 바퀴벌레들에게도 마음을 전한다. 징글징글하게 고마웠다고.

2019년 9월
이재량

작가의 말

# 올 킬

초판 1쇄 발행 2019년  9월 20일
초판 2쇄 발행 2019년 10월 15일

지은이 이재량
펴낸이 이수철
본부장 신승철
주  간 하지순
교  정 박은경
디자인 오세라
마케팅 안치환
관  리 전수연

펴낸곳 나무옆의자
출판등록 제396-2013-000037호
주소 (03970) 서울시 마포구 성미산로1길 67 다산빌딩 3층
전화  02) 790-6630 팩스 02) 718-5752

페이스북 www.facebook.com/namubench9
인쇄 제본 현문자현

ISBN 979-11-6157-069-3  03810